Herausgeber Erik Schreiber

Geheimnisvolle Geschichten 2

Saphir im Stahl

Buch 004 Geheimnisvolle Geschichten 2
erste Auflage 01.07.2011

© Saphir im Stahl
Verlag Erik Schreiber
An der Laut 14
64404 Bickenbach

www.saphir-im-stahl.de

Titelbild: www.crossvalley-smith.de

Lektorat: Saphir im Stahl

Druck: AALEXX Buchproduktion GmbH, Großburgwedel

ISBN: 978-3-9873823-3-4

Inhaltsverzeichnis

Erik Schreiber	Vorwort	6
Ju Honisch	Innovationen	8
James Lovegrove	Steampunch	23
Georg Plettenberg	Vazlav Mihalik korrumpiert und bestochen	43
Michael Buttler	Die Gelegenheit seines Lebens	55
Andreas Zwengel	Volldampf	72
Petra Joerns	Zeitlos	88
Jörg Olbrich	Die Dampfkanone	97
Holger Kuhn	Fortschritt	114
Maximilian Weigl	Tullas Traum	128
Max Pechmann	Ärger mit Mimi	142
Hermann Ritter	Im Schatten des Pulverturms	155
Anke Brandt	Salbeiduft	176
Barbara Nitribitt	Im neuen Jahr wird alles anders	189
Erik Schreiber	Mit einem Lächeln	196

Vorwort

Auf die erste Kurzgeschichtensammlung GEHEIMNISVOLLE GESCHICHTEN, noch im Wunderwaldverlag, erhielt ich viele Buchbesprechungen, die diese Sammlung in den Himmel lobten. Sogar die ersten Bestellungen der Nummer Zwei erreichten mich. Doch diese Lobeshymnen haben einen kleinen Nachteil. Sie wirken so, als ob sie bestellt wurden, was natürlich nicht der Fall war. Im Gegenteil, es gefällt mir sehr, dass das Konzept, ein vorgegebenes Thema und ausgewählte Autorinnen und Autoren, bei den Lesern gut ankam. Es ging sogar so weit, dass sich Autorinnen und Autoren bemühten, in der nächsten Ausgabe vertreten zu sein. Ich schaue mir gern an, was sie geschrieben haben und entscheide dann, wen ich für eine Kurzgeschichte anspreche. Ich werde weiterhin den eingeschlagenen Weg weitergehen und suche mir die Teilnehmer selbst aus. Das klingt vielleicht für den einen oder anderen Leser oder Autoren arrogant, doch ich will keine Ausschreibungen machen und dann dreihundert und mehr Manuskripte lesen. Diese Zeit habe ich einfach nicht. Das heißt aber nicht, dass andere AutorInnen keine Chance hätten. Man muss mich nur mit der Geschichte überzeugen. Die Vorgabe für diese Geschichte war das Thema Steampunk, dass in den letzten Jahren immer wieder in den Vordergrund geschoben wird. Wer sich für das Thema interessiert, kann gern einmal der Seite www.clockworker.de einen Besuch abstatten.

Die Haupteigenschaft des Steampunk ist eigentlich, dass er in einer Zeit spielt, die dem viktorianischen England entspricht und dass die Dampfkraft einen wesentlich höheren Wirkungsgrad besitzt, als es tatsächlich der Fall war und ist. Auf diese Wiese wurde auf die Petrochemie so gut wie möglich verzichtet.

Der Hintergrund der Kurzgeschichten in diesem Band bestand aus dem alten Preußen und einem aktiven Fürst Bismarck als alten Kanzler. Der Krieg 1870 / 1871 wurde gegen die Franzosen gewonnen. Seither ist Frankreich eine von Kaiser Wilhelms Provinzen, der jedoch fast aller Macht beraubt ist. Das Jahr, in dem die Geschichten spielen sollten, wurde mit 1895 angegeben. Die Welt hatte sich etwas verändert. Prag liegt unter einem magischen Schutzschirm und widersteht Bismarck. Ganz Italien ist ein katholischer Staat mit dem kleinen Unterschied, dass der Papst den Einflüssen einer Heiligen ergeben ist. De facto heißt das, der Männerstaat wird von einer Frau regiert. Es gab noch weitere Vorgaben, die ich nicht alle aufzählen *will, weil nicht alle Ideen aufgenommen, dafür von den Autorinnen und Autoren neue Ideen eingebracht wurden. Mir persönlich hat es viel Spaß gemacht, den Hintergrund aufzubauen und zu sehen, wie die Geschichten sich entwickeln. Inzwischen ist die Frage nach einem weiteren Band aufgetaucht, obwohl dieser Band noch gar nicht erschienen ist. Aber ja, es wird einen weiteren Band geben.*

Und wenn ihr meint, ihr könnt eine gute Geschichte beisteuern oder eine Autorin/ einen Autor empfehlen, dann schreibt mir. Für diese Ausgabe wählte ich Ju Honisch aus, die mir mit ihrer Erzählung OBSIDIANHERZ sehr gut gefiel. Teile davon hatte sie in dem von mir veranstalteten Darmstädter Spät-Lese-Abend vorgetragen. Danach ging es Schlag auf Schlag bei ihr und sie veröffentlichte inzwischen ihren vierten Roman. Eine weitere Erzählung erhielt ich von James Lovegrove. Ich führte ein Interview mit ihm und fragte später an, ob er eine passende Erzählung für die vorliegende Ausgabe beisteuert. Seine Erzählung STEAMPUNCH wurde von Rolf Winkenbach, der auch bei vielen Erzählungen das Lektorat übernahm, übersetzt. Anke Brandt wurde von mir ausgesucht, da sie auf Geisterspiegel.de an der Serie TRAVELLER beteiligt ist. Allerdings bedurfte es einiger Überredungskunst, sie für dieses Projekt zu gewinnen. Ihre Erzählung SALBEIDUFT ist ihre erste Steampunk-Kurzgeschichte. Holger Kuhn konnte mich mit seiner Erzählung in der ersten Kurzgeschichtensammlung überzeugen und fand sehr viele lobende Worte dafür. Seine neue Geschichte FORTSCHRITT passt genau zum Thema. VOLLDAMPF von Andreas Zwengel ist eine abenteuerliche Geschichte, in der eine Wettfahrt zweier Dampfzüge vor einem Krimihintergrund bestritten wird. DIE DAMPFKANONE von Jörg Olbrich beschäftigt sich mit einem kriegslüsternen Bismarck. Und einer Kanone, die er gern hätte. Eine ganz interessante Geschichte wurde TULLAS TRAUM von Maximilian Weigl für mich, weil ich einige Jahre in der Nähe des beschriebenen Ortes wohnte. Hermann Ritter ist schon seit Jahren ein guter Freund, wir schrieben den Battletechroman FRÜCHTE VOLL BITTERKEIT zusammen und spielen Steampunk. Er konnte mich mit der Erzählung IM SCHATTEN DES PULVERTURMS überzeugen. Michael Buttler führt uns nach Wien und in die Welt von Jules Verne, wenn er in der Geschichte DIE GELEGENHEIT SEINES LEBENS von Hansi berichtet. ÄRGER MIT MIMI ist eine Kriminalgeschichte, die Max Pechmann interessant in Szene setzte und die mir sofort und gefiel. Barbara Nitribitt ist das Pseudonym einer Liebesbriefautorin. Ich denke, man merkt es IM NEUEN JAHR WIRD ALLES ANDERS an. Einige der hier vertretenen Autoren kenne ich schon länger. Jörg Olbrich, Holger Kuhn, Michael Buttler und Ju Honisch lasen auf der von mir durchgeführten Veranstaltung DARMSTÄDTER SPÄT LESE ABEND. Andere Autoren habe ich angesprochen, weil sie mir mit ihren Erzählungen auffielen oder sie wurden mir empfohlen. Und nun darf ich Sie vorstellen und empfehlen.

Ich wünsche viel Spaß bei der Lektüre.

Erik Schreiber

Ju Honisch

Innovationen

Wenn man Zwerge nicht mochte, so mochte man auch Karroman nicht. Er war in vielen Dingen ein Bilderbuchzwerg, ruppig, schroff, fokussiert, haarig und misstrauisch. Darüber hinaus war er freilich auch ziemlich groß, denn man konnte schließlich nicht alle Vorurteile komplett abdecken.

Zudem hatte das Zwergendasein ja nun nichts mit Größe zu tun. „Größe ist irrelevant, nur die Technik zählt", pflegte Karroman zu sagen, und weil er dabei zumeist eher lässig einen 30-Pfund-Hammer in der Linken schwang, während die Rechte an irgendeinem Rädchen schraubte, bis es ängstlich quietschte, erhielt er nur selten die Art von Antwort, die dieser Satz herauszufordern schien.

So er sie doch bekam, dann zumindest nie vom gleichen Menschen zweimal. Bemerkungen solcherart ließen sich gemeinhin schlecht wiederholen, wenn man keine Zähne mehr im Kiefer hatte.

Nein, Zwerg sein hatte nichts mit Größe zu tun. Es war eher eine Tradition.

Ursprünglich waren Zwerge tatsächlich alle klein gewesen. Kurze, gedrungene Wesen, die sich dem Leben untertage evolutionär dahingehend angepasst hatten, dass sie nirgends über etwas hinausragten und sich nur selten die Köpfe anschlugen.

Mit fortschreitender Technik allerdings waren sie aus ihren Löchern gekrochen gekommen, und da sie Zipfelmützen nicht kleidsamer fanden als andere Menschen auch und bestenfalls auf fröhlichen Zwergenabenden für reisende Gäste in eher widerwillige „Hei-Ho"-Gesänge ausbrachen, fiel der Unterschied alsbald nicht mehr auf. Er wurde wegnivelliert, als wäre er nie da gewesen.

Die Rassisten waren freilich anderer Meinung. Doch das waren sie meist, und da sie sonst nichts zu bieten hatten als die heimliche Hoffnung, es gäbe vielleicht doch noch Lebewesen, die blöder waren als sie, waren sie zwar lästig, aber nicht eben erfolgreich.

Dass Karroman nicht erfolgreich war, konnte hingegen niemand behaupten. Er war auf der Myxolydia der Erste Ingenieur und Cheftechniker, ein Rang, den er sich mit Fug und Recht sowie auch mit Sturheit und 30-Pfund-Hammer verdient hatte.

„Mehr Kohle!" knurrte er Mark, den Heizer, an, der sich an der Schippe lehnend ein Päuschen gegönnt hatte. „Wenn der Druck *abfällt, kommen wir ins Trudeln und landen sonst wo. Aber nicht, bevor ich dir deine Schaufel leewärts in den Arsch getrieben habe."*

"Ja, ja", brummte der Heizer und setzte seine Anstrengungen fort, die Myxolydia und sich selbst tunlichst vor einem schlimmen Schicksal zu bewahren. Letztere war ein hübsches, rundliches und immens praktisches Flug-Schiff, wenngleich sie wohl noch niemand je als schnittig bezeichnet hatte. Ihre Außenhaut war holzverbrämt, doch in luxuriöser Ebenmäßigkeit konnte man die Nieten des Stahlskeletts erkennen. Über dem Schiffskorpus schwebte der Doppelballon für den Auftrieb. Propeller besorgten den Antrieb. Ihr Schlot gab ganz einwandfreien Rauch von sich, und wenn man am Ventil zog, tutete die Myxolydia wie ein Luxuscruiser. Naja, fast.

Winz rutschte die knotige Eisenleiter hinab zum Maschinenraum. Winz machte seinem Namen alle Ehre, obgleich er nun wiederum kein Zwerg war, sondern der Schiffsjunge. Er hatte jedoch Ambitionen.

"Wenn ich groß bin", so sagte er immer, *"werde ich Zwerg."*

"Das ist dämlich", berichtigten ihn dann die Unvorsichtigen. *"Die besten Voraussetzungen zum Zwergendasein hast du doch jetzt. Hör einfach auf zu wachsen und gib deine Umgangsformen ab."*

Die Unvorsichtigen waren freilich nur selten so unvorsichtig, genau dies in Anwesenheit von Karroman zu sagen, der eine sehr berechenbare Art und Weise hatte, mit Rassenstereotypen umzugehen. Tatsächlich konnte man ihm Unberechenbarkeit nicht anlasten. Seine Handlungsmuster waren durchaus ablaufkonform.

Winz bewunderte Karroman außerordentlich. Hätte er je eine freie Minute gehabt, so hätte er seinem zu großen Vorbild gleichermaßen an den Fersen, den Lippen und den Maschinen gehangen. Doch Schiffsjungen hatten zu dem Konzept ,freie Minute' eher ein theoretisches Verhältnis.

Auch heute schien er es ausnehmend eilig zu haben. Wahrscheinlich wartete eine Backpfeife schon irgendwo darauf, abgeholt zu werden.

"Wir werden verfolgt!" rief er aufgeregt, während er noch den Höhenunterschied zwischen Deck und Maschinenebene überwand.

Dass er dabei begeistert klang, nahm der Aussage zunächst ein wenig die Wirkung, die er sich erhofft hatte.

"Wie?" fragte Karroman unwirsch. Tatsächlich hatte man ihn noch nie wirsch gehört.

"Ziemlich schnell!" gab Winz zur Antwort.

Karromans rötlicher Bart zitterte gefährlich.

"Du willst dir wohl unbedingt…"

„Ne!" Winz klang beleidigt. „Echt jetzt. Wir werden verfolgt! Von einem richtig großen Flug-Schiff!"

Wie zur Bestätigung dieser Ungeheuerlichkeit fiepte die Rohrsprechanlage, und eine kaum zu verstehende Stimme bellte daraus hervor:

„Vl-Krv-rauuuus!"

„Was war das?" fragte der Heizer.

„Volle Kraft voraus. Putz dir die Ohren! – Doch nicht jetzt! Hinterher. – Und du", Karroman wandte sich wieder Winz zu, „nimm dir eine Schaufel und hilf!"

Winz' Gesichtsausdruck teilte sich in zwei gegenläufige Hälften. Die eine bekundete offensichtliche Freude ob der Tatsache, dass er im Maschinenraum gebraucht wurde. Die zweite strafte die erste Lügen bei der Feststellung, dass es sich bei der Hilfe ausgerechnet um Schaufeln handelte und nicht um Knöpfe drücken und Hebel ziehen. Die Tätigkeit des Schaufelns an sich war zu keiner Zeit dazu angetan zu begeistern. Zudem war Winz kleiner als die Schaufel, was nicht eben half.

Das fand auch Karroman, der den Versuchen des Knaben, drei Stückchen Presskohle auf der Schaufelfläche dem Feuerloch entgegenzubalancieren, mit grummeligem Entsetzen zusah.

„Lass mal, Kleiner!" brummte er alsbald. „Geh, weck Harald, der hat Freiwache. Nun lauf schon!"

Winz lief schon. Die Leiter hoch konnte er so schnell klettern wie sonst kein Zweiter, und obgleich man bei genauem Hinhören sein Murmeln hätte vernehmen können, dass er groß genug war, um im Maschinenraum zu helfen, war er doch weise genug, nicht mit Karroman zu debattieren. Harald inmitten seiner Freiwache zu wecken war schließlich auch eine ziemlich fordernde Aufgabe und nicht gänzlich ungefährlich.

Harald stellte sich jedoch nicht als nächstes Ereignis ein, während Mark schaufelte und der Zwerg and Rädern drehte und Hebeln zog.

„Meeeeeehr Dmfffffff!" erklang es aus der Rohrsprechanlage. Dieses technische Gerät hatte die Eigenheit, die Stimmen nicht wenig zu verfremden. Die schiere Intensität, mit der der Wunsch aber auf die Maschinenebene herangetragen wurde, verdeutlichte freilich das Ziel.

Karroman warf einen letzten Blick auf die Anzeigetafeln und Thermostate und griff sich die verwaiste Schaufel. In seinen breiten Händen wirkte sie irgendwie klein.

"Im Rhythmus!" wagte Mark einzuwerfen, als sich die Stiele in die Quere kamen.

"Ich – bin immer – im Rhythmus!" fauchte Karroman. "Du – hast dich anzupassen."

Dazu sagte Mark nichts. Es war besser so. Zudem war Schaufeln im Rhythmus anstrengend, und man wollte ja nicht ausgerechnet gegen einen Zwerg den, wie auch immer gearteten und besser nicht erwähnten, Kürzeren ziehen.

"Hallo!" erklang eine Stimme, deren Tonhöhe so gar nicht in das Schnaufen und Pfeifen der eher bass-orientierten Pleuelstangen und Ventile passte.

Karroman und Mark kamen klirrend aus dem Rhythmus, als sie sich ebenso misstrauisch wie neugierig umsahen.

Oberhalb der Eisenleiter stand eine Frau. Naja, jedenfalls ein weibliches Wesen, irgendwo zwischen Frau und der technischen Vorstufe. Sie trug ein himmelblaues Kleid, dessen Hinterteil kissenförmig mit großen dunkelblauen Schleifen verstärkt war und dessen Taille Karroman spontan Berechnungen anstellen ließ ob der Zugkraft und nötigen Materialanforderungen für das kleidungstechnische Utensil, das für so etwas vonnöten sein mochte.

Mit ein wenig Verspätung stellte er fest, dass es vermutlich ungehörig war, einer Dame auf die schmale Mitte zu glotzen, und hob den Blick. Nun ruhte selbiger auf der weiter oben von Zugkraft befreiten Oberweite, die – so denn nicht spektakulär – immerhin ganz hübsch war. Auch hier erlaubte sich Karroman nicht zu verweilen, sondern schob seinen Kopf weiter in den Nacken – immerhin stand das Mädel ja eine Plattform höher – und trachtete danach, sich auf das Gesicht und möglichst nur auf dieses zu konzentrieren.

Er dankte seiner metallberänderten, blauglasigen Schutzbrille, dass man die Zielrichtung seines Blickes nicht gar so deutlich erkennen konnte. Sonst käme das Dämchen noch auf falsche Gedanken. Oder, was noch schlimmer wäre, auf richtige.

Niedlich.

Unwichtig.

Erst mit dieser zwei- bis drei-sekündigen Verspätung erkannte Karroman sozusagen im Nachgang der Wahrnehmung die ungeheure Dreistigkeit, die ihn da in blauen Schleifen von oben herab ansah.

"Passagiere haben im Maschinenraum keinen Zutritt!" Er brummte beinahe leise, schließlich wollte er der Kleinen ja nicht Angst machen. Nur, sie störte. Und zu suchen hatte sie hier auch nichts. Sie würde sich nur dreckig machen.

„Schön", sagte sie, drehte sich, schürzte ihre Röcke und begann, die Leiter zur Maschinenebene hinunter zu steigen.

„He…" protestierte Karroman, aber da war sie dann schon unten, wandte sich ihm zu, zupfte hier und da an ihrem Kleid, das bei näherem Hinsehen noch weit mehr dunkelblaue Schleifen aufzuweisen hatte als auf den ersten Blick. Selbst auf dem Kopf trug das weibliche Wesen mittig eine Schleife, die eine fast übertrieben volle Ansammlung wippender, brauner Löckchen zusammenfasste und seitlich über die Ohren hängen ließ.

„Aber die dürfen mich nicht finden!" fuhr das Mädchen fort. Ihre Augen waren so blau wie die Schleifen. Und die waren ziemlich blau.

Karroman brummte ärgerlich, als er merkte, dass diese Feststellung gänzlich nebensächlich war und so gar nichts zur Sache tat. Er würde sie jetzt rausschmeißen.

„Sie sind nämlich hinter mir her", fügte das Mädchen an. „Und wenn sie mich kriegen, wird es fürchterlich."

Raus jetzt, wollte er sagen. Stattdessen hörte er sich andere Worte von sich geben.

„Wer ist hinter Ihnen her!"

„Das Schiff, das uns verfolgt."

„Die Piraten?"

Sie sah ihn erstaunt an, nickte dann jedoch eifrig.

„Genau. Piraten. Sie wollen doch sicher nicht, dass mich die Piraten kriegen? Oder?"

Kam es Karroman nur so vor, oder tappte sie tatsächlich bei der Frage mit dem Fuß? Und überhaupt, was war das für eine Frage? Er war nicht zuständig für Reisende. Er war auch nicht zuständig für Piraten. Er war zuständig für Maschinen.

Und für sonst gar nichts.

Wie um dies zu untermauern, gab ein Gerät ein warnendes Ping von sich, und Karroman stimmte mit einem unflätigen und keinesfalls passenden Ausruf ein, während er an die Anlage stürzte, um die Stände zu überprüfen. Die Pleuelstangen arbeiteten brav. So musste es sein.

„Warum schaufelst du nicht?" herrschte er Mark an. „Der Käpt'n hat volle Kraft voraus befohlen."

„Wir machen volle Kraft", murmelte Mark, der seinen Blick eher widerwillig von den blauen Schleifen fort und zum Kohlenbunker mit der Intensiv-Presskohle zwang.

„Wer hier wann schaufelt, bestimme immer noch ich!"

„Wieso muss er überhaupt schaufeln?" fragte das Schleifenmädchen. „Könnte man den Schaufelvorgang nicht automatisieren? Ich meine, bei all der Dampfkraft, könnte man doch ein Förderband...oder eine zahnradgeführte Eimerkette..."

„He!" beschwerte sich Mark, der um seinen Job fürchtete. Nicht dass er ihn liebte, doch es war der einzige, den er hatte.

„Also so eine Konstruktion kann doch nicht so schwer sein", fuhr sie fort. „Und die Energie dafür könnte ja die Dampfmaschine..."

„Die Dampfmaschine erzeugt Energie zum Antrieb", knurrte Karroman.

„Ja schon, aber so ein Förderdings kann doch nicht so viel Energie benötigen. Ich will ja nicht das Perpetuum Mobile erfinden. Aber das scheint mir doch ein wenig..."

Der Zwerg stellte sich drohend vor dem diminutiven Blauschleifenwesen auf.

„... doch ein wenig WAS?"

So manch einer seiner Untergebenen hätte angesichts der Stimmfrequenz nun rasch das Weite gesucht, nicht so dieses Mädchen.

„Altmodisch."

„Altmodisch?" In Karromans Stimme schwang das schwelende Feuer mehrerer altzwergischer Schmiedeessen.

„Unpraktisch eben."

„Unpraktisch!"

Karroman stellte fest, dass die Wiederholung ihrer Worte ihm eventuell als Zustimmung ausgelegt werden könnte. Doch er war so etwas nicht gewohnt. Zum einen war er nicht an Passagiere gewohnt. Er ging ihnen gemeinhin aus dem Weg. Damen konnten zumeist auch mit einem weiten Bogen rechnen, den er um sie machte. Und lästige Gäste im Maschinenraum – die entfernten sich meist wieder sehr schnell ganz freiwillig. Manchmal gab es hinterher eine Aussprache mit dem Käpt'n über Umgangsformen, doch deren Häufigkeit hatte in dem Maße proportional abgenommen, wie deren langfristige Sinnlosigkeit an Deutlichkeit zugenommen hatte. Dafür was das Schild „Für Passagiere Zutritt verboten!" größer geworden und hatte einen roten Rand und einen Totenkopf bekommen.

Die Frau in Blau war freilich immer noch da.

„Überholt", sagte sie jetzt. „Uninnovativ!"

Das hatte Karroman noch niemand zu sagen gewagt.

„Was?" brüllte er, und es kam ihm beinahe so vor, als flatterten Schleifen und Locken im Sturmgebraus seiner Wut nach hinten. Ein Irrtum. Die Schleifen blieben ruhig. Die Kleine auch. Immerhin *verschränkte sie jetzt die Arme und – diesmal war sich Karroman sicher – tappte wieder mit dem Fuß.*

Ob er sie wohl einfach unter den Arm klemmen, die Leiter hoch schleppen und zur Tür hinaus bugsieren konnte? Das würde ihm vermutlich eine weitere Unterhaltung über Umgangsformen einbringen. Und außerdem musste er das Wesen dazu anfassen. Umfassen. Hochheben. An sich drücken.

Seine Hände zuckten vor und wieder zurück.

Sie würde sich wehren, und er brauchte einen Arm frei für die Leiter. Und sie würde sich dreckig machen, denn seine ölverschmierte Lederkluft würde Spuren auf ihrem Schleifenkleidchen hinterlassen. Und außerdem wollte er ihr ja im Grunde keine Angst machen.

Nicht dass sie besonders ängstlich aussah.

Letzteres änderte sich, als ein dumpfer Stoß durch das Schiff vibrierte. Da Luft keine Balken hatte, konnte man davon ausgehen, dass der Verfolger sie nun erreicht hatte und knallhart längsseits gegangen war. Gefährlich, das. Wenn die Propeller beschädigt würden, mochten sie alle alsbald Bekanntschaft mit den unerfreulicheren Aspekten der Schwerkraft machen. Andockmanöver in der Luft waren etwas, das man tunlichst vermeiden sollte.

„Oh mein Gott!" flüsterte die Kleine, unvermittelt erblasst, und klammerte sich an Karromans Ärmel. „Sie sind da!"

Die Myxolydia war kein Kriegsschiff. Und Piraten waren auf den üblichen Flugwegen eher selten. So erstaunte es Karroman nicht, dass die einzige Bordkanone schwieg.

Er blickte hinunter zu den blauen Schleifen, die ihm auf einmal sehr nahe gekommen waren. Beide Händchen waren in seine Lederkluft verkrallt.

„Helfen Sie mir!" flüsterte die Kleine flehend, die eben noch seinen Maschinenraum umbauen wollte.

„Was wollen die von Ihnen?"

Was wollten Piraten schon von hübschen Mädchen? Lösegeld? Gesellschaft? Fleischliche Genüsse?

Letzteres erschien ihm so ungeheuerlich, dass es ihn auf einen Gedanken brachte.

„Ziehen Sie sich aus!"

Die Kleine starrte ihn an.

„Wie bitte?!"

„Machen Sie schon. Schnell jetzt!"

Sie stand starr und steif vor ihm.

„Mark! Hol die Ersatz-Kombi von Harald aus dem Spind! Los! Eil dich! – Und Sie – sind Sie noch nicht ausgezogen?"

Er griff mit beiden Händen in den Stoff über ihrem Décolleté und riss. Zwergenhände waren groß und kräftig, doch dass es gar so einfach sein würde, hatte er nicht gedacht.

Auch nicht, dass sie schreien würde. Er würgte ihren phonstarken Unmutslaut ab, indem er ihr den Mund zuhielt. Rußige Ölspuren zogen sich jetzt über ihr Gesicht.

„Nun machen Sie schon. Besser ich als die Piraten!" knurrte er sie an und warf die Fetzen ihres blauen Kleides in das Feuerloch.

Schade nur, dass Frauen so ungeheuer viel anhatten. Zumindest die Anständigen. Die, die er sonst gelegentlich bei Landepausen besuchte, waren in weit weniger Schichten gehüllt. Die Unterschichten der Oberschicht waren da schon umfangreicher.

Vom Deck über her ihnen konnte man Rennen, Laufen und Schreie hören.

„Das – Ding – auch!" herrschte er sie an, und sie versuchte mit fliegenden Fingern ein Band um ihre Taille zu lösen an dem ein federstahlverstärktes, nach hinten ausladend zulaufendes Unterteil hing. Tournüre, sagte ihm irgendein verschüttetes, gänzlich unbrauchbares Wissen.

Eine Zange hing griff bereit, und so wirbelte auch dieses Teil gen Boden.

Sie trug knielange Unterhosen. Mit Spitzen. Und weiße Strümpfe mit blauen Strumpfbändern. Und Schleifen. Und da war dann noch dieses Korsett. Musste man das aufschnüren?

Nein, es hatte eine stahlverstärkte Hakenleiste vorne. Sehr praktisch.

„Aber nicht doch!" jammerte sie nutzlos. Was hatte sie nur? Es war ja nicht so, dass sie jetzt etwa nackt war. Da war noch die Chemise mit den Ärmelchen. Und Spitzchen. Egal. Das würde man drunter nicht sehen.

„Mark! Steh da nicht rum und glotze! Hemd!"

Er warf ihr das schmutzige und ölverschmierte Arbeitshemd von Harald über den Kopf. Harald war kein Riese. Aber dieses Mädel war entschieden zu klein und dürr. Man sollte sie unbedingt füttern.

„Arm hier durch. Den anderen auch noch! Und jetzt die Hosen!"

„Hosen!" wiederholte sie tonlos.

„Bein rein! Los, machen Sie schon! Mark! Du bist Heizer – verheiz die Kleidung. Rasch."

„Die Stahlbänder werden die Feuerbox verunreinigen, Boss!"

„Ich pfeif drauf. Mütze. Hat Harald keine Kappe?"

„Nicht im Spind!"

Mark schaufelte blaue Schleifen und weiße Wäsche ins Feuerloch. Der Federstahl wehrte sich, aber der Heizer kannte kein Erbarmen.

„Nun ziehen Sie sich schon die Hosen hoch, oder muss ich alles selber machen?"

„Autsch!" jammerte sie, als er ihr die Schleife aus dem Haar zog und gen Feuerloch expedierte.

„Mütze", murmelte er. „Gottverdammte Mütze! Wie oft muss ich eigentlich sagen, dass Ihr eine Kopfbedeckung bei der Arbeit zu tragen habt?" herrschte er Mark an, der pflichtschuldigst mit der Linken an seine messingverzierte Lederkappe deutete, während er mit der Rechten nach der letzten Schleife fischte.

Die Hosen waren zu lang. Karroman bückte sich und schlug sie um, nicht allzu hoch, damit man ihre Stiefelchen nicht sah. Sie versuchte, den Gürtel zu schließen, doch er war zu weit. Karroman zog ihn zweimal um sie rum. So ging's.

Aber da waren noch die verdammten Locken.

Widerstrebend zog sich der große Zwerg seine Lederkappe mit Nackenschutz von den Haaren und setzte sie dem Mädel auf. Sie sank bis zum Nasenansatz. Und die Locken lugten hervor.

„Verdammt! Jetzt schieben Sie schon Ihre Haare drunter! Dann könnte es klappen."

Zwei kleine und zwei riesige Hände stopften eine übertriebene Anzahl von Löckchen unter die Lederhaube. Ihre lichte Höhe stieg dadurch nicht unerheblich.

„Schutzbrille!" sagte er nur und griff nach seiner Ersatzbrille.

„Kohle!" befahl er jetzt, holte dann aber doch selbst ein Stück davon, bevor er erklären musste, was er damit wollte. Schon waren die rosigen Wangen grau.

„Schaufel! Nun nehmen Sie sie schon! Und schaufeln Sie! Drehen Sie sich nicht um."

Sie schaufelte. Selbst Winz hätte es besser gekonnt. Doch immerhin stand sie am Feuerloch Mark gegenüber und hielt sich an einer Schaufel fest.

Keinen Augenblick zu früh.

Die Stahltür zur oberen Ebene des Maschinenraums flog so heftig auf, dass schier die Nieten wackelten. Käpt'n Moller stolperte ungeschickt und eilig auf die obere Plattform, hinter ihm einige Herren mit exklusiver Bewaffnung und Uniformen, die so gar nicht an Piraten erinnerten. Hier gebrach es eindeutig an Papageien,

Augenklappen und Holzbeinen. Die Stichwaffen waren auch eher schnieke Pallasche als Entermesser.

Ups.

„Haben Sie eine junge Dame gesehen?" fragte Käpt'n Moller nervös. Irgendwie war dieser Kapitän immer nervös, fand Karroman. Andere fanden das nicht. Es musste also an Karromans Wahrnehmung liegen. Sicher nicht an Karromans Anwesenheit.

„Hier?" gab Karroman langgezogen zurück. „Das ist der Maschinenraum. Hier gibt's keine Damen. Nur Heizer. Und Lehrling."

Die Augen des Käpt'ns flogen aufgeschreckt hin und her, blieben kurz auf dem neuen Heizerlehrling hängen und blickten dann weit aufgerissen in eine gänzlich andere Ecke.

„Wirklich nicht?" fragte er noch mal. „Die Herren vermissen die Dame. Sie vermuten Sie an Bord unseres Schiffes."

„Ach", sagte Karroman desinteressiert. „Das Schicksal des luftfahrenden Gewerbes. Man vermisst die Damen. Aber der nächste Hafen ist ja nicht mehr so weit. Da gibt es gewiss welche. Häfen sind bekannt dafür. Jede Menge Damen."

„Schenken Sie sich die Unverschämtheiten!" herrschte ihn nun ein noch etwas prächtigerer Weiß-Uniformierter an. Er trug eine blaue Schärpe, die Karroman nicht unerheblich an gewisse blaue Schleifen erinnerte, die in der Feuerbox zu Asche geworden waren. „Ich suche meine Braut!"

„Ist sie Ihnen weggelaufen?"

„Selbstverständlich nicht!"

„Ach, dann haben Sie sie nur verlegt?"

„Schweigen Sie! Ich suche sie. Das ist genug."

„In fremden Maschinenräumen?"

„Natürlich nicht!"

„Nun, im eigenen Maschinenraum haben Sie vermutlich schon nachgeschaut. Oder?"

Der Prächtige verzog das Gesicht, und sein hellblonder Zwirbelschnurrbart bebte ausgesprochen synchron. Alles an diesem Kerl war hellblond und geschniegelt, schmal, wohlgestalt und sehr synchron. Karroman stellte einmal mehr fest, wie unsympathisch ihm geschniegelte, wohlgestalte, sehr synchrone Hellblonde waren. Und zudem hatte der Beschärpte auch noch – das sah Karroman jetzt erst – spitz zulaufende Ohren.

Karroman legte großen Wert darauf, keine Rassenvorurteile zu haben, aber spitz zulaufende Ohren konnte er nicht leiden.

„Um Gottes Willen, Karroman..." murmelte Käpt'n Moller.

„Ah!" rief der Spitzohrige. „Ein Zwerg! Was auch sonst. Wo immer Ungehobeltsein und Dreck sich die Hand geben…"

„Wie war das?" fragte Karroman und ergriff einen Schraubenschlüssel, der in etwa so lang war wie sein Arm. Zwei himmelblau Uniformierte stellten sich vor den Beschärpten, als wäre dieser auf seiner höheren Ebene in irgendwelcher Gefahr.

War er auch. Karroman konnte Schraubenschlüssel werfen wie keine zweiter. Doch er warf nicht, klopfte nur mit dem langen Stahlteil gegen seine linke Handfläche.

„Aber nicht doch, meine Herren!" intervenierte ein ziemlich rotgesichtiger Käpt'n Moller und tupfte sich mit einem großen Taschentuch den Schweiß von der Stirn. „Wir wollen das doch friedlich regeln, nicht wahr Hoheit? Karroman?"

Hoheit. Auch das noch. Karroman wurde sich bewusst, dass er soeben der Braut des Prinzen das Kleid vom noblen Leibe gerissen hatte.

Er grinste.

„Heiß, Käpt'n? Das ist die Feuerbox. Wir sind noch auf volle Kraft. Wir werden aber vermutlich trotzdem bald abschmieren, wenn Seiner Ungnaden Schiff weiter an uns dranhängt."

Wie aufs Stichwort begannen die Pleuelstangen in Unwucht zu verfallen. Das Schiff erbebte. Karroman stürzte an die Geräte.

„Raus jetzt!" brüllte er. „Suchen Sie sich Ihre entlaufenen Bräute wo anders als ausgerechnet in meinem Maschinenraum. Das ist hier kein gottverdammtes Brautgemach."

Käpt'n Moller nickte eilfertig, während er sich mit beiden Händen am knubbeligen Messinggeländer festhielt.

„In der Tat, Hoheit. Es ist nicht anzunehmen, dass die Komtess ausgerechnet im Maschinenraum…"

„Wer weiß?" zischte der Hochwohlgeborene. „Sie hat eine geradezu peinliche Schwäche für moderne Dampftechnik."

„Ach", sagte Karroman, ohne von seiner Arbeit aufzusehen. „Mehr als für Sie?"

„Karroman!" brüllte Käpt'n Moller eher flehentlich.

„Zwei Minuten", gab Karroman zur Antwort. „Dann schmieren wir ab. Und das Flug-Schiff Seiner Brautsuchendenhoheit mit uns. Wenn sie dann noch dranhängen."

Die Uniformierten wurden nun etwas hektisch. Der spitzohrige Schärpenträger rührte sich jedoch immer noch nicht.

„Sie war hier! Wir haben ihren Koffer in einer Kajüte gefunden!"

„Und?" fragte Karroman, während er beinahe im Dauerlauf von einem Gerät zum nächsten eilte, mal etwas justierte, mal etwas nachstellte und schließlich mit dem Schraubenschlüssel, den er immer noch in den Pranken hielt, ganz zart an eine der Pleuelstangen klopfte. „Bin ich jetzt auch schon für Koffer zuständig? Reicht es nicht, wenn ich dafür sorge, dass wir in der Luft bleiben – was übrigens durchaus fraglich ist. Eine Minute noch."

Jetzt rannten die Herren der oberen Ebene gen Tür. Nur Käpt'n Moller blieb noch stehen.

„Karroman!" flehte er. „Also…"

„Lassen Sie mich meine Arbeit tun!"

Der Käpt'n biss auf einer Antwort herum, würgte sie schließlich hinunter, wurde noch ein wenig röter im Gesicht und stürzte dann seinen erlauchten Enter-Gästen hinterher.

Einen Augenblick lang war es ganz still im Maschinenraum – wenn man vom Pfeifen der Ventile, Stampfen der Pleuelstangen und Rasseln der Teile, die mit der Gesamtsituation unzufrieden waren, einmal absah. Dann ging ein Zittern durch das Schiff.

Karroman stürzte zum Feuerloch.

Dort stand sein Lehrling und blickte ihn mit großen blauen Augen an.

„Dan…"

„Schaufeln! Alle Mann schaufeln!" befahl Karroman und ergriff eine weitere Schaufel.

„Stürzen wir wirklich ab?"

„Irgendwann sicher. Aber die Ballons sind ja auch noch da. Die geben uns Auftrieb. Keine Angst. Es mangelt nur am Antrieb."

„Und wie steht's mit dem Trieb?" murmelte Mark der Heizer so leise, als wollte er, dass es niemand hörte. Doch dann hätte er es besser für sich behalten. Zwergen sagte man eine gewisse Schwere des Gemüts nach, nicht aber des Hörvermögens.

„Wie war das?" brüllte Karroman.

„Äh", sagte das Fräulein.

„Ich meine ja nur", meinte Mark ja nur.

„Wie geht's jetzt weiter?" fragte Karromans neuer Lehrling. Gab es davon eigentlich eine weibliche Form? Lehrlingine? Lehrlingette? Heizerelle?

Karroman zuckte mit den Schultern. Unwichtig, die weibliche Form. Oder vielleicht doch nicht? Grundsätzlich war gegen weibliche Formen ja nichts einzuwenden. Nicht dass man in Haralds Montur viel davon sah.

Das war auch gut so, befand Karroman nachdrücklich. Alles auf der Welt hatte seinen Ort und seine Zeit. Und weibliche Formen waren etwas für Landurlaub. In seinem Maschinenraum störten sie nur.

„Die nehmen bestimmt mein Gepäck mit!" jammerte der Lehrling.

„Ist nicht anzunehmen, dass der Käpt'n sie daran hindert."

„Und was mach ich dann jetzt?" fragte das Mädel und zog sich die Goggles von den blauen Augen.

„Da!" brummte Karroman und deutete mit dem Kopf in Richtung hölzernem Arbeitstisch.

„Wie? Wo?" fragte das Fräulein und schließlich „Was?"

„Da ist Papier. Und ein Stift."

„Stift?"

„Da zeichnest du jetzt deine Idee auf."

„Idee?"

„Ein Förderband…oder eine zahnradgeführte Eimerkette…- Und nicht hudeln. Ganz ordentlich."

„Das kannst du doch nicht machen!" wand Mark ein.

„Kann ich schon!" sagten Karroman und die Braut des Prinzen gleichzeitig.

„Aber du kannst sie doch nicht einfach hier behalten! Sie gehört dir nicht!"

Karroman nickte.

„Aber dem Schärpen-Schleimer gehört sie auch nicht", sagte er und wandte sich dann der jungen Frau zu. „Oder?"

„Bestimmt nicht!" versicherte diese vom Tisch her, wo sie erwartungsfroh einen Bleistift anspitzte. „Nicht in diesem Leben. Dieses langweilige, arrogante, rückständige, degoutante A…"

„… aber wo soll sie denn schlafen?" fragte Mark.

Ein Paar blauglasiger Goggles und ein Paar blauer Augen blickten ihn, dann einander an.

„Wird sich schon was finden", brummte Karroman.

„Also, ich bin nicht so…" empörte sich der Lehrling, während der Heizer gleichzeitig wohliges Entsetzen veranschaulichte.

„Aber du kannst doch nicht…"

„Bist du nicht! Und kann ich doch!" zischte Karroman. „Und nun glotzt nicht so. Du – heize! Und Du – zeichne! Und ich räume inzwischen meine Kajüte aus."

„Komtess…", murmelte Mark. „Kom…", er ließ sich den Klang auf der Zunge zergehen, „…tess."

„Elenya", korrigierte Elenya. „Einfach nur Elenya."

Karroman wandte sich der Leiter zu, während ihn ganz plötzlich der Verdacht beschlich, sein neuer Lehrling mochte eventuell spitze Ohren haben. Mit den ganzen Locken hatte er das nicht sehen können.
Spitze Ohren.
Was für ein Glück, dass er keine Vorurteile hatte. Jedenfalls nicht viele.
„Ed", sagte er. „Ab heute heißt du Ed."
Problem gelöst. Es war doch ein guter Tag. Sie waren nicht abgestürzt. Die Eindringlinge waren keine Piraten. Und was noch viel wichtiger war: sie waren keine Zollfahnder. Einen guten Lehrling konnte man immer gebrau… Er formulierte erschreckt im Geiste um. Ein guter Lehrling war eine nutzbringende Investition. In die Zukunft. Und in den Fortschritt.
„Übrigens", murmelte er über die Schulter, als er die Leiter hochstieg. „Ich heiße Karroman. Und ich bin Zwerg."
„Ich heiße Ed", sagte Ed. „Und ich bin Lehrling."
„Ich heiße Mark", sagte Mark. „Und ich bin zutiefst schockiert. – Eine zahnradgeführte Eimerkette! Also wirklich! Wo kommen wir denn dahin?"
Das, fand Karroman, war ganz allgemein eine nicht zu unterschätzende Frage. Doch für heute hatte er schon genug Probleme gelöst.

James Lovegrove

Steampunch

Übersetzung: Rolf Winkenbach

He!, He, Du! Ja, Du, Kleiner. Komm rüber. Ich will mit Dir reden. Nein! Sieh' mich nicht so an. Ich bin nicht irgendein divenhafter Schwuler, obwohl es hier in der Gegend einige von ihnen gibt, sei gewarnt. Ich werde nicht versuchen, meinen Nebukadnezzar in deinen kleinen Hintern zu stecken. Ich bin ein treuer Anhänger der edlen Dame Gliedverschlinger, immer gewesen. Ich will dir nur einen guten Rat geben, das ist alles. Ich habe Hunderte von deiner Sorte gesehen, frisch vom Schiff, alle ängstlich und mit erschreckten Augen. Sie stehen am Dock und haben nicht die geringste Ahnung, was sie mit sich anfangen sollen. Ich bin hier seit fast 20 Jahren und ich weiß, was läuft. Ich teile gerne mein Wissen mit den Neuankömmlingen, helfe ihnen gerne, wenn ich kann. Das ist ein harter, rauer Platz, zu dem sie Dich gebracht haben. Du wirst hier den Rest deines Lebens verbringen. Du kannst also gleich versuchen, es richtig anzufangen, was?

Du wirst also zuhören? Guter Junge. Vernünftig. Ich bin schließlich ein vertrauenswürdiger Kerl. So vertrauenswürdig, wie du es hier nur zu finden hoffen kannst. Das kannst du mir ja ansehen.

Sieh' hinter die gerötete Haut. Das ist nur der Staub, der sich nach all der Zeit praktisch in die Haut eingegraben hat. Das ist das Zeichen eines alten Kerls. Die roten Wüsten mit ihren Wirbelwinden beflecken uns. Als Daumenregel kannst nehmen: je rostiger einer aussieht, desto länger ist er hier. Eine Art von Eingebornen-Färbing könntest du sagen. Aber ignoriere das. Schau' in meine Augen, Kleiner. Sie sind ein ehrliches Paar Leuchten. Ich würde sogar soweit gehen sie die Augen eines unschuldigen Mannes zu nennen. Und das ist schon etwas, das gebe ich zu. Du wirst verdammt viel zu hören bekommen. Jeder den du hier triffst, wird dir sagen, dass er unschuldig ist. „Der Richter hat mich runtergemacht. Die Bullen haben mich reingelegt. Die Jury bestand aus Holzköpfen. Ich habe die Fahrkarte hierher nicht verdient." Blödsinn. Die meisten sind bis ins Mark verdorben. Ich jedoch, ich habe nichts Falsches getan. Jedenfalls nicht richtig. Ich war das Opfer einer Hexenjagd. Da steckt eine Geschichte dahinter, *die dir das Herz brechen würde. Aber ich will dir damit nicht auf die Nerven gehen.*

Erzähl' mir, was du getan hast, um in so zartem Alter in eine Strafkolonie geschickt zu werden. Nein, warte, sage nichts. Lass mich raten. Ich habe inzwischen Erfahrung darin, einen Gauner von einem anderen zu unterscheiden. Nun, du hast nicht die Statur für einen Schläger oder einen Geldeintreiber. Du hast nicht das schmale gerissene Aussehen eines Beutelschneiders oder Trickdiebs. Du siehst aus wie einer, der ein paarmal schlechte Zeiten oder Rückschläge hatte und der zum Gauner wurde, um durchzukommen. Ein Taschendieb, richtig? Richtig! Dachte ich mir. In den Omnibussen.

Du arbeitetest in der Menge, erkennst deine Opfer, eine Hand die Erfahrung hatte die Klamotten einer Nutte zu durchsuchen, nach einer Taschenuhr, einem seidenen Taschentuch oder eine Börse mit Silber. Und dazu ein bisschen Handarbeit in den Läden, das würde mich nicht überraschen. Und dann, eines Tages, bist du ausgerutscht, warst ein bisschen zu langsam, etwas zu unbeholfen, wurdest bei der Tat erwischt. Dein Täubchen machte Lärm und schrie, ein Polizist kam. Es ist immer ein Polizist in der Nähe, wenn du keinen brauchst. Er packte dich am Kragen und brachte dich zur nächsten Station. Dort haben dich die Jungs in Blau verprügelt und dann ging's zum Gericht, und hast du es nicht gesehen hat dir jemand den Schädel kahl geschoren Dich in die Klamotten mit den breiten Pfeilen gesteckt und mit dem nächsten Schiff ging's hierher.

Das war's, nicht wahr? Mehr oder weniger? Ja, nicht fair. Du hast nur versucht zu überleben. Wenn du die Wahl gehabt hättest, wärest du nie auf Taschendiebstahl verfallen. Es ist eine grausame Welt. Und das hier ist eine grausame Welt, das glaube mir. Du musst auf dem Quivive sein, auch in den Baracken, wo die meisten von uns wohnen. Du, das sollte der sicherste Platz hier sein. Du wirst lernen müssen, mit wem du dich befreundest und wem du aus dem Weg gehst.

Nimm zum Beispiel den da drüben, der den Neuen anschnauzt. Siehst Du ihn? Der Kerl mit heruntergezogenen Schläfenlocken, dem schwachen Kinn und der käsig-weißen Haut? Er bleibt immer drinnen, deswegen sieht er so blass aus. Er verlässt nie die Anfängerbaracken. Er hat auch nie daran gedacht, mal zu den äußeren Siedlungen zu gehen. Er hat in seinem ganzen Leben noch keinen Staubsturm gesehen. Der sie nicht allzu gefährlich aus, was? Glaub' das nicht. Er heißt Whitechapel Jack. Er könnte des Teufels Bruder sein. Er hat fünf Huren getötet. Fünf von denen wir wissen. Es sind wahrscheinlich mehr, vielleicht elf. Er sollte dafür hängen, aber ein Trottel von Richter dachte, er wäre besser dran, wenn er den Rest seiner Tage hier draußen verbringen würde, damit er lernen könnte, sich für seine Taten schuldig zu fühlen. Das wird er aber nicht, er ist nicht der Typ dafür. Da fehlt etwas in dem Mann. Ein Loch, wo sein Herz sein sollte. Verärgere ihn nie. Der hat dir mit seinem Stecher das Lebenslicht ausgeblasen, sobald er Dich nur ansieht. Er wartet nur darauf einen Grund dafür zu haben, also gib ihm keinen.

Und er da, der hakennasige Shylock mit den buschigen schwarzen Haartollen auf beiden Seiten seines Gesichts und dem Lächeln einer Sichel? Der mit der Gruppe von Schönlingen um ihn herum? Er ist nicht nur ein Schwuler mit einem Hang zu jungem Fleisch, er steht auf Kinder. Das ist seine Gang, keiner von ihnen auch nur einen Tag über 20. Er kann dir alles besorgen, was du willst. Er beherrscht den schwarzen Markt. Er mag dir sehr nett vorkommen, aber geh' ihm aus dem Weg, wenn du kannst und nie, nie, was immer du tust, darfst du sein Schuldner werden. Diese Jungs sind sein Strafkommando, und ich habe gesehen, was sie mit einem säumigen Schuldner machen mit diesen Stachelkeulen, die sie tragen. Das ist kein schöner Anblick.

Und da ist ---
Ich? Warum willst du was über mich wissen?
Na gut. Wenn du schon fragst. Sehr höflich von dir. Ich bin Chas Starkey. Jeder, selbst meine Kumpels, nennt mich nur Starkey. Ich glaube nicht, dass dir das etwas sagt. Nein, kein Grund, warum es das sollte. Du bist sowieso zu jung, um Dich daran zu erinnern. Die Ära der Steel Scrappers endete, lange bevor du geboren wurdest. Aber du hast sicher von „Steampunch" gehört. Nicht wahr?

Naürlich hast du. Jeder hat von „Steampunch" gehört. Dem „Zinn-Titan". Dem „Blech-Schläger". Dem König der Eisernen Arena.
Nun, ich war sein Trainer. Ich schwöre zu Gott, dass ich es war. Ich meine, ich war viel mehr als das. Ich war sein Mechaniker, sein Gelenköler, sein Heizer, sein Karosserieklempner, sein Reparaturmann und sein Nieter und was sonst noch alles. Wenn du es so willst, habe ich alles für ihn gemacht und worin ich am besten war, das war sein Trainer zu sein. Mir hat es „Steampunch" mehr als jedem anderen zu verdanken, das er wurde, was er war. Der unangefochtene,

unbesiegte Champion in der über 12-Tonnen-Klasse und eine Legende des Mechano-Boxens.

Du hast nie einen Wettkampf in Mechano-Boxen gesehen. Nicht seitdem sie verboten sind. Vielleicht hast du einen in einer alten Kino-Doku gesehen, aber das ist nur ein blasser Schatten der Realität. Ich sage dir, du hast etwas verpasst. Es gibt nichts vergleichbares. Stell' es dir vor. Eine Menge von etwa tausend Leuten, Männer und Frauen, jung und alt, reich und arm, schön und dreckig, Schulter an Schulter, als ob es keinen Unterschied zwischen ihnen gäbe. Alles versammelt um einen Ring in schiefen Stühlen. Sie winken mit Wettscheinen, die Hände voller Fünf-Pfund-Scheine und schrien bis unter das Dach. Der Ring selbst war einhundert Fuß im Quadrat, Sand auf dem Boden um vergossenes Öl aufzusaugen und das Feuer daran zu hindern, sich auszubreiten. Vier riesige gusseiserne Pfosten markierten die Ecken. Und in der Mitte von dem Ganzen zwei gigantische Automaten, die sich gegenseitig die Seele aus dem Leib schlugen. Drei Meter hoch, fünf Meter hoch, manche sogar noch größer. Ihre kolbengetriebenen Arme schossen nach vorne, schlugen zu mit Fäusten wie Kanonenkugeln. Der Lärm, jeder Donner, jeder Schlag lauter als die Glocken von Big Ben. Das schrille Zischen des ausgestoßenen Dampfes. Das Rumoren der Boiler in voller Hitze. Jeder Fußtritt ein Donnerschlag. Die Menge schrie und heulte, das tönt noch heute in meinen Ohren. Und der Geruch. Das bekommst du im Kino auch nicht mit. Funken, Feuer, Rauch, Schmiere, Öl. Metall. Beschädigtes Metall hat einen eigenen Geruch, weißt du? Wie der Blitz an einem stürmischen Tag, wie das Blut in deinem Mund, wenn du dir auf die Zunge beißt. Und der Schweiß des Massen. Der animalische Gestank von tausenden übererregter Körper.

Soweit es mich betrifft, war Mechano-Boxen das krönende Ergebnis der industriellen Ära. Oh, ich weiß, da sind die Super-Gießereien, die Äther-Schiffe, die Vacu-Bahn, die Raum-Mörser, die Überstädte, die selbststeuernden Pferdekutschen, all dieses Zeug. Vergiss es. Willst du die konzentrierte Essenz des menschlichen Hirns und Genie? Du willst eine perfekte Verschmelzung von moderner Wissenschaft und alter Kunstform? Mechano-Boxen. Du brauchst nicht weiter zu suchen.

In meiner Jugend habe ich selbst als Boxer begonnen. Ich habe ein paar Preise in der Bloßen-Faust-Liste gewonnen. Aber ich hatte auch meinen gerechten Anteil an Niederschlägen. Aber auch als junger

Spund, nicht viel älter als du es bist, wusste ich, dass ich nie zu den Großen gehören würde. So verlies ich die Fancy – das ist unser Name für die Brüder des Boxrings – solange ich es konnte, bevor die alte graue Masse zu sehr zerquetscht wurde, bevor ich als sabberndes, zungenlahmes Etwas endete. Ich hatte immer Geschick im Umgang mit Maschinen, hatte das von meinem Vater, der ein Produktions-Fitter war. Es lag mir im Blut. Und gerade als ich die Fancy verließ, tauchten die ersten Mechano-Boxer in der Szene auf, also hatte ich das richtige Timing. Es war nur logisch, dass ich in dieses Feld überwechselte. So konnte ich beide Fähigkeiten einbringen, insbesondere, da ich sah, dass Mechano-Boxen schnell der Hype wurde und normales Boxen nicht mehr die Phantasie der Zuschauer fesselte, wie es das vorher tat.

In den frühen Tage waren die Automaten ganz schön grob. Ich stellte sie mir als Dampf-Lokomotiven vor, bei denen das Innerste nach Außen gekehrt war. Sie hatten nicht wirklich Gesichter oder Persönlichkeit, sie waren nur eine Art Metallpuppen, die sich stampfend bewegten, sie waren langsam und brachen des öfteren mitten im Kampf zusammen. Dennoch, sie hatten etwas Besonderes. Die Darstellung reiner Kraft. Wenn diese Kolbenstangen nach vorne schossen, mit genug Kraft, um einen Elefantenbullen zu töten oder ein kleines Haus zu zerstören – wenn diese riesigen Holzfäller-Mannequins sich aufeinander zu bewegten, sich umfassten und drückten, mit keinem anderen Ziel als sich gegenseitig in Stücke zu hauen, das war erregend und fühlte sich nicht falsch an. Eine Erfahrung, die dir das Haar im Nacken sträubte.

Es wurde populär und bald danach blühte das Geschäft. Das Geld strömte nur so herein. Die Buchmacher schrien nach mehr Kämpfen, die Promoter investierten viel in neue und bessere und vor allem lebensechtere Automaten.

Ich arbeitete eine Weile mit 'nem Typen namens Blarney Mick, natürlich ein Ire und er hatte einen Dialekt von der alten Schule. Er stammte vom Rummel, ein netter Kerl aber eine Verkäuferseele durch und durch. Blarney war von Anfang an beim Mechano-Boxen, damals als es noch eine kleine Jahrmarktsangelegenheit war. Etwas was in den hinteren Zelten der Wanderzirkusse aufgeführt wurde. Wir hatten ein paar Kämpfer, jedoch nichts, was du wirklich Spitze nennen würdest. Aber gute Schläger, auf ihre Art. Mick arbeitete damals für ein paar sehr zwielichtige Typen. Iren, mit wenig Moral aber tiefen

Taschen. Als sie gewahr wurden, wie viel Geld man mit Mechano-Boxen verdienen konnte, gaben sie uns mehr Geld, als ich je in meinem Leben gesehen hatte. Sie sagten zu uns, wir sollten uns daran machen den mächtigsten und wiederstandsfähigsten Mechano-Boxer bauen, den die Welt je gesehen hatte.

Wir brauchten fast ein Jahr und ein Team von acht Ingenieuren, die wir von der Eisenbahn und aus dem Schiffsbau holten, sowie die Hilfe eines Physikers, Professor Challoner. Einem Mann, der normalerweise nie auch nur in die Nähe eines so vulgären Unternehmens gekommen wäre. Challoner benötigte eine Stelle, weil er seinen Lehrstuhl in Oxford verloren hatte. Der Grund war ein Skandal, in dem es um ein Schankmädchen und um ein gemeinsames Verhältnis ging. Was der Professor nicht über Druck, Legierungen und Wärmeübergangskoeffizienten wusste, das brauchte man nicht zu wissen. Und wenn es auch Zeiten gab, in denen er so tief in der Flasche saß, dass er nur faseln und toben konnte, das machte er in seinen lichten Momenten wieder wett. Und wer könnte es einem so gelehrten Herrn verdenken, dass er zur Schnapsdrossel wurde. Auf diese Weise in Ungnade zu fallen ist schwer zu ertragen. Wenn du dich in den feinen Kreisen bewegst, dann hat du das gleiche Recht auf Sünden wie alle anderen, aber um Gottes Willen, halte dich an Regel Nummer Eins, die einzige Regel: Lass Dich nicht erwischen.

Wie auch immer, am Ende des Jahres war er da, „Steampunch". Gebaut und fertig. Und was für ein tolles Vieh er war. Sein großer Messingkopf hatte einen ... einen Stolz und eine Vornehmheit, wie eine dieser antiken römischen Büsten. Sein Torso mit den verstärkten Rippen und den verwobenen Schichten des Plattenpanzers. Er sah kräftig genug aus, um ein Schlachtschiff zu stoppen. Seine Arme und Beine, nun, er bewegte sich mit solch einer Grazie, solch einer Elastizität, dass du dir nie vorgestellt hättest, welche Massen er tragen musste. Er war eine Präzisionsarbeit, genau wie ein Uhrwerk und in seiner Brust brannte ein Kessel, der einen Vulkan beschämt hätte und der Druck in seinem Röhrensystem hätte das Quecksilber aus jedem Barometer geblasen.

Sein erster Kampf. Er stand gegen Chrombolzen, der zu der Zeit der regierende Schwergewichtschampion war. „Steampunch" war der junge Bewerber, der Herausforderer, der aufsteigende Niemand. Das gute Geld war gegen ihn. Die Quoten gegen ihn waren so lang wie die Kniebundhosen einer Giraffe. Er war eine unbekannte Größe, und Blarney Mick versuchte verzweifelt ein Wort für ihn einzulegen. Aber je mehr Mick sagte, desto weniger wurde ihm geglaubt. Jeder hielt ihn für ein schwaches Ding, das einfach so zerfallen und wegbrechen würde und nur ein Vollidiot hätte einen halben Penny gewettet, dass „Steampunch" 'ne einzige Runde durchsteht.

Das alles änderte sich, nachdem „Steampunch" Chrombolzen mit nur drei direkten Schüssen niederstreckte, wobei jeder verheerender war als der vorhergehende. Der Kampf war vorbei, kaum dass er begonnen hatte. Keiner der Zuschauer konnte es glauben. Es herrschte absolute Stille in der Arena, eintausend Münder standen weit offen. Das einzige Geräusch dort kam von Chrombolzen als Öl aus seiner Hydraulik spritzte und den Boden bedeckte und als Bruchstücke seiner zerbrochenen Panzerung mit einem Krachen abfielen und das lange leise Stöhnen seines sterbenden Kessels. Vom voll funktionsfähigen Automaten zu Schrottmetall in etwas unter sechs Sekunden.

Und dann, aus tausend Kehlen auf einmal, kam ein Jubel. Wie ein gewaltiger Schrei in unserer Wirklichkeit. Reines wunderbares Vergnügen. Auf einmal hatte die Nation einen neuen Mechano-Boxern-Helden. Über Nacht wurde „Steampunch" vom Niemanden, zu einem Namen, den jeder kannte. Am nächsten Tag fand er sich auf der Sportseite jeder Zeitung wieder. Und bei vielen auch auf der Titelseite. Die Times nannte seinen Sieg „Die größte Umkehr von Erwartungen, die diese aufkommende Branche des faustkämperischen Handwerks je gesehen hat." Ich bin mir nicht ganz sicher was die Hälfte davon bedeutet, aber es klingt richtig.

Es war für uns keine so große Überraschung, für uns, die wir „Steampunch" gemacht hatten. Wir hatten eine ziemlich klare Vorstellung davon, was unser Mann leisten konnte. Aber ich gebe zu, selbst ich war weg, wie schnell er Chrombolzen fertig gemacht hatte, wie entschieden. Ich wusste, er hatte die Kraft. Aber mir war nicht klar, wieviel Mut er auch hatte.

Nun, ich langweile dich doch nicht, oder? Du denkst doch nicht „Dieser alte Starkey, der schnattert doch nur." Denn, das sah aus wie ein Gähnen, das du unterdrücken wolltest. Aber, es war ja auch eine lange Reise, nicht wahr? Anstrengend. Ich würde nichts sagen, wenn *du müde wärst. Die ganzen Wochen in engen Zellen eingesperrt. Marschieren über diese spurlose Ebene, überleben bei diesen winzigen Rationen, halb erstickt durch den Gestank und den Atem der anderen Gefangenen. Das ist kein Spaß. Ich erinnere mich nur zu gut daran.*

Nun, wenn du darauf bestehst, erzähle ich weiter. Wo war ich? Ach ja. Nun, nach dem sieg über Chrombolzen standen sie Schlange, um „Steampunch" zu schlagen. Andere Promoter konnten es kaum erwarten ihre Mechano-Boxer mit ihm kämpfen zu lassen. Da war das „Stählerne Pulverfass", klein von Statur, aber trotzdem ein würdiger Gegner. Da war „Donnerschmied" auch bekannt als die „Rotherham Rakete". Da war „Eisenrock", der diese beiden riesigen Schornsteine auf dem Rücken hatte. Da war „Diamantengesicht", dessen Gesicht tatsächlich aus gehärtetem Glas und nicht aus Diamant war, was bedeutete, dass er da verwundbar war. Er hatte buchstäblich ein Glaskinn. Da war „Rory, der Rammer", von der nördlichen Grenze, auch bekannt als der „schottische Spartaner". Da waren „Kid Colossus" und „Ferro" und das „Bronze Kampf-Ungeheuer" und viele, viele andere. Alle diese Thronanwärter, und „Steampunch" trat allen gegenüber und schlug sie nieder.

Nicht alle Kämpfe waren so leicht wie der gegen Chrombolzen. Oh nein, er erhielt viele Kratzer, Kerben und Dellen auf seinem Weg. Er hat seine Strafen bekommen und wurde auf seinen Hintern gedrückt, und das mehr als einmal. Aber er stand jedes Mal auf und kämpfte weiter. Ein ums andere Mal. Was immer sein Gegner vorbrachte, er nahm es an und kämpfte, bis er gewann. Einmal, er kämpfte gegen „Galvanissimus" glaube ich, wurde ihm sein ganzer linker Arm glatt an der Schulter abgetrennt. Nun, das hätte jeden anderen Mechano-Boxer gestoppt. Der ganze Verlust an Öl und die Kugellager getroffen und all das, nicht zu vergessen, dass „Steampunch" ein Rechtsausleger war. Aber gab er auf? Zur Hölle, nein. Er machte weiter und verprügelte „Galvanissimus" derart, dass man nie wieder alle Teile gefunden hat.

Ah, das waren ein paar glorreiche Jahre. In seiner Karriere wurde „Steampunch" immer stärker. Und das Geld floss nur so in unsere Taschen. Blarney Mick war glücklich, seine Fenian Bosse waren glücklich und das Beste: Die Zuschauer konnten nicht genug von ihrem Automaten-Helden kriegen. Er wurde mit Drei-Pence und Sechs-Pence Münzen überschüttet, wann immer er in den Ring trat.

Kupfermünzen als Zeichen des Respekts. Wertvolles Metall um wertvolles Metall anzuerkennen. Und sie fielen von seiner Stahlhaut wie ein klingender Regen. Und dann grüßte er die Menge, nachdem er seinen Gegner verhauen hatte. Nur eine kleine Berührung der Stirn mit seinem Finger, aber es machte sie rasend.

Ich hab' ihm das beigebracht. Ich habe ihm alle seine Tricks beigebracht. Seinen Kampfstil, den hat er von mir. Und ja, ich weiß, meistens war es nur eine Sache wie man die Zahnräder und Schwungräder anordnete, um bestimmten Mustern zu folgen. Und davon, Fehler in die Ketten und Schaltungen einzubauen, um unerwartete Kombinationen und Manöver zu generieren. Und jede Schwäche auszubügeln, die ich beim Wiederzusammensetzen, Schweißen oder Glattpolieren entdeckte. Ich habe ihn nicht richtig trainiert. Aber ich nenne es Training, weil es einfach kein anderes Wort dafür gibt. Es ist die reine Wahrheit, dass „Steampunch" ein intelligentes Wesen war. Er war es. Ja. Ja, er war nur ein Ding aus Eisen und Stahl, aus Stangen und Getriebe, mit einem Boiler drinnen und Hunderten von Ventilen. Mit kilometerlangen Röhren und Schächten. Aber er verstand, was er war. Ich schwöre es. Er hatte ein Bewusstsein. Er hatte Geist, und wie ich schon sagte, Mut. Er war der tapferste Boxer, den ich je gesehen habe. Sowohl bei menschlichen Boxern als auch bei Mechano-Boxern. Er war – schätze ihn nicht falsch ein – nicht nur eine Maschine. Oder wenn er es war, dann sind wir beide auch Maschinen. Und der einzige Unterschied ist, dass wir aus Fleisch sind.

Alles ging glatt. Das Leben war gut. Ich kann mich nicht beschweren. Und die Zukunft sah strahlend aus.
Und dann ging alles schief.
Zwei Dinge geschahen. Eines davon war ein tragischer Unfall. Das andere war John Sholto Douglas.
Der Name sagt dir nichts? Versuche es mal mit dem neunten Marquis von Queensberry.
Ja der. Kein anderer. Aber er war auch ein ekliger Kerl. Manchmal kannst du hochgeboren sein, alle Privilegien besitzen, die das Leben bietet, wunschlos glücklich und trotzdem kannst du niedriger, elender Abschaum sein. Einer seiner Vorfahren, der dritte Marquis tötete, röstete und aß einen Küchenjungen. Im Alter von zehn. Wusstest du das? Wahnsinn, schon so früh in der Familie. Und sechs Generationen von Züchten und Pflegen haben es nicht geschafft, das aus der Blutlinie zu vertreiben. Nicht vollständig.

Nun, der neunte Marquis oder Mr. Douglas, wie ich es vorziehe ihn zu nennen, denn für mich ist er kein Edelmann, war nie ein großer Anhänger des Mechano-Boxens. Als Gründer des Amateur Athletics Club war er voll für das physische Können. Männer, die das Beste aus sich selbst machten. Versteh' mich nicht falsch. Ich habe nichts dagegen, natürlich bin ich das nicht, und Mechano-Boxen war nie dazu gedacht, die edle Praxis des Einen-anderen-Zusammenzuschlagens zu ersetzen. Aber Mr. Douglas war der Meinung, dass sein geliebter Sport im Abstieg begriffen war. Dass die Maschinen das übernehmen würden und dass bald Automaten Hürden laufen würden und auf der Themse rudern würden und so weiter. Und dass wir Menschen als eine Bande weicher, gefügiger Geleewesen enden würden. Er sah Mechano-Boxen als den Anfang vom Ende an. Als schottisches Mitglied des Oberhauses stand er fast jeden Tag auf, um gegen die Stahlschläger zu wettern und ein Gesetz zu fordern, dass die Eisenarena verbieten sollte. Und er nannte jeden, der beim Spiel dabei war – so wie ich – einen Verräter und Schaden für die Gesellschaft, ja sogar eine Bedrohung für die Zukunft der menschlichen Rasse. Er war ein Atheist und stand auch offen dazu, deshalb hat er wohl nicht verstanden, dass Mechano-Boxen ein Teil von Gottes Plan für seinen Kinder war. Warum sonst hätte uns der Herr das Nötige gegeben, um es zu erfinden?

Jedenfalls, Mr. Douglas war lange Zeit eine Stimme in der Wüste. Ich sah ihn ab und zu in den Nachrichten, wo er mit seiner noblen Stimme jammerte, dass das Land vor die Hunde gehen würde, und dass Mechano-Boxen diesen Weg anführte. Und du konntest sehen, dass er niemanden auf seiner Seite hatte, denn die Leute im Kino buhten und verhöhnten ihn und warfen Sachen auf die Leinwand, wann immer er zu sehen war. Sie forderten den Vorführer auf, die Filmrolle zu wechseln. Ich habe genauso gebuht und gehöhnt, wie die anderen Zuschauer und ich war genau so erfreut wie sie, wenn – wie so oft – der Bericht über „Steampunch"s letzten Sieg gezeigt wurde. „Steampunch" legte seinen Finger an die Stirn und das Arenalicht reflektierte in einem mechanischen Auge, und gab ihm ein Glitzern, ein Zwinkern der Helligkeit. Britannien liebte „Steampunch", ja das tat es. Es wurden Schlager über ihn geschrieben.

„Steampunch", Stee-ee-eampunch, auf Dich zählen wir, wenn es kracht." Hast du das je gehört? Ein richtiger kleiner Ohrwurm. Zu der Zeit konntest du an keinem Eingang vorbeigehen, ohne dass dir

die Melodie aus dem warmen Inneren entgegenwehte. Entweder sang es ein Typ am Piano, oder eine Selecto-Dampforgel zischte Ellen Terry's Version oder es war Marie Lloyd komplett mit den Knacksern der Schellack-Platte. Oder es gab Groschenromane über „Steampunch": „Steampunch" rettet die Lage", „Steampunch" und das Geheimnis der vermissten Kappelenorgel", dieser Art Geschichten. Er bekämpfte das Verbrechen oder arbeitete als Detektiv und das, obwohl er ein Automat war und das ganze Konzept absurd war und keinerlei Sinn hatte. Aber den Lesern machte das nichts aus und jede Ausgabe von Boys Standard und Planet Britain mit einer „Steampunch" Geschichte ging weg wie warme Semmeln. Wir ließen seinen Namen und sein Aussehen schützen und bekamen unseren Anteil vom Honorar, also lachten wir. Jeder war glücklich, außer unserem Kumpel Mr. Douglas.

Aber Mr. D. war gerissen, ja das war er. Er hielt seine Kampagne am Brodeln und wartete seine Zeit ab. Er wartete darauf, dass sich die Stimmung ändern würde. Dass der vorherrschende Wind sich in seine Richtung drehen würde. Irgendwie wusste er, dass seine Chance kommen würde. Boxer, der er war, wusste er, dass ein Weg den Kampf zu gewinnen hieß, in Deckung zu bleiben und sich zu verteidigen, aber mit dem eignen Schlag zu warten, bis der Gegner eine Schwäche zeigte, bis dieser seine Deckung fallen ließ. Dann schnell und geschickt und gnadenlos zuschlagen.

Der Moment kam, und es war dieser tragische Unfall, den ich schon erwähnte. Nun, ich war nicht dabei, ich habe nie selbst gesehen was passierte, aber ich habe es aus erster Hand gehört. Dutzende Male. Und ich verstand, dass niemand wirklich Schuld daran hatte. Es ist einfach so passiert. Außer, du glaubst den Gerüchten, dass es geplant war, und dass Mr. Douglas selbst dahintersteckte. Ich glaube das nicht. Es ist ein Opportunist, aber kein Strippenzieher. Das ist nicht sein Stil. Er ist eine Hyäne, kein Löwe.

Es war ein Schaukampf, der Ausgang sollte das Ranking in keiner Weise beeinflussen. Und das ist die Ironie, denn genau das tat es. Mehr als irgendjemand hätte voraussehen können. Die Menge war vielleicht etwas größer als sonst, da dies der erste Kampf war, der in der neuen, extra zu diesem Zweck erbauten Arena stattfand. In dem neuesten und größten Wahrzeichen der Hauptstadt. Eine volle halbe Meile über dem Erdboden. Und „Prometheus II" war auch neu im

Spiel. Das war wirklich eine Herausforderung für ihn und sein Promoter hatte seit Tagen getönt, welch neue außergewöhnliche Technik verwendet worden war, um ihn zu bauen. Die Babbage Rechner und die Lovelace Analysemaschinen würden ihm nahezu menschliches Können und Erfahrung zuschreiben. Eine Neuheit rundherum.

Ferro kämpfte gegen „Prometheus II" im Crystal Palast. Der gerade fertig geworden war. Ich meine den neuen Crystal Palast, derjenige, der auf der Spitze der Londoner Oberstadt sitzt, wie ein Edelstein in einer Silberbrosche.

Ein paar Minuten nach Beginn des Kampfes rastete „Prometheus II" aus. Er wurde verrückt. Er hatte einen kompletten Ausraster. Er drehte sich weg von Ferro und raste in die Menge und begann auf die Menschen einzuschlagen.

Er tötete neunzehn, das sagten alle. Drei weitere sind für immer verkrüppelt. Und einige weitere trugen lebenslange Verletzungen davon. Nicht zu vergessen die Dutzende Menschen, die zerquetscht und nieder getrampelt wurden, wie in einer Stampede, die aus der Arena floh. Er schlug Gehirne raus und prügelete Leute in zwei Teile. Er riss Glieder ab und niemand konnte ihn aufhalten. Nicht einmal „Ferro". Der immer noch im Ring stand sich duckte, heruntänzelte und Uppercuts in die leere Luft schlug. Denn dafür war er entworfen worden. Gott allein weiß, wie viele weitere Zuschauer getötet worden wären, es hätte ein Massaker werden können, nicht nur ein Gemetzel, wenn nicht „Prometheus II" plötzlich in seinem Mordfest eingehalten und auf sich selbst eingeschlagen hätte. Er trommelte mit seinen eigenen Fäusten auf seine Brust und schlug Löcher in seine Panzerplatten. Dann schlug er auf die beweglichen Teile darunter ein, bis sein Boiler explodierte und er nach hinten zusammenklappte in einen Haufen lodernder Flammen. Glühende Kohle und brühheißes Wasser überall.

Ich bestehe darauf, dass er keine Schuld hatte. Oh, vielleicht könntest du sagen, dass seine Macher ihn hätten sorgfältiger konstruieren sollen. Vielleicht hätten sie ein paar weitere Testkämpfe machen sollen, bevor er das erste Mal öffentlich auftrat. Sie hätten sicher gehen sollen, dass ihm nicht die Sicherung durchbrennen und er die Beherrschung verlieren würde. Aber wenn bei der Vacu-Bahn eine Dichtung platzt und ein Zug in ein Luftloch gerät und in die

Tunnelwand kracht, oder wenn ein Ätherschiff in einem zu steilen Winkel herunterkommt und verbrennt, oder wenn ein Raummörser sein Ziel verfehlt und sein Projektil direkt in den Mond steckt, dann ist das nicht notwendigerweise ein menschlicher Fehler. Meistens ist es ein Unfall. Es ist furchtbar und traurig, und schrecklich. Aber dass Maschinen nicht richtig funktionieren, ist ein Teil des Lebens. Keine Maschine ist perfekt. Jeden Tag sterben Menschen, weil sie ihr Heimkino mit der falschen Steckdose verbinden. Die Roboterkutschen fahren dauernd Menschen in den Straßen um. Und trotzdem sagen wir nicht „Lasst uns Kinos und Kutschen verbieten." Wir sagen nicht „Wir sollten alle den Errungenschaften der modernen Zeit den Rücken zukehren. All diesen Wundern, die wir geschmiedet haben, einfach deshalb, weil sie ab und zu den einen oder anderen Tod verursachen." Das ist halt der Preis der Wissenschaft, des Fortschritts. Alles kostet seinen Preis.

Aber John Sholto Douglas sah das anders. Direkt nach Crystal Palast Unglück sprang er auf, um zu sagen, dass Mechano-Boxen eine Gefahr für die öffentliche Gesundheit sei, eine Gefahr für uns alle. Er behauptete, dass er immer vermutet hätte, dass so eine Katastrophe früher oder später passieren würde. Es sei nur eine Frage der Zeit gewesen. Dieser Sport sollte jetzt verboten und auch der letzte Stahlkämpfer eingeschmolzen und zu Pflugscharen geschmiedet werden. Das sind seine genauen Worte „zu Pflugscharen geschmiedet werden." Direkt aus dem Alten Testament natürlich. Buch Jesiah. „Sie sollen ihre Schwerter zu Pflugscharen schmieden." Der Atheist zitiert die Bibel. Das sollte dir einen Eindruck geben, wie schamlos er heuchelt.

War war das? Ja, ich kenne das Sprichwort „Der Teufel zitiert die Schrift auf seine Art."

Nun, dieses Mal hatte Mr. Douglas die Aufmerksamkeit der Leute. Er hatte auch das Ohr des Premierministers, dessen Cousin unter den neunzehn war, die „Prometheus II" in seinem Amoklauf getötet hatte. Ruckzuck wurden Weißbücher geschrieben, Notfallgesetze durchs Parlament getrieben, einstimmig verabschiedet das ganze Brimborium. Und plötzlich stand Mechano-Boxen auf der anderen Seite des Gesetzes. Und besonders Mr. Douglas trieb es hart mit „Steampunch". Er hatte von Micks irischen Verbindungen erfahren und zögerte nicht, uns damit anzuschwärzen. „Feinde Ihrer Majestät," sagte er „haben diesen mechanischen sogenannten Helden finanziert. Eingeschworene Feinde der Krone schufen eine Monstrosität, die sich lustig macht über alles, das gut, britisch und wahr ist. „Steampunch" ist nichts anderes als ein heimtückischer Plan um die Gefühle unserer Nation in die Irre zu führen und zu untergraben." Ich kenne die Rede auswendig. Ich kaufte ein Exemplar von Hansard, als sie herauskam. Damit ich mit meinen eigenen Augen sehen konnte, und schwarz auf weiß, gedruckt, diese Worte, die vor Galle nur so trieften.

Und sie hatten die Wirkung von Gift. Am nächsten Morgen versammelte sich der Mob vor dem Lagerhaus in Cheapside, wo wir „Steampunch" unterbrachten. Die Leute warfen Steine in die Fenster und schrien Beleidigungen. „Scheissefresser raus!" und dergleichen. Ich denke viele von denen waren dieselben Leute, die vor kurzem noch „Steampunch" zugejubelt hatten, als er seinen letzten Gegner niedergestreckt hatte. Die ihr letztes Hemd gegeben hätten, um die Magazine und Liedtexte zu kaufen. Sie fühlten sich verraten, betrogen. Und vielleicht, nur vielleicht, haben sie keine Schuld. Vor dem Crystal Palast Zwischenfall hätte es ihnen nichts ausgemacht, wenn sie gewusst hätten, wer ihn finanziert. Aber jetzt tat es das. Weil alle Mechano-Boxer potenzielle Massenmörder zu sein schienen. Und ein Mechano-Boxer, der eine Verbindung zu bekannten Massenmördern hatte. Das war mehr als sie ertragen konnten.

Es war erschreckend, im Lagerhaus gefangen zu sein, während Steine und zerbrochenes Glas auf uns herabregneten. Ich hörte, wie jemand schrie, man solle das Gebäude anzünden, es bis auf die Grundmauern niederbrennen. Aber Gott sei Dank, ist das nicht passiert. Schließlich kamen die Bobbys, zerstreuten den Mob und schickten die Leute fort. Dann wollte der diensthabende Inspektor hereingelassen werden und er brachte schlechte Nachrichten. Im Namen des Gesetzes und so weiter und so weiter forderte er uns auf, „Steampunch" zu zerlegen oder „die Maschine" zu einem Abwracker zu bringen, damit sie dort zerlegt würde. Er ließ uns dafür drei Tage Zeit. Anderenfalls würde „Steampunch" beschlagnahmt werden und die Polizei würde es selbst tun.

Nachdem die Bobbys weg waren, haben Mick und ich lange und hart diskutiert, was wir tun sollten. Eigentlich wollte keiner von uns unseren Jungen auseinander nehmen und in Schrott verwandeln. Aber welche Wahl hatten wir?

„Wir hauen ab." sagte Mick schließlich.

Ich sah mich um nach den ungefähr zwölf Tonnen hochaufragenden Metalls, das auf dem Boden des Lagerhauses saß, zum Teil von einer Plane bedeckt.

„Wir hauen ab?," fragte ich „damit?"

Mick meinte es wäre möglich, es würde schwer werden, aber nicht unmöglich sein. Alles, was wir zu tun hatten, war „Steampunch" zu den Docks zu bringen, ihn auf ein Boot zu laden und dann nach Dublin zu segeln. Dort hatte Mick Freunde, die ihn verstecken und sicher aufbewahren würden. Eigentlich würden sie uns schützen, denn danach würden wir nicht nach England zurückkehren können. Wir würden für den Rest unseres Lebens gesuchte Kriminelle sein. Die Reise nach Irlnd war eine Einbahnstraße. Genauso wie die Reise hierher.

Ich wollte nicht zustimmen, aber ich fühlte mich verantwortlich für „Steampunch", wie ein Vater für sein Kind. Also musste ich am Ende „Ja" sagen. Während Mick losging, um alles zu organisieren, bereitete ich „Steampunch" vor. Ich schmierte und polierte ihn überall, genauso wie ich es vor einem Kampf tat. Ich hatte auch angefangen mit ihm zu reden, sanft, um ihn ein wenig in Stimmung bringen, während ich an ihm arbeitete. Nun erzählte ich ihm alles würde gut werden, dass wir einen schweren Gegner haben würden, aber keinen, mit dem wir nicht fertig würden. Dass wir zwar in der Klemme steckten, aber dass wir weiterkämpfen würden. Er hörte mir zu. Sein Kopf rollte mit einem Quietschen leicht zur Seite, während ich seinen Boiler vorbereretete und aufheizte. Er lieh mir sein Ohr.

Mick kam in dieser Nacht spät zurück. Einige dringende Telegramme und ein großzügiges Trinkgeld, hatten uns einen kleinen Frachter verschafft, die „Melmoth". Sie lag in Tilbury vor Anker. Aber wir mussten sofort los. Wir stahlen uns aus dem Lagerhaus. Ich sagte „stahlen", aber mit einem Mechano-Boxer im Tau, der hinter dir herschwankt, rasselt und faucht, kannst du dich nicht gut davonstehlen. Die Stadt war dunkel, der Mond verdeckt durch die Überstadt und eine richtig alte Londoner Erbsensuppe hatte eingesetzt, so dass sogar das Licht der Gaslaternen kaum zu sehen war. Wir konnten kaum sehen, wo wir gingen, aber das bedeutete auch, dass wir kaum zu sehen waren. So dass es zu unserem Vorteil war. Aber dennoch, „Steampunchs" Schritte auf den Pflastersteinen war wie Kanonendonner. Der Klang wurde durch die Straßen noch verdichtet und *verstärkt. Das Echo jedes einzelnen seiner Schritte schien nie zu enden. Und ich hatte genug Zeit während dieses langen, endlosen Weges nach Tilbury, um darüber nachzudenken, was alles passiert war. Die ganzen Erfolge, die Bewunderung, wie sie auf einmal verschwunden war. Und was ich alles aufgeben musste, das Leben wie ich es kannte, die Plätze, die ich kannte. Zum Glück war ich nie verheiratet, ich hatte mich nie mit einer Wiege niedergelassen und Kinder großgezogen. Ich hatte mich auf Huren und Schauspielerinnen beschränkt. Ich hatte mit Geld bezahlt, was ein Ehemann mit Leiden und dem Verlust der Freiheit bezahlt. Ich musste keine wirklichen Beziehungen abbrechen. Mick und „Steampunch" waren meine Familie.*

Wir kamen wohlbehalten an den Docks an. Niemand sah uns, keiner schlug Alarm. Als ich den Geruch des Hafens nach Schlick und Fischgedärme wahrnahm, war ich sicher, dass wir entkommen würden.

Dann, gerade als wir einen der Werftkräne starteten und „Steampunch" an Bord des Frachters hieven wollten, kamen Dutzende von Bobbys aus dem Nebel, bewaffnet mit Knarren.

Es stellte sich heraus, dass der Kapitän der „Melmoth", obwohl er von Mick ein ganz schönes Sümmchen angenommen hatte, beschlossen hatte, die Einnahme zu verdoppeln, in dem er uns an die Polizei verriet. Ich habe keine Ahnung, wie viele Scheine er machte, indem er uns verpfiff, ich hoffe nur, der Bastard erstickt an jedem einzelnen Schein.

Mick und ich hatten keine andere Wahl als aufzugeben. Das Spiel war aufgeflogen. Wir verließen das Boot, bereit ruhig Folge zu leisten. Dann kam eine Stimme aus dem Nebel, eine, die ich nur aus dem Kino kannte, aber ich konnte mich nicht irren.

„Ihr wolltet abhauen?" fragte der Marquis von Queensbury, als er aus der Düsternis der Erbsensuppe in das Licht der Hafenlampen trat. „Zurückkehren zu Euren Geldgebern in Erin. Das glaube ich nicht. Ich habe gebeten mich zu alarmieren, wenn einer von euch Kerlen versuchen würde, dem Gesetz zu entgehen oder in den Untergrund zu entkommen. Überraschung, Überraschung, wer sollte denn die ersten Gauner sein, denen ich begegnen würde, wenn nicht die „Steampunch" Gang. Es ist mir ein persönliches Vergnügen bei Eurer Verhaftung und Verurteilung dabei zu sein. Mehr noch, ich werde sicher gehen, dass ich derjenige bin, der den Knopf der Dampfpresse drückt, die Euer glorreiches Aufziehspielzeug in Eisenspäne verwandelt."

Da stand er, in seinem Raglan Mantel, mit seinen buschigen schwarzen Augenbrauen, die sich wie ein Paar Raupen unterhalb seines Biberhaut Zylinders eingenistet hatten. Der Mann selbst, der Fluch unseres Lebens, der arrogante Adlige, der alles ruinieren würde. Und ich schäme mich nicht zu sagen, dass ich ihm meine Meinung sagte. Ich konnte nicht anders. Ich gab ihm alle Schimpfnamen, die ich kenne, und ich kenne eine Menge. Ich ließ mich einfach gehen, egal was es für mich bedeuten würde. Natürlich rümpfte er nur die Nase. Was bedeuten die Beleidigungen eines gemeinen Mannes für einen Blaublütigen wie ihn.

Aber dann – und das ist der unheimlich Teil – all der Hass, den ich gegen Mr. Douglas fühlte, all das Gift, das ich gegen ihn ausspie, es war, als ob es etwas in „Steampunch" auslöste. Als ob der Klang meines Ärgers einen tiefen unbekannten Teil seinen empfindlichen Mechanismus auslöste. Entweder das oder ein Zahnrad glitt irgendwo aus, eine Antriebskette wurde lose. Es war nur ein Zufall, ein fehlerhaftes Zusammentreffen zu genau demselben Moment, als ich Seiner Gnaden Ohren beleidigte.

„Steampunch" wurde lebendig. Er stand auf und torkelte die Werft entlang auf Mr. Douglas zu, die Fäuste erhoben. Den Gesichtsausdruck von diesem Typen, den solltest du gesehen haben. Noch nie habe ich jemanden so voller Angst gesehen. Ich wette, der hat sich in die Hosen gemacht, gerade da wo er stand. Dieser Mechano-Boxer ging direkt auf ihn zu, völlig spontan und selbstständig. Aber wir wussten ja alle, was so ein Ding mit der menschlichen Anatomie anrichten kann. Der Marquis stand da wie angewurzelt. „Steampunch" ging auf ihn los und er wusste, dass er Hackfleisch sein würde, sobald der riesige Automat in Reichweite käme.

In diesem Moment eröffneten die Bobbys das Feuer. Sie hatten ihren Schock überwunden und hoben ihre Gewehre und feuerten auf „Steampunch". Sie hatte die Armeeausführung von Schrapnellen mit zwölf Löchern. Den Dingern, die Löcher in einen Panzer reißen. Sie hatten diese Vorsichtsmaßnahme ergriffen, denn nach „Prometheus II", taten sie gut daran.

Irgendwie bin ich froh, dass sie taten, was sie taten. Denn so sehr ich auch Mr. Douglas verachte, ich wollte nicht seinen Tod auf meinem Gewissen haben. Ich bin ein Christ, ein gläubiger Christ, und auch wenn es „Steampunch" gewesen wäre und nicht ich, der den tödlichen Schlag ausgeführt hätte, so war ich doch irgendwie verantwortlich und ich will nicht in alle Ewigkeit in der Hölle brennen. Zwanzig Jahre an diesem gottverlassen Platz sind schlimm genug. Ich hoffe, dass ich ein besseres Quartier finde, wenn der Tod mich endlich von hier wegbringt.

Die Schrapnellgeschosse bohrten sich in „Steampunch". Ein Sturm von Metallteilen kam von allen Seiten auf ihn zu. Die Bullen waren gnadenlos. Sie arbeiteten regelmäßig und schossen und schossen. Sie gingen kein Risiko ein. „Steampunch" taumelte. Er stolperte. Er versuchte weiterzugehen, aber die Einschläge warfen ihn hierhin und dahin. Er konnte sein Ziel nicht erreichen. Und außerdem war sein Ziel zu diesem Zeitpunkt schon weit weg. Mr. Douglas hatte sich aufgerappelt und zeigte uns seine sauberen Schuhsohlen, als er in den Nebel floh.

Ein großer Stahlarm schlug hilflos durch die Luft. „Steampunch" brach zusammen, ein Bein am Knie weggeschossen. Sein Messingkopf drehte sich. Er schaute sich um. Er suchte mich und Mick. Immer neue Löcher bildeten sich in seiner Panzerung. Teile von ihm flogen weg. Der Klang der Schüsse wurde zu einem einzigen, langanhaltenden, ohrenbetäubenden Röhren. Der Rauch der Schüsse vermischte sich mit dem Nebel ...

Es tut mir leid, ich habe etwas im Auge. Ein Staubkorn. Warte 'nen Moment.

Also weiter. Aber egal. Am Ende wurde „Steampunch" besiegt. Es war ein Kampf, in dem er nicht die geringste Chance hatte zu gewinnen. Es waren zu viele für ihn, er war hoffnungslos unterlegen. Ich sah sein Gesicht, als er auf dem Boden lag. Er leckte aus einem Dutzend verschiedener Stellen. Ich schaute in sein Messinggesicht. Das war alles, was ich tun konnte. Ich versuchte ihm mit meinem Gesichtsausdruck zu sagen, das alles in Ordnung war, dass er an einen besseren Ort käme. Er war zu gut für diese Welt, wenn sie ihn so behandelten.

Ich denke – ich hoffe – das er es verstanden hat. Und dann war er verschwunden. Sein Boiler war komplett zerstört. Keine Möglichkeit der Reparatur. Er lag noch in der Werft, kaputt und ich stand da, sah zu und weinte wie ein Baby, als die letzten Dampfschwaden und Rauch aus ihm strömten und im Nebel verschwanden. Als die Bobbys mir die Handschellen anlegten, habe ich es nicht mal bemerkt.

Ich will dich nicht mit den Prozessdetails langweilen. Du weißt ja, wie es im Inneren eines Gerichtssaales aussieht. Der Staub, die Perücken und das lateinische Kauderwelsch, das keiner versteht. Vielleicht nicht einmal, die Gerichtsanwälte, die so freizügig damit umgehen. Mr. Douglas erschien selbst im Zeugenstand, um gegen uns auszusagen, und würdest du es glauben. Es schien, dass der Richter und er alte Kumpels waren. Sie gingen zusammen ins Royal Naval College. Das machte die Sache klar. Mick und ich waren verdammt. Nicht, dass wir schon von Anfang an verdammt gewesen wären. Die einzige Unsicherheit war, ob wir gehängt oder transportiert würden.

Mick bekam das Seil. Das Glück der Iren – in England. Ich wäre auch dran gewesen zu baumeln, aber der Kadi hat freundlicherweise das Urteil umgewandelt, da ich das Glück hatte als Brite geboren zu sein. Eine Woche später war ich auf dem Weg hierher.

Ah, jetzt, warte, das Schiff legt gleich ab. Ich empfehle dir, die Finger in die Ohren zu stecken. Warte darauf. Warte. Der Mörser geht hoch, die Ladung wird in Position geschoben, sie finden den richtigen Winkel ...

BUMM!!!

Laut, was? Und da geht die Rakete, hinauf in den Himmel. So schnell, dass Du ihr kaum folgen kannst. Weiter und weiter und weg. Das war's. Aus den Augen, aus dem Sinn. Die Nächste wird erst in ein paar Monaten kommen.

Nein, nein, weine nicht. Es wird alles in Ordnung kommen. Glaube mir, du wirst dich anpassen. Es kann einige Zeit dauern, aber es wird eine Zeit kommen, da wirst du dich kaum daran erinnern, wie es ist nicht hier zu wohnen. Die kalte, dünne Luft. Die blasse Sonne. Der verdammte Staub. Du wirst dich daran gewöhnen. Bald genug wird das alles normal und vernünftig und sogar erträglich sein.

Komm, lass uns nach unten zur Kolonie gehen damit du ein Bett, Bettzeug und einen Bissen zum Essen bekommst. Danach werden wir dir eine Arbeit besorgen. Sie haben damit begonnen, eine Straße nach Olympus Mons zu bauen. Siehst du den Pickel am Horizont? Das ist nur der gewaltigste Berg, den es je gegeben hat. Gegen den sieht jeder andere Gipfel, den du kennst, wie ein Zwerg aus. Es ist geplant, Unterkünfte zu errichten und dann nach Erz im Berg zu forschen. Straßenarbeit ist ein guter Job, um anzufangen. Bald wirst du auch eine rote Haut bekommen, wie die Besten von uns. Sieh' es als Zeichen der Zugehörigkeit an.

Willkommen auf dem Mars, junger Mann.

Georg Plettenberg

Vazlav Míhalik korrumpiert und bestochen

Die ehemalige Hauptstadt des Königreichs Böhmen, die nach Größe und Bevölkerung mit Vororten und der Garnison gegen 320.000 Seelen zählt, ist die drittgrößte Stadt der österreichisch-ungarischen Monarchie und besteht, wie das italienische Rom aus sieben Stadttheilen auf sieben Hügeln. Am rechten Ufer der Moldau, von den Einheimischen Vltava genannt, ganz in der Thalsohle liegt die Altstadt, das Centrum des Verkehrs, welche die enge und winkelige Josephstadt einschließt. In einem weiten Bogen von Süden bis Osten wird dann die ganze Altstadt von der Neustadt umschlossen, die auf beiden Seiten bis zur Moldau reicht. Dieser von Kaiser Karl IV, angelegte Stadttheil hat breite Straßen und meist neuere Gebäude. Seit sich Prag selbstständig machte und mit Waffengewalt die Husaren der Habsburger aus der Stadt warf, wurden aufwändig die beschädigten und zum Theil zerstörten Häuser aufgebaut. Über die Moldau, die gegenwärtig sieben Brücken aufzuweisen hat, gehen wir hinüber zur Kleinseite am linken Moldauufer, die an der Abdachung des Laurenziberges und des Hradschins liegt. Der Letztere bildet wieder einen eigenen Stadttheil mit seinen Adelspalästen und Amtsgebäuden, der größtentheils von Beamten und kleinen Gewerbsleuten bewohnt wird. Unterhalb des Hradschin dehnt sich bis zur Moldau die Kleinseite aus mit acht Plätzen, darunter der Kleinseitner Ring oder Stephansplatz mit dem 1858 auf seiner Südseite errichteten Radetzky-Denkmal. Von der Nordostecke dieses Platzes führt uns die Thomasgasse an der Thomaskirche vorüber zum Waldsteinplatze, an dem sich die ehemalige Residenz des Friedländers erhebt: Das imposante gräflich Waldstein'sche Palais, 1623 von Albrecht von Wallenstein, Herzog von Friedland, erbaut.

*

All dies erzähle ich der jungen Dame, die an meinem linken Arm mit mir durch die Stadt schlendert. Es ist früher Samstagabend und ich habe Hedwig zum Essen eingeladen. In Prag weiß jeder, der oft und gern zum Essen ausgeht, dass im Haus der drei Geigen, wie es heute immer noch genannt wird, in der Thomasgasse gelegen, eines der kostspieligsten Restaurants steht.

Ich nehme meine Mahlzeiten in der Regel in meinem kleinen, behaglichen, möblierten Zimmer ein. Ich kenne Hedwig noch nicht lange. Sie kam mit dem Zug aus dem Kuhländle, ein volkstümelnder Name für das Sudetenland, wo sie alle Miksch, Mikusch oder Mikesch heißen. So liess ich mich durch den bescheiden klingenden Namen Hedwig Müller täuschen. Nach vier Wochen, in denen wir uns meist nur am Sonntag, ihren freiem Tag, sahen, sagte sie: „Gehen wir bitte ins Haus der drei Geigen", war ich sofort einverstanden. Ich führe sie heute zum ersten Mal aus und will mich nicht lumpen lassen. Erst hatte ich Bedenken, dass wir vielleicht nicht eingelassen werden. Doch Hedwig in ihrem wunderhübschen Sommerkleid und dem dazu passenden Schirm und ich, in meinem Sonntagsstaat, dem frisch ausgebürsteten Gehrock, und dem grauen Hut, sehen wirklich standesgemäß aus.

Sie ist eine, hübsche junge Frau, die nie sehr viel spricht. Dafür sind ihre grossen Augen, in dem schmalen Gesicht, um so sprechender.

Sie schlägt vor, eine Droschke zu rufen, „weil das Haus drei Geigen so schwer zu finden sei". Ich weiß jedoch, wo das Haus steht. Wir kommen gerade die Mostecka herauf und erreichen den Stephansplatz. Von hier aus sind wir nur noch ein paar Minuten unterwegs. Daher kann ich Hedwig überreden, die wenigen Schritte weiterhin zu Fuss zu gehen. Ich habe fast alle meine Ersparnisse dabei, in der Hoffnung, sie nicht aufbrauchen zu müssen.

Das Haus der drei Geigen ist ein sehr vornehmes und imposantes Restaurant. Die farbigen Glasfenster in ihren grünen Fensterrahmen wirken einladend, während das dunkelgrüne Holz des Portals den Eindruck erwecke, als sei es während der vergangenen Jahrzehnte Tag für Tag auf Hochglanz poliert worden. Weil man von draußen nicht durch die farbigen Scheiben in das Restaurant hineinsehen kann, erweckte es den Eindruck, das Privathaus eines reichen Mannes vor sich zu haben. Lediglich der Portier, der jedem Gast die Tür aufhält und willkommen heißt, zerstört diesen ersten Eindruck. Gleich hinter der Tür werden wir von einem Ober erwartet. Er nimmt von Hedwig den Mantel und den Schirm entgegen und reicht sie der Gardobiere. Mit meinem Hut und Gehrock verfährt er auf die gleiche Weise. Freundlich deutet der Ober eine Verbeugung an und führt Hedwig zu einem Tisch für zwei Personen. Vorsichtig, zagend, betrete ich den großen Raum des Restaurants. Unauffällig verhalte ich mich und folge

Hedwig, die wiederum dem Ober folgt. Ich erwarte, das teuer wirkende Restaurant wirkt auf Hedwig genauso einschüchternd wie auf mich. Als der Ober kurz darauf mit Speise- und Weinkarte an unserem Tisch erscheint, erklärt sie, sie beginne mit einem Aperitif.

Eine Sorge drückt mich sichtlich. Was wird mich dieser Abend kosten? Unglücklich studiere ich die Preise, indem ich die Karte von rechts nach links lese.   Lebe jetzt, zahle später, hatte mir einmal mein Vater gesagt, bevor er in Prag sein Studium begann. Aber, bei Gott, zahlen musste er trotzdem, bis heute.

Hedwig wählt Spargel als Vorspeise und als zweiten Gang bestellt sie gebratenes Waldhuhn. Ich lächel sie freundlich an, als sie mich über den Rand der Karte aufmerksam mustert. Das Waldhuhn ist das teuerste Gericht auf der Speisekarte. Ich begnüge mich mit einer Gemüsesuppe und einem einfachen Schweinebraten. Der Ober fragt Hedwig, ob sie zu ihrem Gericht lieber Weisswein oder Rotwein trinken möchte.

„Eine Flasche wird nicht ausreichen, warum also nicht von jeder Sorte eine"?

Während wir speisten, sprach Hedwig fast kein Wort. Ich frage mich, wie ein einziger zarter und schmaler Körper so viel Nahrung aufnehmen kann. Hedwigs Wespentalie macht ihrem Namen alle Ehre. Zu ihrem Waldhuhn nimmt sie Bratkartoffeln, Rotkraut, grüne Bohnen. Es scheint kein Ende zu nehmen. Ich bete, ja bettel im stillen darum, dass sie keinen weiteren Gang will. Meine Kronen verflüssigen sich geradezu. Ausgerechnet in dem Augenblick, da Hedwig ihre Serviette zur Seite legt erscheint dieser katzbuckelnde, einschmeichelnde Ober mit dem Servierwagen. In sehr ansprechender Form, in eindeutig zu ansprechender Form werden darauf Desserts ausgestellt.

„Wir haben frische Erdbeeren, gnädiges Fräulein."
„Mitten im Sommer? Das ist ja formidabel!"

Natürlich will sie Erdbeeren probieren. Noch bevor sie ihren Wunsch ausspricht, ist mir dieser klar. Ich trinke den letzten Rest meines Weins. Er schmeckt sehr gut. Ich habe selten einen so guten Wein getrunken. Dabei sehe ich Hedwig zu, wie sie die Erdbeeren mit Schlagobers verzehrt und sich anschliessend ein Stück Schokoladenbisquit genehmigt. Ich bestelle Kaffee zum Abschluss.

„Wünschen die Herrschaften vielleicht noch ein kleines Likörchen?" Der Ober ist schon wieder da. Wenn der so weiter macht, wird am Ende des Essens die Polizei wegen Zechprellerei auf mich warten.

Ich schüttel den Kopf. Hedwig sagt jedoch, „Ich trinke einen grünen Chartreuse."

Ich habe den Eindruck gewonnen, Hedwig tue dies mit Absicht. Gleich den teuersten Likör, den das Restaurant zu bieten hat. Langsam hege ich die Befürchtung, sie hat die Preise vorher auswendig gelernt, so zielsicher wählt sie die teuersten Gerichte und Getränke aus.

Inzwischen jagt mir der Gedanke an die Rechnung unangenehme Schauer über den Rücken. Ausserdem mag ich nicht, wie sie sich hemmungslos dem Alkohol hingibt. Mir wird immer klarer, sie will mich nur ausnutzen und sich hemmungslos mit Essen vollstopfen und unschicklich zu betrinken.

Ich entschuldige mich für einen Moment, stehe auf und strebe der Herrentoilette entgegen. Um die Örtlichkeit zu erreichen muss ich an der Bar vorübergehen. Sie ist, wie bei unserer Ankunft, immer noch halb leer. Im Vergleich zu unserem Eintreten findet sich ein neues Paar an einem der runden Tische und zwei ältere Herren mit ihren Monokel geschmückten Gesichtern haben am Bartresen Platz genommen.

Der ältere Herr mit dichten silbergrauen Haaren und einem schmalen Oberlippenbart, ganz entgegen der Mode, kommt mir bekannt vor. Die Hand liegt äusserst unschicklich auf dem Unterarm des brünetten Mädchens, das gut und gern seine Tochter sein kann. Es ist der Direktor von Torbergs Keramik und Majolika Manufaktur, Janácek Torberg selbst. In dieser Firma arbeitete mein Vater Gustav Míhalik bis vor zwei Jahren als Verkaufsdirektor. Unter einem lächerlichen Vorwand hatte man ihn damals entlassen. Nun müht sich mein Vater mit einem anderen Geschäft ab, ohne recht voran zu kommen.

Ich mochte den Geldadligen nicht, noch nie. Seit ich ihn das erste Mal vor einigen Jahren auf einem Geschäftsessen mit meinem Vater traf, war er mir sehr unsympathisch. Allerdings kann ich jetzt auch nicht so tun, als ob ich ihn nicht bemerke.

„Guten Abend", sage ich, ohne im Schritt innezuhalten. Mein Ziel ist mir wichtiger. In der Herrentoilette hole ich das Portemonai hervor um die Banknoten zu zählen. Als mir diese zu wenig erscheinen, versuche ich in den übrigen Taschen noch die eine oder ander Note zu finden, in der Hoffnung eine übersehen zu haben, bevor ich mein Geld in die Brieftasche gesteckt hatte. Wenn nötig, muss ich meinen Vater bitten, mir für einen Monat finanziell unter die Arme zu greifen. Diese Situation ist mir äusserst unangenehm. Denn seit dieser Janácek Torberg ihn entließ, muss er von einem wesentlich geringeren

Einkommen leben. Seit dem Tod der Mutter und weil meine beiden älteren Schwestern gut verheiratet sind, wird er mir möglicherweise aushelfen. Im Notfall kann ich meiner Zimmerwirtin die Miete einen Monat schuldig bleiben. Gegebenenfalls muss ich tatsächlich eine Tätigkeit suchen, bei der ich etwas Geld verdiene. Ich habe davon gehört, dass in einer der Garagen, wo die Dampfautomobile gewartet werden, Aushilfen gesucht werden.

Als ich die Bar durchquere, sitzen Torberg und das Mädchen nicht mehr so eng beieinander. Sie sehen mich nicht direkt an, ich habe aber das Gefühl, dass sie mich beobachteten. An meinem Tisch angekommen sehe ich Hedwig, die ihren zweiten grünen Chartreuse trinkt. Dazu hat sie eine kleine Schale mit Mozartkugeln vor sich stehen. Eine nach der anderen verschwindet in ihrem Mund. In mir erweckt sie den Eindruck eines verschlagenen Nimmersatts. Zudem ist sie eindeutig betrunken.

„Mir ist so komisch und ich bin furchtbar schläfrig,", sage sie. „Vielleicht hast du die Güte Vazlav, mich nach Hause zu bringen. Ich bin leider unpässlich und bitte meinen Zustand zu entschuldigen."

Ich muss diesmal länger warten, bis der Ober, der sonst immer um den Tisch herumschwänzelt, zu mir herüber sieht. Als ich ihm ein Zeichen gebe, erscheint er mit einer silbernen Kaffeekanne und will mir nachschütten. Doch ich bleibe eisern.

„Die Rechnung bitte", erkläre ich ihm.

Kurz darauf erscheint der Ober, aber ohne Rechnung. Er beugt sich zu mir herunter, während sein Blick auf Hedwig gerichtet bleibt, die sich recht seltsam benimmt.

„Würden Sie bitte so freundlich sein, mich zu begleiten? Der Maitre d'hotel wünscht Sie zu sprechen. Es nimmt nur einen kurzen Augenblick Ihrer Zeit in Anspruch."

Ich nicke beklommen. Liegt es am Verhalten meiner Begleiterin? Hedwig ist auf ihrem Stuhl zusammengesackt, ihr Kopf hängt auf ihrer Brust, ihre Augen sind halb geschlossen. Man wird mir sicher nahelegen, sie aus dem Restaurant zu entfernen. Das Benehmen sei unmöglich. Wahrscheinlich wird man mich aber auch freundlich, aber bestimmt bitten, das Restaurant nicht mehr aufzusuchen. Mit einem unangenehmen Gefühl in der Magengrube schiebe ich meinen Stuhl zurück und folge dem Ober, in der Hoffnung möglichst ungezwungen zu wirken. Der Maitre d'hotel ist ein riesiger Mann, der eher einem Preisringer auf dem Jahrmarkt gleicht. Beeindruckend und zugleich bedrohlich. Mit ihm möchte ich keinen Händel haben.

„Ihre Rechnung ist bereits beglichen, Herr Míhalik."

Ich starre ihn einen Moment verständnislos an. „Wie meinen Sie das?"

„Ihr Vater hat diese Kleinigkeit bereits für Sie erledigt. Mir wurde aufgetragen, Ihnen zu sagen, Ihr Vater habe Ihre Rechnung beglichen."

Ich fühle mich ungeheuer erleichtert. Mit einem Mal fallen mir meine Sorgen um das liebe Geld vom Herzen. Scheinbar hat man mir gerade etwa einhundert Kronen geschenkt. Ich begreife. Herr Torberg beglich meine Rechnung und gab sich als mein Vater aus.

Zuerst bin ich der Meinung, dies sei eine kleine Entschädigung für das, was er meinem Vater angetan hatte, als er ihn entliess. Fast einhundert Kronen, um das Unrecht von damals gut zu machen. Ich bin schon etwas beeindruckt.

„Rufen Sie mir bitte eine Dampfdroschke." verlange ich vom Maitre. Ich will Hedwig nach hause bringen. Mit einer Pferdedroschke über das holprige Kopfsteinpflaster erscheint mir nicht geeignet. Ich befürchte, Hedwig wird sich übergeben. Die neuen Dampfautomobile sind gefedert und holpern nicht. Ich begebe mich zu meiner Begleiterin und schüttelte sie, so vornehm und unauffällig wie möglich, wach. Hedwigs Unpässlichkeit ist scheinbar noch nicht Tagesgespräch im Restaurant. Vielmehr nehme ich an, dass man gepflissentlich darüber hinwegsieht. Ein schlechtes Licht wirft es allemal auf mich als Begleiter. Ich beschließe, die nächsten Jahre nicht wieder hierher kommen.

Ich bringe Hedwig zu ihrer Unterkunft. Sie arbeitet als Hauslehrerin, sicher nicht mehr lange, so wie sie sich aufführt. Ich gebe Hedwig erfolgreich in die Obhut einer Bediensteten ab, mit der Bitte, den Herrschaften nichts zu sagen. Ich gehe unter die Menschen, die nach ihrer gewöhnlichen Art gruppenweise in den Straßen zusammenstehen, wie trunken hindurch; die Häuser, die streunenden Hunde in den Gassen, der leise wehende Wind von der Moldau kommend, die Wolken die eilfertig über mir hinwegsegeln, immer in Konkurrenz mit den Zeppelinen der Prager Polizei - alles das scheint mir neu. Alles das hat nichts gemein mit meiner verzweiflungsvollen und beschmutzten Ehre.

Ich ziehe mir meine Stiefel aus, wische den Staub der Straße herunter und stelle sie fein säuberlich zur Seite. Meine Vermieterin würde sie wieder frisch wichsen wollen, doch diese Arbeit will ich selbst machen. Ich mag es nicht, der Vermieterin zur Last zu fallen. Ich setze mich in meinen Sessel, nehme die neueste Ausgabe der Bibliothek der Unterhaltung und des Wissens zur Hand. Zum Lesen komme ich jedoch nicht. Meine Gedanken schweifen ab. Der Abend verlief nicht, wie ich es mir vorstellte. Das unmögliche Benehmen von Hedwig, die kurze Begegnung mit Janácek Torberg, die unverhoffte Begleichung der Rechnung.

Ich lege das Büchlein aus der Hand, starre aus dem Fenster. Die Nacht ist dunkel und Wolkenverhangen. Weder Mond noch Sterne sind zu sehen. Nur in der Ferne finden sich die Positionslichter eines Polizeizeppelins, der die Stadt überwacht. Irgendetwas stört mich an meinen Gedanken. Ich übersehe ich. Vielleicht erinner ich mich Morgen daran. Ich lösche die Gaslampe neben meinem Bett.

Am Morgen fühle ich mich, als seien Scheuklappen von mir genommen. Wie habe ich nur das Offensichtliche übersehen können? Er, Janácek Torberg, will an mir nichts gut machen, was er meinem Vater angetan hatte. Er will sich mein Schweigen erkaufen, weil er seine Frau, eine nette, kleine, unscheinbare, braunhaarige Dame, mit einem Mädchen betrügt, die seine Tochter sein kann. Er hat mich korrumpiert, gekauft und ich habe es nicht gemerkt. Ich bin wild entschlossen, mich nicht kaufen zu lassen. Meine Ehre, und auch die meiner Familie, läßt dies nicht zu. Der feine Herr braucht sich nicht einzubilden, er kann die Familie Míhalik nach seinem Belieben manipulieren. Er hat uns einmal vor den Kopf gestoßen, ein zweites Mal wird es ihm nicht gelingen.

Ich überlege, wieviel er genau für mich ausgelegt hat und komme auf eine Summe, die nicht über einhundert Kronen liegt. Ich kratze mein Geld zusammen, auch die allerletzten Ersparnisse und lege sie zusammen. Ich habe sogar etwas mehr als die einhundert Kronen. Dennoch ärgert es mich, dass ich viel Geld für Hedwig ausgegeben habe. Es war das letzte Mal, denn mit einem Mädchen, dass sich in der Öffentlichkeit so gehen läßt, werde ich kein zweites Mal ausgehen. Ich schreibe Fräulein Hedwig einen Brief, den ich ihr durch einen jungen Burschen für ein paar Münzen überbringen lasse. Meine Ehre und das Ansehen meiner Familie, sind mir wichtiger als alles andere. So werde ich mich auch morgen bei dem feinen Herrn Torberg verhalten. Vor dem Besuch steht erst noch ein Besuch der Universität. Mein Studium will ich nicht vernachlässigen. Und zudem habe ich Glück, denn ein Kommilitone sagte mir, dass das Prager Tagblatt einen Redaktionsburschen suche.

Ein paar Stunden später stehe ich vor der Firma, in der mein Vater jahrelang gearbeitet hatte. Der Pförtner lässt mich warten, nachdem ich ihm sage, ich muß dringend mit Herrn Torberg sprechen. Ein Botenjunge holt die Auskunft ein und ich darf passieren.

Ich hatte nicht erwartet, dass er mich überhaupt empfängt. Und wenn er mich nicht empfangen hätte ... darüber hatte ich nicht nachgedacht. So war ich jetzt auf dem Weg hinauf in die dritte Etage des Geschäftshauses. Warum müssen die wichtigen Herren immer ganz oben ihre Büros belegen? Auf dem Weg grübelt ich wieder. Vielleicht hat er es doch gut gemeint? Vielleicht bezahlte er nur deshalb die Rechnung, weil er seinen früherem Angestellten damit Achtung entgegenbringen wollte. Vielleicht war das Mädchen aber auch seine Tochter gewesen? Ich kannte nur seine Frau vom sehen. Aber in diesem Fall wäre es keine Korruption gewesen, kein Verrat an der Ehre.

Man kannte mich bei Torberg. Ich war mit meinem Vater öfters dagewesen. Zudem sehe ich meinem Vater wie aus dem Gesicht geschnitten ähnlich. Eine Sekretärin steigt vor mir die Treppe nach oben und führt mich so ins Büro des Firmenleiters. Torberg sitzt in einem Ledersessel hinter einem Eichenholzschreibtisch. Darauf eine Lederunterlage, alt mit Tintenflecken. Die Wand hinter ihm zeigt den Hradschin aus der Sicht von der Moldau aus.

„Hallo, Vazlav", sagt Torberg, ohne zu lächeln. „Setzen Sie sich." Ich setze mich in einen Sessel, der dem gleicht, in dem Torberg sitzt. Er denkt nicht daran aufzustehen und mich zu begrüssen. Alle guten Eigenschaften, die ich ihm während meiner Grübeleien zustand, verlieren sich in einem dunklen Nichts. Ich setze mich, und sitze mehr auf der Kante als bequem im Sessel. Sofort ist das unbehagliche Gefühl wieder da. Torberg zündet sich eine ägyptische Zigarette an, ohne mir eine anzubieten. Er sieht mich durchdringend an und schüttelt langsam den Kopf.

„Darauf hätte ich eigentlich gefasst sein müssen", sagt er schliesslich. „Sie werden mir zuerst zuhören, bevor sie etwas sagen." Sein Ton wird hart und schroff. „Das junge Mädchen, mit dem Sie mich gestern abend gesehen haben, war eine ... Professionelle. Ich lernte sie in einer Bar kennen. Ich weiß nicht wie sie heißt und werde sie nie wiedersehen. Sie ist keine Geliebte. Warten Sie", wirft er ein, als ich ihn unterbrechen will. „Ich erwarte, dass Sie mich zu Ende sprechen lassen. Meine Frau ist nicht gesund. Wenn sie erfährt, wo und mit wem ich gestern abend zusammen war, wird sie zweifellos der Schlag treffen." Er zieht ausgiebig an seiner orientalischen Zigarette. „Trotzdem, ich lasse mich nicht erpressen. Ist Ihnen das klar? Ich bezahlte gestern abend Ihr Essen. Ich möchte nicht, dass meine Frau erfährt, was Sie gesehen haben. Aber Sie können, wenn Sie es für

nötig halten, es der ganzen Welt erzählen. Von mir erhalten Sie keine Krone mehr."

Bei dem Wort „erpressen" bekomme ich heftiges Herzklopfen. Darüber hatte ich mir gar keine Gedanken gemacht. Ich spüre, wie mir das Blut ins Gesicht schießt. Ich bin hierher gekommen, meine Ehre und die meiner Familie zu schützen und werde nun als übler Ganove hingestellt.

Wütend, mit erstickter Stimme stoße ich hervor: „Sie haben keinen Grund dazu, mir dies zu unterstellen. Es ist nicht meine Absicht ... Warum sagen Sie so etwas zu mir?"

„Mein lieber junger Freund, ich weiß, was sie mir sagen wollen! Daß ich Ihnen wie ein Narr erscheine. Wie ich sehe, gefällt Ihnen dieser Ausdruck nicht. Ich gebe zu, Erpressung ist kein schönes Wort, nicht wahr? Aber es anders zu nennen wäre reine Wortspielerei. Sie sind doch hier, weil Sie mehr Geld wollen?"

Ich springe auf. „Ich bin hier, ..." schreie ich ihn an, ohne Rücksicht darauf, dass ich mich nicht so echauffieren sollte. „...um Ihnen Ihr Geld zurückzugeben!"

„Ach ja, wie edel von Ihnen." Torberg sagt das in einem sehr seltsamen Tonfall. Skepzis schwingt in seinen Worten mit, gepaart mit Erstaunen und etwas Zynismus. Er drückt seine Zigarette in einem eleganten Marmorascher aus. „Ich glaube, ich verstehe. Die heutige Jugend ist moralisch. Sie, mein junger Freund, werden es meiner Frau auf jeden Fall sagen, hab ich recht?"

„Nein, ich bin nicht käuflich." Ich zittere vor Wut. Um das Zittern zu unterbinden, lege ich meine Hände flach auf seinen Schreibtisch, aber sie zittern weiter. „Ich werde keiner Menschenseele erzählen, was ich gesehen habe, das versichere ich Ihnen. Aber sie geben sich nie wieder als mein Vater aus und bezahlen meine Abendessen." Ich stehe kurz davor, wie ein Schlosshund loszuheulen.

„Aber was wollen Sie dann von mir? Ihre Familie gehört nicht gerade zu meinen engsten gesellschaftlichen Kontakten."

Ich erkenne in Torberg einen gefühlskalten Machtmenschen. Er scheint so viele Gefühle in sich zu haben, wie der Metalgolem, der in der Josefstadt angebliche des Nachts umher wandelt, keine. Es ist die Macht des Geldes. „Wie hoch war meine Rechnung?" fragte ich mühsam.

„Sie meinen das doch nicht etwa ernst!"

„Wie hoch?"

„Siebenundsechzig Kronen und weitere zehn als Trinkgeld", antwortete Torberg belustigt.

Für mich ist es ein kleines Vermögen. Aber egal. Ich greife in meine Tasche, nehme die Brieftasche zur Hand und zähle ihm die siebenundsiebzig Kronen auf die Lederunterlage seines Schreibtisches. "Hier haben Sie Ihr Geld", sage ich, meine Wut mühsam unterdrückend. "Sie müssen sich keine Sorgen zu machen. Kein Sterbenswörtchen wird über meine Lippen kommen. Ich habe Sie nicht gesehen und wenn jemand mich danach fragt, werde ich leugnen, dass ich Sie gesehen habe. Das verspreche ich Ihnen."

Während mir diese Worte über die Lippen kommen, komme ich mir edel und heldenhaft vor. Ich schlucke meine Tränen hinunter. Torberg betrachtet das Geld und wischt es mit einer lässigen Handbewegung vom Schreibtisch.

"Sie sind ein lästiger junger Mann. Ich will Sie nicht mehr sehen. Verschwinden Sie, oder ich lasse sie entfernen!"

Mit hocherhobenem Kopf schreite ich aus dem Gebäude heraus. Ich fühle mich elend. Ich habe einen Industriemagnaten, einen Firmeneigentümer in seine Schranken verwiesen, die dieser gar nicht mehr kannte. Selbst jetzt Tage danach, ich arbeite bereits beim Prager Tagblatt als Redaktionsbursche, muss ich daran denken. Ich habe ihn beschämt, ohne ihn zu beleidigen. Tage später lese ich den verhassten Namen im Tagblatt. Zuerst sehe ich keinen Zusammenhang zwischen dem Artikel und Janácek Torberg. Erst als ich den Artikel nach Dienstschluss zu hause lese, erkenne ich, dass es kein anderer sein konnte. Die Schlagzeile auf der Titelseite lautete: Frau tot in der Moldau aufgefunden. Die Ehefrau des bekannten Firmeneigners Torberg ermordet.

*

Gestern abend wurde am Ufer der Moldau, auf der slawischen Insel, die Leiche einer Frau entdeckt. Die Frau war erdrosselt worden. Der Polizei gelang es, sie als Frau Amelie Torberg zu identifizieren. Sie war die Frau von Janácek Torberg, Direktor von Torbergs Keramik und Majolika Manufaktur.

Frau Torberg war bei ihrer Tochter in der Hostivice zu Besuch. Ihre Tochter Henriette sagte aus: "Meine Mutter wollte zwei Tage bei mir bleiben. Ich war sehr überrascht, als sie mir am Abend sagte, sie fährt nach Prag zurück."

"Ich erwartete meine Frau am Dienstag abend nicht zurück", erklärte Herr Direktor Torberg. "Mir war nicht bekannt, dass sie nicht mehr bei unserer Tochter war. Ich erfuhr es erst, als die Beamten der Mordkommission ihre Ermittlungen aufnahmen und mir von ihrem Tod berichteten.

In dieser Art wird der Artikel weitergeführt. Diese arme Frau, denke ich bei mir. Während sie zu ihrem Mann nach Hause fährt, seine Nähe sucht, treibt er sich mit einem Mädchen herum, dessen Namen er nicht einmal kennt. Er muss sich zu Tode grämen. Die Vorstellung Herr Torberg liegt Wange an Wange mit diesem Mädchen, während seine Frau, sich an einem einsamen Ort in der Dunkelheit gegen einen Angreifer zur Wehr setzt, finde ich grausam.

Ich wäre nicht überrascht gewesen, wenn Torberg der Täter gewesen wäre. Zutrauen würde ich es ihm. Dieser Mann ist zu jeder Schandtat fähig. Aber diese Tat konnte er nicht durchgeführt haben. Zu gleicher Zeit, als der Mord an seiner Frau stattfand, saß er im Restaurant Haus der drei Geigen. Als ich tags drauf nach Hause komme, warten zwei Polizisten in einem Dampfautomobil auf mich.

„Keine Sorge Herr Míhalik", sagt der ältere der beiden Kriminalbeamten. „Wir führen lediglich eine Befragung durch. Haben Sie vom Tod der Frau Amelie Torberg gehört?"

„Ja, ich las im Prager Tagblatt über den Mord."

Sie folgen mir nach oben in mein möbliertes Zimmer. Meine Zimmerwirtin steht in der Tür und sieht fragend hinterher. Als der jüngere Beamte sie strafend ansieht, verschwindet sie schnell in ihrer Wohnung. Die Frage steht in ihrem Gesicht geschrieben. Was können die Beamten von ihrem Untermieter wollen? Ich male mir aus, was sie alles von mir wissen will. Aber was soll ich Ihnen sagen? Dass er mir keine Zigarette anbot? Das er mich rauswarf? Oder das ich glaube, dass seine Frau ihn in flagranti erwischen wollte? Dann werden sie mich jedoch fragen, woher ich das weiss. O ja, Ich kann etwas erzählen! Die beiden Männer müßen sich auf mein Bett setzen, weil ich außer dem Sessel keine anderen Sitzgelegenheiten zur Verfügung habe.

„Es steht zweifelsfrei fest", sagt der Inspektor, „dass Frau Torberg am Dienstag abend zwischen acht und zehn Uhr ermordet wurde." Ich nicke verstehend. Ich kann meine Erregung kaum unterdrücken. Wie überrascht werden sie sein, wenn ich über das Liebesleben des respektierten Geschäftsmannes rede? Ich lasse den Mann jedoch weiterreden.

„Am besagten Abend hielt sich Herr Janácek Torberg, um neun Uhr in Begleitung einer jungen Dame im Restaurant Haus der drei Geigen in der Thomasgasse auf. Die Aussage gab er uns heute zu Protokoll."

Torberg hat es ihnen gesagt. Er hat gestanden. Ich war enttäuscht. Und nun soll ich mein Versprechen brechen und ihn damit reinwaschen?

„Wir glauben, Sie waren zu dieser Zeit ebenfalls im Haus drei Geigen."

„Ich war mit meiner Begleiterin Hedwig Müller dort", antworte ich zaghaft. *Ich bin mir nicht sicher, wie ich mich verhalten soll.*

„Am nächsten Tag, Herr Míhalik, erschienen Sie im Büro von Janácek Torberg, wo Sie eine längere Unterredung mit ihm führten. Wollen Sie mir sagen, um was es bei der Unterredung ging?"

Ich habe Mühe, die ungeheure Aufregung die mich bestürmt, hinter einem gleichgültigen Äußeren zu verbergen. Ich stocke, werde rot, fühle mich unbehaglich. Mit den Fingern versuche ich meinen Kragen zu lockern, der mir auf einmal sehr eng vorkommt.

„Warten Sie einen Moment. Ich denke, mir ist bewusst, warum sie sich unbehaglich fühlen. Sie sind sehr jung und junge Menschen sind manchmal ein bisschen unsicher, wenn es sich um Fragen der Loyalität handelt. Habe ich recht?"

Ich nicke verblüfft. Der Mann muss ein guter Menschenkenner sein. Oder ich muss noch sehr viel lernen.

„Ihre Pflicht liegt klar auf der Hand. Sie müssen die Wahrheit sagen. Werden Sie es tun? Hat Herr Torberg versucht, Sie zu bestechen?"

„Ja." *Ich hole tief Atem.* „Ich gab ihm ein Versprechen."

„Dem Sie kein Gewicht beimessen dürfen, Herr Míhalik. Lassen Sie mich wiederholen: Frau Torberg wurde zwischen acht und zehn ermordet. Herr Torberg erzählte uns, er habe um neun Uhr im Haus drei Geigen gesessen. In der Bar. Leider kann sich das dortige Personal nicht an ihn erinnern. Den Namen seiner Begleiterin kennt er angeblich nicht. Aber er behauptet, Sie hätten ihn dort gesehen."

Der Inspektor schaut zu seinem Kollegen hinüber und sieht dann wieder mich an. „Nun, Herr Studiosi. Das ist eine sehr ernste Sache. Wollen Sie antworten?"

„Ich verstehe."

„Also, sahen Sie Herrn Torberg am Dienstag abend wirklich im Restaurant?"

„Ich kann mein Versprechen nicht brechen", sage ich. *Ich muss dieses Versprechen nur halten, und die Polizei wird diesen Kerl, den ich noch nie leiden konnte, wegen Mordes anklagen.*

„Ich habe ihn nicht gesehen", sage ich.

Michael Buttler

Die Gelegenheit seines Lebens

Über seinem Kopf stampfte der Kolben.

Warmes Öl tropfte Hansi auf den schmutzigen Nacken. Im Wasserkessel brodelte es. Schweiß lief ihm in die Augen. Er musste blinzeln, wischte sich mit dem Ärmel über das Gesicht. Der Platz in der Mittelsäule des Ringelspiels reichte kaum aus, um mit der vollen Kohlenschaufel das kleine, feurige Loch des Ofens zu treffen, selbst für ihn als Halbwüchsigen.

Der Hebel, mit dem Bana, der diesen Namen seiner ausgemergelten Statur verdankte, sein Fahrgeschäft zum Laufen brachte, war außerhalb der Mittelsäule angebracht. Hansi öffnete die Tür, wollte der glühenden Hitze entkommen, bevor sich die Holzpferde wieder im Kreis drehten.

„Wo willst du hin?", hörte er Banas Stimme in seinem Rücken. Der alte Menschenschinder behandelte Hansi wie einen Sklaven, wollte immer wissen, wo er sich befand, schlug ihn im Suff und überließ ihm die Arbeiten, bei denen man sich anstrengen musste und schmutzig machte. Bana hatte ihn vor zwei Jahren mit gebrochenem Arm im weitläufigen Wiener Wald aufgelesen. Seitdem mühte er sich in seinem Ringelspiel im Prater ab.

Hansi war ein Waisenjunge, der ein paar Stärkeren in die Quere gekommen war. Bana hatte ihn gesund gepflegt und ihm eine Heimat gegeben. Zu einem hohen Preis. Und so lange Hansi noch schmächtig genug war, diesen in der Mittelsäule zu bezahlen, würde Bana ihn weiter schinden, bis der alte Kerl sich in zwei bis drei Jahren einen neuen Jungen suchen musste.

„Ich habe Hunger", sagte Hansi und wollte sich in der kleinen Hütte, in der Bana und er hausten, eine Scheibe Brot holen.

„Was ist mit dem Druck?"

„Reicht noch für den Rest des Abends."

In einer Stunde wäre der Prater bis auf die Alkoholleichen wie leer gefegt, die Wahrsagerin wieder zum immer noch ungeschlagenen Preisboxer unterwegs, um sein Bett zu teilen. Räudige Hunde würden nach den Essensresten fahnden und sich um eine angebissene Wurstsemmel streiten.

Bana winkte ab. Ein Zeichen, dass das Gespräch für ihn beendet und Hansi entlassen war.

Einige Minuten später hatte er zwei Scheiben Brot dünn mit Fett bestrichen. Bana war knauserig und würde es sofort merken, sollte Hansi sich mehr als erlaubt nehmen. Dann war er unterwegs zur Losbude, wo Dodl bald Feierabend hätte. Seinen richtigen Namen kannte niemand, also nannte jeder ihn so.

Man sah den grobschlächtigen Burschen schon von Weitem. Er war wohl älter als Hansi. Dodl war nicht richtig im Kopf. Das erkannte man bereits an seiner Gestalt, die genauso unrichtig wirkte. Die Bewegungen passten nicht zu seiner Stimmung, der Kopf wirkte aufgedunsen und meistens sprach er viel zu laut. Einige verstanden auch nicht, was er sagte, denn er schien auf seiner Zunge immer ein rohes Ei zu balancieren.

Dodl wurde von Jokl, bei dem er arbeitete, sehr kurz gehalten. Es gab nur einmal am Tag etwas zu essen und trotzdem hatte Dodl mehr auf den Rippen als jeder andere. Ein Grund mehr für Jokl, ihm die Rationen zu kürzen. Einmal hatte Hansi den Losbudenbesitzer sagen hören: „Die Rasse, der dieser Kerl angehört, braucht nicht viel, ist gehorsam und schuftet wie drei Normale."

Hansi machte einen Bogen um den Loswagen, der vollgepackt war mit Gewinnen. In der Mitte hing eine große Schiffsglocke, die Jokl immer anschlug, wenn ein Hauptgewinn gezogen wurde. Das geschah höchstens zweimal in der Woche.

Von der Rückseite rutschte Hansi unter den Wagen. Hier schlief Dodl für gewöhnlich, wenn es nicht regnete. Und wie jeden Tag dauerte es nicht lange, bis auch er nach Geschäftsschluss zu seinem angestammten Platz kam, wo man sich nicht einmal aufrecht hinsetzen konnte.

„'ansi!", rief Dodl, wie er es immer tat, wenn er den Freund sah.
Hansi hielt die Brote hoch. „Ich habe uns etwas mitgebracht."
„Mmm, lecke'."
Sie teilten sich das Essen. In Dodls Gesicht prangte ein roter Striemen, den man sogar in dem Zwielicht hier unten erkennen konnte.
„Was ist das?", fragte Hansi.
Dodl winkte ab. „Niiech."
„Hat er dich wieder geschlagen?"
„Nuur bissch. Niiech schimm."

Hansi seufzte. „Irgendwann", sagte er, und wie immer vollendete er diesen Satz nicht. Doch ihnen war klar, was er damit meinte. Irgendwann würden sie gemeinsam von hier verschwinden. Wenn sie alt genug waren, ein bisschen Geld beisammen hatten.

In dieser Nacht träumte Hansi wieder einmal von der eleganten Kutsche, in der sie durch Wien fuhren. Es war eine Neumodische, die ohne Pferde auskam. Bana schaufelte hinten die Kohlen in den Ofen, damit der Kessel genügend Druck hatte.

„Schneller!", rief Hansi.

„Nelle!", rief Dodl.

Sie lachten. Und Bana schwitzte. Und vor sich her trieben sie den geizigen Jokl, der vor Angst schrie und dabei gar nicht sparsam mit seinem Atem umging.

Ein helles metallisches Geräusch weckte Hansi aus dem Schlaf. Seltsamerweise war er sofort hellwach, ein untrügliches Zeichen für Gefahr. Jemand ging auf und ab, als warte er auf einen Komplizen für ein Liebesabenteuer, wie es sie im Prater häufig gab, oder für einen Einbruch.

Dodl atmete gleichmäßig. Sein Freund schlief noch. Es war besser, ihn nicht zu wecken. Mit seiner lauten Stimme hätte er den, der dort wartete, verjagt. Und Hansi wollte unbedingt wissen, was da vor sich ging.

So leise wie möglich robbte er an das vordere Ende des Loswagens.

Ob jemand die Gewinne stehlen wollte? – Nein. Was sollte ein Einbrecher mit den billigen Sachen, die Jokl anbot, schon anfangen?

Es dauerte nicht lange, da entdeckte er in der Dunkelheit ein Paar Stiefel. Das Ende eines Säbels hing herab. Wahrscheinlich war die Gestalt damit gegen einen Eisenbeschlag des Wagens gekommen und hatte so das verräterische Klirren verursacht.

Plötzlich duckte sich die Gestalt.

Hansi blieb vor Schreck das Herz stehen. Hatte der andere ihn bemerkt? Zu allem Überfluss erschien eine Hand unter dem Wagen und warf etwas Längliches herein.

Eine Granate?

Hansi erstarrte.

Gleich … Gleich würden er und Dodl mit lautem Getöse …

Er hatte davon gehört. Sie gingen los, kurz nachdem man sie fort geworfen hatte. Hansi wagte nicht daran zu denken, schloss die Augen so fest er konnte. Doch es passierte nichts.

Schließlich entspannte er sich, öffnete die Lider und griff nach der vermeintlichen Granate. Das war kein Sprengsatz. In der Hand hielt er eine zylindrische Rolle aus festem Papier, oben mit einem Verschluss versehen. Erst jetzt merkte er, dass er die Luft angehalten hatte. Beim Ausatmen spürte er, wie die Spannung von ihm wich. Beinahe hätte er vor Erleichterung geseufzt, beherrschte sich aber noch rechtzeitig.

„Oh nein", sagte die Gestalt. Es war eine Männerstimme.

Aus einer anderen Richtung vernahm Hansi die Schritte weiterer Leute. Sie sprachen den Mann in einer fremden Sprache an. Es wurde halblaut gezischt und gegurgelt. Keinesfalls ungarisch.

Was waren das für Kerle? Hansi rückte vor. Die Stimmen wurden aggressiver. Man hörte ihnen an, dass sie am liebsten laut geschrien hätten. Doch geflüstert wirkten sie wahrscheinlich bedrohlicher.

Dann zog jemand einen Dolch.

Hansi hörte das langgezogene Schaben einer Klinge über eine metallene Scheide. Der Mann keuchte, dann sackte er zusammen, ging erst in die Knie und schlug anschließend mit dem Oberkörper der Länge nach hin. Der Kopf des Fremden lag keine Armlänge von Hansi entfernt. Die Haare waren dunkel und lockig. Das Messer, das dem armen Kerl in der Brust steckte, schimmerte im Mondlicht. Es schien ganz aus Metall zu bestehen.

Hansi starrte es wie gebannt an.

Dann erschienen Schatten. Sie waren zu zweit. Wie ein düsterer Spuk wirbelten sie vor seinem Gesichtsfeld, stürzten sich auf den Toten. Einer schüttelte ihn, durchsuchte die Kleidung und machte seinem Kollegen offensichtlich Vorwürfe, zeigte auf die Waffe.

Hansi verlor das Gefühl für seinen Körper. Die Beine schienen blutleer. Hätte er nicht gelegen, wäre er nun zusammen gesackt. Er konnte nur ihre Hände und Knie sehen. Gleich würden sie unter den Wagen schauen. Gleich würden sie ihn entdecken und …

Doch sie waren so sehr damit beschäftigt, den Mann zu durchsuchen und sich gegenseitig zu beschimpfen, dass sie gar nicht daran dachten, sich umzusehen. Schließlich hoben sie die Leiche auf und verschwanden mit ihr in der Nacht.

Hansi zitterte am ganzen Körper. Nur mühsam beruhigte er sich wieder, zwang sich, tief durchzuatmen. Als es ihm wieder besser ging, betrachtete er die Rolle. Er presste die Beute an sich. Was immer sich da drin befand, es war wertvoll.

Die Öffnung am oberen Ende war versiegelt. Damit Dodl später nicht neugierig wurde, wickelte er die Rolle in seine Jacke. Es war zu gefährlich für Hansi, sie zu behalten. Und für Dodl, von ihr zu wissen. Er verplauderte sich nämlich gern.

*

Am nächsten Morgen war Hansi bereits vor Sonnenaufgang unterwegs. Er musste rechtzeitig zurück sein, um den Aschekasten des Ringelspiels zu leeren, Wasser im Kessel nachzufüllen und den frisch gefüllten Kessel unter Dampf zu bekommen.

Geschlafen hatte er ohnehin nicht mehr.

Das Tor zum Prater war natürlich geschlossen. Dennoch hatten sich diese Leute in der Nacht Zutritt verschafft in der Hoffnung, unbeobachtet zu sein. Dass viele der Leute, die an den Fahrgeschäften arbeiteten, den Prater selten verließen, war außer der Parkverwaltung, die das duldete, kaum jemandem bekannt.

Hansi warf die Rolle über den Lattenzaun, kletterte hoch und sprang auf der anderen Seite wieder hinunter. Die Rolle nahm er an sich. Und verharrte. Wenn er schon diesen Aufwand auf sich nahm, dann wollte er doch wissen, was sich darin verbarg.

Nervös fuhr er sich mit der Zunge über die Lippen und fasste nach dem Bügelverschluss an der Oberseite. Der war allerdings mit einem Siegel versehen. Konnte er nicht behaupten, das Wachs sei schon abgebröckelt gewesen, als er die Rolle an sich genommen hatte? Oder das Siegel sei beim Sturz zerbrochen, der Bügel aufgeschnappt und die Hälfte des Inhaltes hier herum geflogen? Natürlich konnte er das. Man würde es ihm vielleicht nicht glauben, aber so unwahrscheinlich klang die Geschichte gar nicht.

Ehe er sich versah, hatten seine Finger bereits das Wachs bearbeitet. Hansi schob den Bügel zurück und wollte schon hineingreifen, besann sich aber. Vielleicht gab es eine Falle, die Unberechtigte daran hindern sollte, sich den Inhalt anzusehen. Hansi stellte sich vor, wie seine Finger eine Nadel ertasteten, die jemand in Gift getaucht hatte. Immerhin hatte der Vorbesitzer die Begegnung mit der Rolle auch nicht überlebt.

Hansi drehte die Verpackung mit der Öffnung nach unten. Als nichts geschah und sich Enttäuschung in ihm ausbreitete, klopfte er auf die Unterseite. Ein Stück Papier erschien, Teil eines größeren Blattes, das zusammengerollt nicht von alleine herausfallen wollte.

Es war eng in der Rolle, und er bekam das Papier nur zwischen zwei Fingern zu fassen. Vorsichtig zog er es heraus und rollte es auf, so gut es ging. Seine Arme reichten dafür nicht aus, es ganz auszubreiten. Dafür hätte er es auf dem Boden ausrollen müssen. So sah er nur einen Ausschnitt, vielleicht die Hälfte.

Ratlos starrte Hansi auf die Zeichnung einer ungleichmäßigen Zigarre mit Beulen und Einbuchtungen, als hätte jemand kleine Stücke abgebissen. Geschmückt war das Objekt mit zahlreichen Linien, Pfeilen und Ziffern. Vielleicht handelte es sich um ein Kunstwerk? Hansi hielt es senkrecht. Doch auch so war der Eindruck nicht klarer, zumal die Ziffern nun falsch herum standen.

Kopfschüttelnd rollte er das Papier wieder zusammen, steckte es in den Behälter und schloss den Deckel.

Hansi machte sich auf den Weg zur nächsten Wachstube in der Leopoldstadt. Er kannte eine Abkürzung durch eine Gasse, in der die Hauswände so eng beieinander standen, dass er die Arme nicht zur Seite ausstrecken konnte. Hier war es noch dunkel. Die Sonne brachte erst gegen Mittag für ein oder zwei Stunden etwas Licht. Doch er sparte damit wertvolle Minuten.

Trotzdem war es ein Fehler.

Hansi hörte das Geräusch fester Stiefel. Die Schritte klangen seltsam hohl in der Gasse, als sie immer näher kamen. Hansi drehte sich um, konnte aber kaum mehr als einen Schatten erkennen.

Nur wenige Meter hinter ihm.

Eine eisige Hand schien nach Hansis Herz zu greifen. Die Gestalt war fast bei ihm, als er endlich zu laufen begann. Doch schon nach wenigen Metern prallte er gegen ein Hindernis. Arme schlangen sich um seinen Körper und hielten ihn fest. Dampf zischte, dann stülpte jemand etwas über seinen Kopf. Hansi ließ die Rolle fallen, stemmte sich gegen den, der ihn festhielt, vergebens. Sein Schrei erstarb, als der Griff ihm die Luft aus den Lungen presste. Ein stechender Schmerz am Hals, dann wurde es dunkel.

*

In seinem Kopf hämmerte ein Zylinderkolben auf höchster Stufe. Bei jeder Bewegung drohte er Hansis Schädel zum Platzen zu bringen. Aber Hansi konnte nicht still liegen bleiben, musste wissen, was geschehen war.

Die Gasse … der Fremde, der ihn wie ein Spielzeug in einen Sack steckte … Mühsam richtete Hansi sich auf.

Das Zimmer war groß genug, um drei Ringelspiele unterzubringen. An dem großen Fenster hingen schwere Vorhänge. Er selbst saß auf einer riesigen Ottomane, die üppig mit bunten Kissen ausgestattet war. Hansi strich mit der Hand über den dicken Teppich. Er fühlte sich an wie das Fell einer jungen Katze. Die Gemälde an den Wänden zeigten Männer auf Pferden, Männer auf der Jagd, Männer im Krieg. Alle Bilder wurden von opulenten, goldenen Rahmen eingefasst. In den Ecken thronten riesige bemalte Vasen. Sie waren so groß, dass ein Mann sich darin verstecken konnte. In Schönbrunn konnte es kaum prunkvoller sein. Vielleicht befand er sich sogar in der Nähe des Kaisers?

Die Tür wurde bewacht, offensichtlich von einer Maschine. Sein Wächter sah aus wie ein Mensch, hatte jedoch so viel Ausdruck im Gesicht wie ein Stein. Aus dem Hinterkopf pufften zarte Rauchwolken zur Zimmerdecke und zu einem Loch in der Mitte des Raums, wo sich offenbar ein Abzug befand.

Das Gefühl, gut aufgehoben zu sein, löste sich wie die Wölkchen auf. Hatte diese Maschine ihn gefangen genommen? Hansi sackte das Blut in die Beine.

Die Maschine nahm sein Erwachen anscheinend wahr. Sie stieß mit der Hacke dreimal gegen die Tür. Es dauerte nicht lange, da wurde geöffnet. Der Wächter trat zur Seite und machte einem unglaublich dicken Mann mit Vollbart Platz. Hansi hatte Menschen wie ihn schon gesehen. Sie kamen aus dem Südosten.

Der Dicke lächelte. Es sollte wohl gewinnend wirkten, aber das konnte er nicht ernst meinen. Schließlich hatte man Hansi hierher verschleppt.

„Grüß Gott", sagte der Mann. Sein Akzent bestätigte Hansis Vermutung über seine Herkunft. Es klang aufgesetzt und war falsch betont, als wolle Dodl besonders deutlich sprechen.

„Grüß Gott", antwortete Hansi und musste sich räuspern.

„Entschuldige bitte die Umstände, unter denen du hierher gebracht wurdest", sagte der Dicke und breitete die Arme aus. Die weiten Ärmel seines glitzernden Gewandes schwangen dabei auseinander wie Engelsflügel. Die Freundlichkeit seiner Worte wirkte unaufrichtig. Der ganze Mensch war so liebenswürdig wie die Schlange zum Kaninchen.

„Man nennt mich Abdulbaki. Ich stehe im Dienst unseres glorreichen Osmanischen Reiches, das mit Allahs Hilfe wieder zu alter Stärke gelangen wird. Und du darfst dazu beitragen." Er zwinkerte.

Hansi nickte, obwohl er nichts verstand.

„Ich habe Kopfschmerzen. Ihre Maschinen haben mich gefangen." Es klang vorwurfsvoll.

Abdulbaki winkte ab. „Ein Versehen, mein Lieber. Gleich werden sich unser Arzt um deine Gesundheit und unser Koch um dein *leibliches Wohl kümmern. Zuvor habe ich nur eine Frage, die du mir beantworten kannst."*

"Sie haben mir etwas weggenommen. Eine Rolle."

Das Lächeln auf Abdulbakis Gesicht gefror. "Du irrst dich, kleiner Held. Was du bei dir getragen hast, war unser Eigentum. Und nun bitte ich dich mir zu sagen, wo du das her hast."

Wie er das sagte, klang es, als würde der Koch ihn nicht bewirten, sondern etwas anderes mit ihm anstellen. Mit einem Fleischerbeil und einem großen Kochtopf.

Weil Hansi nicht wusste, was er darauf erwidern sollte, blieb er zunächst stumm. Jedes Wort konnte falsch sein.

"Du kleiner Mistkäfer. Wenn du glaubst, du seist in einer günstigen Position, so kann ich dir sagen, dass du dich irrst. Was wir wollten, das haben wir. Alles andere ist lediglich eine ergänzende Information. Also solltest du gefälligst antworten, wenn du noch einmal zu deiner Mama willst."

"Jemand wurde ermordet. Im Prater", schoss es aus Hansi heraus. Er konnte nicht anders und sprach weiter. "Vorher hatte der Mann die Rolle versteckt."

"Und das hast du gesehen?"

Hansi nickte.

"Wir wussten, dass sich die Rolle noch im Prater befand und beobachteten das Areal", sagte Abdulbaki. "Schön, dass du unseren Leuten direkt in die Arme gelaufen bist. Wo wolltest du mit deiner Beute hin?"

"Ich wollte sie auf der Wachstube abgeben. Ganz ehrlich."

Abdulbaki stand auf. Er wirkte zufrieden. Der Maschine am Eingang bellte er etwas in seiner Muttersprache zu, dann öffnete der Wächter die Tür und ließ den dicken Mann hinaus.

Hansi erhob sich und ging zum vergitterten Fenster. Der Wächter starrte weiterhin stur geradeaus. Vorsichtig näherte Hansi sich der Tür. Auch hier keine Reaktion. Nun stand er schon so dicht, dass er nur noch um den Körper des anderen herumgreifen musste, um die Klinke anzufassen. Hansi klopfte das Herz so stark, dass er glaubte, jeder könne es hören. Sollte es wirklich so einfach sein?

Er streckte den Arm aus.

Die Maschine schnappte sein Handgelenk, wirbelte ihn herum und stieß ihn wie beiläufig zurück auf die Ottomane.

Bevor Hansi sich von seinem Schreck erholte, ging die Tür plötzlich auf. Ein anderer Mann, elegant gekleidet und von stattlicher

Statur, sagte etwas. Der Wächter machte einen Schritt zur Seite und ließ ihn eintreten.

Hansi glaubte, seine Stimme zu erkennen und war sicher, dass es sich bei ihm um einen der beiden Mörder handelte. Beißende Angst überfiel ihn.

„Ich nehme dich jetzt mit", sagte der Mann.

„Nein!"

Hansi warf sich auf die andere Seite der Ottomane, schlug der Länge nach auf den Boden. Bevor er sich aufrappeln konnte, stand der andere schon über ihm und packte seinen Arm. Dieser Mann würde ihn töten. Hansi musste weg.

Weg!

Er zerrte, versuchte, sich aus dem festen Griff zu lösen, trat nach dem Kerl, boxte ihn mit der freien Hand, bis auch sie im festen Griff des Gegners erstarrte. Obwohl Hansi sich wie ein Aal in der Reuse wand, drehte der Mann ihm die Arme auf den Rücken, so dass nun jede Bewegung schmerzte.

Heiße Tränen der Wut schossen ihm in die Augen. Dieser Mistkerl! Wie würde der Mörder ihn töten? Vielleicht mit einem Messer? Hansi dachte schaudernd an die Schmerzen, die ihn erwarteten, und begann, unkontrolliert zu zittern.

*

Hansi hatte alles Gefühl für Zeit verloren. Hier, in der Kellerzelle war es stockfinster. Sie war nur wenig breiter als die Kuhle unter dem Losbudenwagen. Diesmal war es nicht notwendig, einen mechanischen Wächter auf Hansi anzusetzen. Ein ordinäres Schloss und ein Schlüssel genügten.

Wieder und wieder fragte er sich, warum er noch lebte. Dann fielen ihm die Geschichten ein, die die alte Elli immer zur Mittagszeit vor der großen Schaukel des Praters erzählte. Oft handelten sie in Asien. Wo auch das Osmanische Reich lag. Glaubte Hansi zumindest. Dort gab es noch Sklaven. Wahrscheinlich würde man ihn auf ein Schiff mit hundert weiteren Kindern verfrachten und auf einem Markt verschachern. Auch wenn ihm Banas Behandlung manchmal wie die eines Sklavenhalters vorkam, so konnte er sich nicht vorstellen, dass es ihm in Asien besser ergehen würde.

Das plötzliche Scharren des Schlüssels, der ins Schloss gerammt wurde, bescherte ihm einen weiteren heftigen Schauer. Hinrichtung oder Verschiffung, dachte er und fühlte sich wie ein Hase in der Falle.

Und er dachte an Dodl und wie der arme Kerl ohne ihn zurechtkommen musste.

Jemand stieß die Tür auf.

"Komm raus", sagte ein Mann.

Vorsichtig trat Hansi auf die Schwelle. Das Licht, das aus dem Gang herein drang, blendete ihn.

"Wa... was habt ihr mit mir vor?", stotterte er. Seine Knie drohten nachzugeben.

Grollend walzte eine Explosion durch das Gewölbe, als würden ein Dutzend Kanonen gleichzeitig zum Salut abgefeuert. Es kam von den oberen Stockwerken des Hauses und brachte sogar hier unten die Wände zum Zittern. Staub und Mörtel rieselten von der Decke.

Der Mann starrte nach oben, dann und wollte er die Tür des Gefängnisses wieder zuwerfen. Seine Hand flog zur Zellentür und versetzte ihr einen Stoß.

Hansi erkannte, dass es seine einzige Möglichkeit war zu entkommen. Mit einem Mal waren Angst und Schwäche weggeflogen.

Mit der Schulter rammte er den Mann an die gegenüberliegende Wand. Wenn man bereits als Junge auf sich allein gestellt war, lernte man die Überraschungsmomente für sich zu nutzen. Auch wenn Hansi sein Können schon lange nicht mehr angewendet hatte, verlernte man es genauso wenig wie Schwimmen. Das Knie rammte er dem anderen in den Unterleib und entriss ihm den Schlüssel. Dann stürmte er davon.

Der Gang war kurz. Eine Treppe führte Hansi nach oben bis zu einer Tür. Sie war offen. Wahrscheinlich sollte er sowieso hierher gebracht werden. Mit einem Blick nach hinten versicherte er sich, dass der Mann ihm nicht folgte, dann spähte er in den nächsten Flur. Niemand war zu sehen.

Erneut donnerte es, wieder erzitterte das Haus. Hansi musste sich festhalten, um die Treppe nicht wieder hinunter zu stürzen. Fühlte sich so ein Erdbeben an?

Raus, nur raus!

Noch ein Flur und weitere Zimmer. Hansi rannte, floh, so schnell er konnte, achtete nicht mehr darauf, dass jemand ihn sehen oder einfangen konnte. Niemand würde angesichts der Ereignisse noch Zeit haben, sich mit ihm zu beschäftigen.

Er kam an einem toten Wachmann vorbei. Etwas war von hinten gegen seinen Kopf gekracht und hatte den Schädel, aufgerissen, der aus einem mit Haut überzogenen, dünnen Blech bestand.

Hansi starrte fasziniert auf das Innenleben: ein kompliziertes Drahtgestänge und der Rauchabzug. Knisternd züngelten Flämmchen am zerfetzten Hemdkragen des Wächters entlang.

Ohrenbetäubendes Pfeifen ließ ihn zusammenfahren. Die Wand platzte wie eine ungeschickt geknackte Wallnuss. Etwas traf ihn am Kopf, dann wurde es dunkel.

*

Schmerzen rasten durch seinen Körper. Hansi stöhnte.

Ein Mann in hellblauer Uniform hob den Kopf, schaute zu einem anderen und sprach mit diesem in einer fremden Sprache. Der andere, ein großer, hagerer Kerl mit einem schwarzen Vollbart und sanften Augen, beugte sich hinunter.

„Dein Arm ist gebrochen", sagte er mit starkem Akzent. „Unser Arzt wird dir eine Spritze geben, dann hören die Schmerzen auf und wir können den Arm schienen."

„Eine Spritze?", fragte Hansi.

Die Lippen unter dem dunklen Gestrüpp verzogen sich zu einem Lächeln und gaben den Blick auf den Mund frei, der bis eben nicht zu sehen gewesen war.

„Eine Morphiumlösung."

„Wer sind Sie?"

„Dein Retter. Du hast Glück gehabt. Auf einem Schlachtfeld sieht es nicht schlimmer aus."

Hansi hob den Kopf und schaute sich um. Er befand sich nicht mehr im Haus. Rings um ihn rannten Männer mit Gewehren in den gleichen Uniformen zwischen Fahrzeugen, die aussahen wie gepanzerte Käfer. Vorne schauten metallene Rohre heraus. Aus kleinen Schornsteinen am hinteren Ende stotterte Qualm in regelmäßigen Stößen hervor.

„Was ist das?", fragte Hansi. Seine Schmerzen hatte er fast vergessen.

„Das sind unsere Eisenwagen. Damit haben wir dieses Nest ausgebombt. Wir werden uns bald wieder zurückziehen. Das Anwesen liegt zwar außerhalb, doch den Krach, den wir veranstaltet haben, wird man noch meilenweit gehört haben. Das ist ein Nachteil unserer Waffen. Sie sind zu laut für einen heimlichen Streich. Und die Pferde scheuen ebenfalls vor diesem Lärm."

„Wer sind Sie?", wiederholte Hansi schwach. Sein Kopf brummte nicht nur wegen des Schmerzes.

„Mein Name ist Aaron Langosi, erster Hauptmann der Landstreitkräfte der Nautilus. Genauer gesagt der Nautilus IV. Hast du einmal einen Blick in die Papierrolle geworfen?"

Wieso brachte dieser Mann ihn mit der Rolle in Verbindung?

„Du hast es getan, kannst es ruhig zugeben. Das ist nicht schlimm. Wir wissen, dass du in diese Geschichte hineingerutscht bist. Wir hatten Zeit, dich zu beobachten."

„Sie haben ...?" Hansi konnte sich nicht vorstellen, wie das geschehen sein sollte.

„Ein Dieb hat uns die Rolle entwendet. Wir waren ihm auf den Fersen und haben gesehen, was letzte Nacht passierte. Wir wussten nur nicht, was wir von dir halten sollten."

Unsicher musterte Hansi den Mann. „Und nun wissen Sie es?"

„Du warst Gefangener in diesem Haus. Der Mann, der dich in den Keller sperrte, war einer von unseren Leuten, der sich bei den Osmanen eingeschlichen hat. Wenn es nach Abdulbaki gegangen wäre, wärst du schon längst nicht mehr am Leben."

Lag es daran, dass man sich an diese schrecklichen Dinge gewöhnen konnte? Den eisigen Schauer, der seinen Rücken hinunter rann, spürte er kaum noch.

„Was hast du auf der Zeichnung gesehen?"

Natürlich, er hätte wissen müssen, dass diese Frage kam. Aber das fürchterliche Abenteuer hatte Hansi ausgelaugt. Er wollte nur noch weg – was wohl auch von der Laune des Mannes in der hellblauen Uniform abhing. Blieb ihm etwas anderes übrig als zu antworten, auch wenn sein ganzer Körper vor Anspannung schmerzte? Es war sowieso schon alles egal.

„Eine angekaute Zigarre und viele Zeichen, die ich nicht verstehe."

Aaron Langosi lachte.

„Das ist gut. Das muss ich dem Käpt'n erzählen. Nun, es handelt sich dabei um ein Unterwasserboot. Es ist so groß, dass zweitausend Menschen darin Platz finden. Und eine Menge Maschinen. Diese hier zum Beispiel."

Hansi lächelte müde. „Sie brauchen mich nicht mit so einer Geschichte von meinen Schmerzen abzulenken. So klein bin ich nicht mehr, dass ich das glaube."

Aaron Langosi runzelte die Stirn. „Nun, der Käpt'n wird mich wahrscheinlich zur Schnecke machen, wenn ich ihm erzähle, dass ich geplaudert habe, doch ich glaube, du hast ein Recht darauf zu wissen, weshalb dein Arm gebrochen ist."

Er machte eine kurze Pause, als sammele er seine Gedanken.

„Die Pforte hat beschlossen, das Schwarze Meer und dessen Anreinerstaaten zu beherrschen, soweit sie es noch nicht tun."

„Die Pforte?"

„So nennt man den Sitz des osmanischen Großwesirs. Auf dem Balkan bahnt sich ein Krieg an. Einige Völker erheben sich gegen die Beherrschung durch das Osmanische Reich: Bulgarien, Herzegowina, Serbien. Und Russland hat vor, die Aufstände zu unterstützen."

Hansi begriff. „Russland liegt am Schwarzen Meer?"

Aaron Langosi nickte. „Ebenso wie Bulgarien."

„Die Schriftrolle war ein Bauplan der Nautilus!", rief Hansi aus.

„Ich sehe, du bist ein intelligenter junger Mann. So einen wie dich können wir gut gebrauchen."

Für einen Moment war Hansi außer sich vor Aufregung und Stolz. War er also doch mehr wert, als sein Leben in einem Ringelspiel zu fristen! Dann erinnerte er sich an etwas. „Aber nur, wenn mein Freund auch mit darf."

*

Es war Nacht, als Hansi mit Aaron Langosi und zwei weiteren Soldaten geräuschlos durch den in tiefem Schlaf liegenden Prater huschte. Nicht Banas Hütte war ihr Ziel. An die wenigen Habseligkeiten, die er besaß, verschwendete Hansi keinen Gedanken. Wo er ab morgen war, würde er seine zweifelhaften Schätze nicht benötigen. Er würde jeden Tag frisch gewaschen und gekämmt in sauberer Kleidung zum Frühstück erscheinen, hätte viel zu lernen und erwachsen zu werden, bis er ein unersetzlicher Teil einer Gemeinschaft war.

Hansi führte die Männer zu dem Losbudenwagen. Mit einem Mal schien ihm dieser vertraute Anblick so fremd und banal, als sei er nie Teil seines Lebens gewesen. Hier im Schmutz hatten sie gehaust, Dodl und er. Das sollte anders werden.

Hansi hob eine Hand.

„Wartet", flüsterte er. „Ich will meinen Freund nicht erschrecken."

Aaron Langosi nickte, dann gab er seinen Männern ein Zeichen und sie verschwanden lautlos in den Schatten. Ein Herzschlag später schien es, als seien sie nie da gewesen.

Hansi lief zur Rückseite des Wagens und schlüpfte mit einiger Mühe in die Kuhle im Erdreich, in der sein Freund bereits zusammengefaltet lag. Nach der Aufregung wirkte dieser vertraute Anblick beruhigend. Er rutschte näher und wollte schon die Hand nach dem Schlafenden ausstrecken.

„Wo waaars du? Banaaa 'at geflucht wie'n Deufeel."

„Einzelheiten erzähle ich dir später. Du, es ist etwas Großartiges passiert. Wir kommen hier heraus. Wir dürfen auf ein riesiges Schiff."

Dodl richtete sich auf, soweit es hier unten möglich war.

„Chiff?"

„Ja, stell dir vor, ich habe einen Hauptmann getroffen, der auf diesem Schiff arbeitet. Wir lernen lesen und schreiben. Und rechnen. Und wir bekommen immer genug zu essen. Diese Leute haben die irrwitzigsten Geräte. Das ist ja so spannend!"

„'eabe 'unger." Dodl rieb sich den Magen.

Hansi fasste die Hand des anderen. „Dann komm mit. Bestimmt kriegen wir gleich etwas für dich zu essen."

„B-stimmt?"

Hansi konnte das Gesicht seines Freundes nicht erkennen, doch er war sicher, dass Dodl eine Augenbraue hob.

„Ganz bestimmt. Diese Leute sind nett und wollen, dass wir mit ihnen gehen. Stell dir vor, das Schiff kann unter Wasser schwimmen. Was wir da alles erleben werden!"

„Unteeer ..."

Hansi hörte die Furcht in Dodls Stimme.

„Das ist völlig sicher. Die machen das schon seit vielen Jahren. Das ist unser Abenteuer, auf das wir immer gewartet haben."

„Dein Aabenteu. Niiech Dodls. Nein. Deins."

Der Schreck fuhr Hansi in die Glieder. „He, wir gehören doch zusammen! Wir beide! Wir werden alles gemeinsam erleben."

„Will niiech. Will ..."

In einem Anfall von Wut schob er Dodls Hand von sich. „Du willst dich weiter misshandeln lassen? Für diesen Jokl arbeiten, der dich den ganzen Tag schikaniert?"

Dodl schwieg, deshalb sprach Hansi fast verzweifelt weiter.

„Es wäre ein neues Leben. Für dich und für mich. Du könntest auch einen neuen Namen annehmen. Welcher dir gefällt. Niemand würde dich mehr Dodl nennen. Wie würdest du gerne heißen?"

Dodl schwieg.

Hansi war verwirrt. Er hatte sein Leben aufs Spiel gesetzt wegen einer Papierrolle, die in sein Leben gepurzelt war, hatte die schlimmsten Stunden seines Lebens hinter sich und bekam nun für sich und seinen Freund die Möglichkeit, diesem Elend zu entfliehen. Doch – Dodl ...

„'eonii", kam es nach einer Weile aus der Dunkelheit. Zaghaft und kaum hörbar.
„Toni? Wie Anton?"
„Jaaa. Das kliingt staaar. Kraaaftvoll."
Hansi lächelte. „Also gut. Ab jetzt heißt du Toni."
„Pscht. Niiech sagn. Soll kein 'ören."
„Doch, Toni. Alle sollen es hören. Die ganze Welt. Du bist jetzt ein anderer."
„Neee! Ich ... Dodl. Niiech andere."
Hansi seufzte. Eine ganze Flut von Gefühlen stürzte plötzlich auf ihn ein, Enttäuschung darüber, dass Dodl nicht auf diese Möglichkeit einging, Wut auf seinen Freund, der die gemeinsamen Pläne durchkreuzte – aber auch Verständnis. Niemand anders konnte sich so gut in Dodl hineinversetzen wie er. Niemand wusste so gut wie Hansi, was in dem dummen, liebenswerten Kerl vor sich ging.
„Aaber du geh."
Hansi schwieg eine Weile, fühlte sich plötzlich so einsam wie nie zuvor. Sollte dies das Ende ihrer Freundschaft bedeuten?
„Ja", sagte er schließlich. „Worauf du dich verlassen kannst. Ich werde mein Glück nicht mit Füßen treten. Ich werde mit diesen Männern auf eine große Abenteuerreise gehen. Und wenn es möglich ist, werde ich dich alle drei bis vier Jahre besuchen und sehen, was aus dir geworden ist."
Hansi wartete Dodls Antwort nicht ab und krabbelte zum Ausgang. „Habe ein schönes Leben hier im Prater. Leb wohl", sagte er, bevor er sich unter der Losbude hervorarbeitete.
Oben blieb er stehen. Ob Dodl nicht doch noch kommen würde, wenn er begriff, dass ihr Abschied endgültig war?
Tränen standen in Hansis Augen. Er wartete schweigend, zählte in Gedanken bis zehn, dann bis fünfzig. Bei sechsundachtzig schüttelte er den Kopf und hörte auf. Sein Freund würde nie Toni sein.
Hansis Herz schien so viel zu wiegen wie ein ganzer Berg. Hastig wischte er sich die Tränen aus den Augen, dann ging er so gerade und kraftvoll wie er konnte zu dem Hauptmann und seinen Männern, zumindest dorthin, wo er sie verlassen hatte. Er brauchte sie nicht zu rufen. Sie schälten sich wie Geister aus den Schatten.
„Wo ist dein Freund?", fragte Aaron Langosi.
„Er will nicht."
„Also gut, dann komm. Ich möchte nicht länger als nötig hier herumstehen."
„Ich ..."

„Ja?"

„Ich komme auch nicht mit."

Trotz der Dunkelheit und des dichten Bartes glaubte Hansi, einen Anflug von Fassungslosigkeit in dem Gesicht des anderen zu bemerken.

„Junge! Was du geboten bekommst, ist einmalig. Auf der ganzen Welt."

„Ich weiß. Aber ohne Dodl wird es mir keinen Spaß machen."

Der Bärtige seufzte. „Na gut, dann führe mich zu ihm. Ich werde ihn schon überzeugen."

„Nein. Er hat Angst, und wenn Sie zu ihm gehen, wird es nicht besser. Und ehrlich gesagt ... auch ich fürchte mich."

„Du?"

„Ja, ich habe gesehen, wie kaltblütig Sie das Haus mit Ihren grauenvollen Waffen zerstört haben."

„Es war für eine gute Sache."

„Ja. Vielleicht hätte Abdulbaki das auch behauptet."

Ein nächtlicher Vogel kreischte in der Dunkelheit des Wäldchens. Früher hätte Hansi sich gegruselt. Jetzt hörte er es fast nicht mehr.

„Ich verstehe." Die Stimme des Hauptmanns klang gekränkt. „Nun, wenn du nicht mit willst, dann will ich dich nicht zwingen. Unter einer Bedingung allerdings: Du darfst niemanden erzählen, was du erlebt hast."

„Das ist versprochen." Max war erleichtert.

„Noch vor wenigen Jahren wäre das nicht möglich gewesen", sagte Aaron Langosi. „Ich selbst bin damals zwangsrekrutiert worden. Doch die Ansichten des Käpt'ns sind toleranter geworden. Allerdings, wenn sich jemand nicht an die Absprachen hält ..."

Hansi schluckte. Er hatte eine ungefähre Vorstellung von dem, was der Hauptmann meinte.

„Wenn du es dir aber noch anders überlegen willst, dann gib samstags im Tagblatt eine Annonce auf. Unser Kontaktmann in Wien wird sie lesen und uns unterrichten. Schreib: Ein echter Freund sucht die Gelegenheit seines Lebens. Mehr nicht. Man wird wissen, dass du es bist und dich finden."

Davon war Hansi überzeugt. Einen Augenblick schauderte er bei dem Gedanken, ob dieser Kontaktmann auch auf Geheiß dieses geheimnisvollen Käpt'ns das Unausgesprochene mit ihm anstellen würde, falls er plauderte.

„Ich danke Ihnen."

Der Hauptmann hob die Hand zu einem militärischen Gruß, dann gab er den anderen beiden ein Zeichen – und im nächsten Augenblick verschwanden sie in der Nacht.

Hansi ging wieder um die Losbude herum und krabbelte darunter.

Soweit er es erahnen konnte, lag Dodl schon wieder in seiner Schlafposition mit angezogenen Beinen. Hansi legte sich dazu und dachte daran, was der nächste Tag wohl bringen würde, was er Bana erzählen sollte.

„'anke", sagte Dodl schlaftrunken.

Erwachsen werden, dachte Hansi, das konnte er auch hier im Prater. Und ein unersetzlicher Teil einer Gemeinschaft, war er schon lange.

Andreas Zwengel

Volldampf

Der gesamte Bahnhof war in Alarmbereitschaft. Man hatte der Dampfwagenkolonne des Kanzlers auf dem Weg aufgelauert und von den Dächern auf beiden Straßenseiten unter Beschuss genommen. Es gab bereits die ersten Gerüchte über die Ermordung des Kanzlers. Überall auf dem Bahnhof wurden aufgeregt Befehle gebrüllt. Die Soldaten am Bahnsteig wurden zunehmend nervöser. Sie hatten den Zug umstellt und niemand durfte sich ihm bis zur Abfahrt nähern. Bismarck musste bei seinem Eintreffen sofort in den Zug und aus der Stadt geschafft werden. Die Lokomotive stand bereits für die Abfahrt unter Dampf.

Salinger schob sich durch die Dampfschwaden wie ein Schiffsbug durch den Nebel. Die Soldaten am Bahnsteig wichen überrascht zurück. Bevor sie ihre Waffen ziehen konnten, richtete er seinen Zeigefinger auf sie und ließ den Daumen zuschnappen.

„Zu langsam", knurrte er und marschierte, an seiner Zigarre paffend, an ihnen vorüber. Man hätte ihn für einen Kraftprotz vom Jahrmarkt halten können, wenn nicht unter dem aufklaffenden Mantel eine preußische Offiziersuniform hervorgelugt hätte. Sein neuer Adjutant trat neben ihn und salutierte. Salinger war es aufgrund seiner Größe gewohnt, auf Menschen herabzublicken und tat dies meist mit einem Ausdruck milder Nachsicht.

„Wo ist der Reichskanzler mit seinen Wagen?"

„Sie sollten jeden Moment eintreffen."

Oberst Salinger hatte versucht, dem Kanzler die Reise auszureden oder zumindest zu verschieben, da der Termin bekannt geworden war. Doch Bismarck war in solchen Fällen nicht sehr einsichtig. Preußens Macht hatte ihm viele Feinde beschert. Überall in Europa hatten sich kleine Widerstandsnester gebildet und selbst im eigenen Land wimmelte es von Attentätern und Saboteuren. Wer Preußens Macht brechen wollte, musste diesem mächtigen Reich den Kopf abschlagen. Und dieser Kopf hieß Otto von Bismarck.

Salinger ließ den Mantel von seinen Schultern in die ausgebreiteten Hände seines Adjutanten rutschen und entblößte den leeren Uniformärmel. Seinen linken Arm hatte er in Ausübung seiner Pflicht verloren. Er stieg zwei Stufen hinauf in den Wagen und lehnte sich hinaus, um über die Soldaten hinwegsehen zu können. Weiter hinten drängten sich Schaulustige und Passagiere anderer Züge, die ungeduldig darauf warteten, ihre Reise fortsetzen zu können.

Plötzlich erhob sich lautes Geschrei unter ihnen. Der Dampfwagen mit dem Kanzler raste durch das Bahnhofsgebäude und bog auf den Bahnsteig. Das Gefährt schlitterte bedrohlich und einige Soldaten brachten sich in Sicherheit, in dem sie auf das leere Nachbargleis sprangen. Der Dampfwagen blieb so dicht neben dem Zug stehen, dass der Kanzler mit einem Schritt das Beförderungsmittel wechseln konnte. Am Eingang des Bahnhofgebäudes fielen Schüsse. Anscheinend waren Bismarcks Verfolger nicht gewillt, so einfach aufzugeben.

„Bringen Sie uns aus der Stadt, Oberst!", hörte Salinger die Stimme des Kanzlers. Er gab das Signal zur Abfahrt.

Bismarcks Zug war eine Spezialanfertigung mit einem neuartigen Zylindersystem, das die Dampfkraft noch effektiver nutzte. Außerdem waren Lok und Wagen komplett gepanzert und hielten sogar leichtem Artilleriebeschuss stand.

Die Lokomotive stieß einen gewaltigen Dampfseufzer aus und setzte sich in Bewegung, aus dem Bahnhof hinaus. Am Bahnsteigs explodierten zwei mit Sprengstoff ausgerüstete katholische Selbstmordattentäter.

*

„Sir Cedric erwartet Sie bereits im Speisewagen", sagte der Adjutant.

Der Engländer stand auf seinen Mahagonistock gestützt und nippte an einer Tasse Tee. Derselbe Krieg, der Salinger einen Arm gekostet hatte, hatte Cedric ein steifes Bein beschert. Er hatte auf der Seite Preußens gegen die Franzosen gekämpft und war der Inbegriff eines Aristokraten. Hochgewachsen, schlank und mit grauen Schläfen entsprach er jedermanns Vorstellung eines englischen Gentlemans. Neben ihm wirkte Salinger plump und unförmig. Cedric ließ sich seine Dienste für das Kaiserreich gut bezahlen. Salinger hatte damit keine Probleme. Erstens hatte sein Freund keine staatsbürgerlichen Verpflichtungen gegenüber Deutschland, und zweitens war er jede Summe wert.

„Vor der Abfahrt kam ein Telegramm vom Grenzbahnhof", erklärte Cedric, „man hat zwei Männer an der Rangierstation festgenommen. Sie wollten den Zug umleiten." Sein Deutsch zeichnete sich durch einen starken englischen Akzent aus.

„Ist das denn so einfach?"

„Eben nicht, dazu bedarf es der Hilfe von Fachleuten."

„Wahrscheinlich haben unsere Gegner an das Gewissen einiger aufrechter Katholiken unter dem Bahnpersonal appelliert."

„Dann müssen wir noch vorsichtiger werden, sonst überrumpeln sie uns früher oder später."

„Man weiß also, dass wir auf dem Weg nach Prag sind", sagte Salinger. „Was wird der alte Blechkopf dazu sagen?"

Der Adjutant zuckte bei dem Ausdruck zusammen und sah sich nervös um, ob jemand diese unverschämte Äußerung mitbekommen hatte.

„Es heißt ja, sein Kopf sei nicht das einzige metallene Ersatzteil. Er soll sich immer weiter nachrüsten und Glieder seines Körpers durch mechanische Teile ersetzen lassen. Immer stärker, immer effizienter. Wie alles im Kaiserreich."

Der Engländer hatte Recht. Berlin war zur Festung ausgebaut worden. Als Krönung versuchte man nun, für die Stadt denselben Schutz zu beschaffen, über den Prag verfügte. Doch niemand außer den Tschechen kannte das Geheimnis des magischen Schutzschildes. Bismarck hatte Magie immer für ausgemachten Blödsinn gehalten, einen Hokuspokus, auf den nur Leichtgläubige und Schwachsinnige hereinfielen, bis man ihn bei einem früheren Besuch der Stadt von der Existenz und den Vorteilen des Schildes überzeugt hatte.

„Warum sollten die Tschechen das Geheimnis ihres Schirms lüften?", fragte Cedric.

„Für viel Geld sicherlich. Wenn sie es clever anstellen, verkaufen sie nicht das Geheimnis, sondern nur den Schutzschirm."

„Bismarck möchte diesen Schild für alle Städte im Reich und er will sicher nicht jedes Mal wieder zahlen."

Die Tschechen verhielten sich offiziell neutral gegenüber Preußen. Doch bei der Bevölkerung sah es anders aus. Viele Gegner Preußens gingen nach Prag ins Exil. Die Tschechen konnten es sich erlauben, wählerisch zu sein und nur diejenigen aufzunehmen, die für sie und ihr Land von Nutzen waren. Aber die Exilanten übten einen nicht geringen Einfluss auf die Entscheidungsträger aus. Ausnahmslos alle Gegner Preußens hatten ein Interesse am Scheitern dieser Mission. Sie würden auch nicht davor zurückschrecken, den gesamten Zug zu zerstören. Salinger war als Soldat ein Draufgänger gewesen. Als Offizier war er wesentlich besonnener, weil er längst nicht mehr nur sein eigenes Leben riskierte.

Salinger und Cedric nickten sich aufmunternd zu und demonstrierten damit ihre Bereitschaft, den Zug gegen jeden Angreifer zu verteidigen, wer es auch sein mochte. Sie waren schon ein seltsames Paar. Salinger war oft knurrig, kurz angebunden, sogar barsch, wenn er das Gefühl hatte, dass man seine Zeit verschwendete. Cedric dagegen war diplomatisch, sehr charmant, konnte Frauen und Männer gleichermaßen um den Finger wickeln und war oft genug in der Not, Salingers Vorpreschen zu entschuldigen. Er versuchte häufig, Salinger etwas von seiner Lebensfreude abzugeben, mehr zu genießen und die preußische Disziplin einmal einen Abend ruhen zu lassen.

„*Es heißt, ein preußischer Agent habe sich in den französischen Widerstand eingeschleust, um ihn von innen zu sprengen.*"

„*Das Gerücht stammt wahrscheinlich von Bismarck selbst, um die Paranoia der Franzosen anzuheizen. Er liebt so was.*"

„*Wenn ich mir über jedes Gerücht Gedanken machen würde, hätte ich längst graue Haare.*"

„*Vielleicht sollte ich dann endlich damit anfangen*", *scherzte Salinger und fuhr sich über seine Glatze.*

Ein blonder Diener kam mit seinem Tablett an ihnen vorüber und nickte dem Wachposten zu. Langsam schob er sich an ihm vorbei in den nächsten Waggon. Wenn Cedric ihm nicht nachgesehen hätte, wäre er Salinger keinen zweiten Blick wert gewesen. Er trat zu dem Wachposten.

„*Wer war der Mann?*"
„*Er ist der Ersatz für Heinrich.*"
„*Wurde das überprüft?*"
„*Sein Name ist Gustav, er ist Heinrichs Cousin.*"
„*Sagt wer?*"
„*Sagt Gustav.*"

„*Trottel*", *zischte Salinger und rannte los. Für einen Mann seiner Größe bewegte er sich sehr geschmeidig und passte sich den Bewegungen des Zuges an. Als er in den Wagen des Kanzlers stürmte, saß er an seinem Schreibtisch und nippte an einer Tasse Kaffee. Neben ihm lag Gustav ausgestreckt auf dem Boden. Die Bruchstücke einer Kaffeekanne umrahmten seinen Kopf. Neben seinen Händen lagen nadelspitze Stiletts. Bismarck musterte Salinger über den Rand der Tasse, dann schüttelte er tadelnd den Kopf.*

„*Das war schlampig, Oberst, sehr sehr schlampig.*"

*

Als Salinger in den Speisewagen zurückkehrte, hörte er, wie sein Adjutant den nachlässigen Wachposten anschrie und dabei völlig die Contenance verlor. Salinger richtete mit der verbliebenen Hand den leeren, hochgesteckten Ärmel seines Uniformhemdes und betrachtete dabei seinen neuen Adjutanten. Ein semmelblonder junger Mann, dessen freches Auftreten und seine sportliche Figur die meisten Betrachter sofort für ihn einnahmen. Doch obwohl er erst seit zwei Wochen in seinen Diensten stand, hatte Salinger bereits ausreichend Gelegenheit gehabt, hinter die Fassade zu blicken. Er war ein verlässlicher Mann von hohem Sachverstand, aber menschlich eine Katastrophe: linkisch, rechthaberisch und pedantisch. Es gab wohl kaum einen Offizier in der preußischen Armee, der bei seinen Untergebenen derart unbeliebt war wie sein Adjutant. Salinger verließ sich blind auf sein fachliches Urteil und bemühte sich, ihn von allen Aufgaben zu entbinden, die zwischenmenschliches Geschick erforderten. Deshalb schickte er ihn ans Ende des Zuges, wo sich der Mannschaftswagen der Soldaten befand, um dort nach dem Rechten zu sehen. Ein Vorwand, bis sich alle Gemüter wieder beruhigt hatten.

Cedric kam in den Speisewagen und berichtete, dass er den Attentäter gut verschnürt in eine Kabine gesperrt habe.

„Wissen wir etwas über ihn?"

Cedric schüttelte den Kopf. „Ein unbeschriebenes Blatt. Keine Ausweispapiere, kein Schmuck oder Tätowierungen, die uns einen Hinweis geben könnten."

Man war misstrauisch gegen jeden mit ausländischem Aussehen. Je südländischer, umso verdächtiger. Wahrscheinlich hatte man deshalb einen blonden Mann geschickt.

„Kein Kreuz?"

Der Engländer schüttelte den Kopf. Salinger konnte es zwar nicht beweisen, aber er war sicher, dass es sich bei dem Mann um einen fanatischen Katholiken handelte. Nicht wenige im Umfeld des Kanzlers beteten heimlich, dass Bismarck im Kulturkampf zwischen preußischem Staat und katholischer Kirche einlenken möge. Doch die Positionen waren verhärtet und die Auseinandersetzung hatte längst die rein politische Ebene verlassen. Bismarck sah nur die Gefährdung des Reiches und reagierte, indem er staatliche Zuschüsse strich und gleichzeitig die Aufsicht über die Kirche verstärkte. Doch jede seiner Maßnahmen verschärfte den Konflikt nur: Jesuitengesetz, Maigesetze, Klostergesetz, jedes Mal wurde der Widerstand der Kirche größer. Dies schwächte Preußen im Ganzen, ein Zustand, der für Bismarck nicht hinnehmbar war. Was die Gläubigen nicht wussten war, dass der Papst längst nicht mehr die Entscheidungen im Vatikan traf. Diese Aufgabe hatte inzwischen Seraphina übernommen; eine Seherin von unbekannter Herkunft, die auf verschlungenen Wegen einen ungeheuren Einfluss in der Männerdomäne bekommen und inzwischen sogar die Heiligsprechung erlangt hatte. Wie hatte Cedric einmal gesagt? Unter all den Röcken im Vatikan hatte die einzige Frau die Hosen an.

„Diese Hure im Vatikan hat mehr gute Männer auf dem Gewissen als die Kreuzzüge."

Salinger war zwar nicht mit der Wortwahl einverstanden, aber umso mehr mit dem Inhalt. Seraphina wäre jedes Mittel recht, um den Kulturkampf und Bismarcks Säkularisierungsbemühungen zu beenden. Während Pius seine Anhänger moralisch beeinflusste und ihnen die Teilnahme am politischen Leben untersagte, hatte Seraphina konkrete Taten im Sinn und verfügte über Helfer jeder Couleur.

„Bismarck soll selbst einige Attentäter auf sie angesetzt haben, aber sie schafften es nicht einmal in ihre Nähe."

„Sicher schwer, eine Seherin zu überraschen", sagte Salinger lapidar, aber sein Gesicht drückte Entschlossenheit aus. Er war ein loyaler Diener und würde den Kanzler vor jedem Attentäter beschützen, sei es ein französischer Freiheitskämpfer, ein bayrischer Patriot oder eine italienische Hexe. Ob gegen Säbel, Pistolenkugeln oder Zauberei, war für ihn ohne Belang.

*

Der Sonderzug hielt an einem kleinen Bahnhof nahe der tschechischen Grenze, um eilige Telegramme abzusetzen. Salinger und der Kanzler standen nebeneinander auf dem Bahnsteig. Man hätte sie von der Statur her für Brüder halten können. Salinger schätzte Bismarck. Auch wenn er einige seiner Methoden verurteilte, hielt er ihn für den besten Mann, um Preußen zu führen. Niemand konnte Bismarck ersetzen, sein Ende wäre auch das Ende Preußens gewesen. Ohne den eisernen Kanzler hätten die einzelnen Länder wieder ihre Unabhängigkeit angestrebt. Die Bezeichnung als eiserner Kanzler war in zweifacher Hinsicht richtig. 1866 hatte er ein Attentat überstanden, das ihn einen Teil des Schädels gekostet hatte. Bismarck hatte die Folgen nie versteckt, sondern voller Stolz die Stahlplatte präsentiert.

Wenn sie in einem Bahnhof standen und angreifbar waren, schwebte immer ein Ballon über ihnen, in dessen Gondel drei Scharfschützen die Umgebung überwachten. Die Gondel war durch *eine Kette mit dem Zug verbunden und konnte so ein- oder ausgefahren werden.*

"Alle Männer sind auf ihren Posten und in erhöhter Alarmbereitschaft", meldete ein Leutnant und überreichte dem Kanzler ein Telegramm, das er eben aus dem Bahnhofsgebäude geholt hatte.

"Laut dieser Nachricht glaubt der Prager Kommandeur nicht daran, dass Sie tatsächlich an Bord des Zuges sind. Man hält es für eine List."

"Wie kommen die darauf, das ist mein Zug!"

"Anscheinend hat man den Kommandanten darüber informiert, dass der Zug gestohlen wurde und nun, vollbesetzt mit Staatsfeinden, versuche, in die Stadt zu gelangen. Als eine Art trojanisches Pferd."

"Wieder so ein abgefeimter Schachzug dieser Hexe."

Bismarck war nur nicht sicher, ob sie die Stadtväter mit einer Lüge oder mittels Bestechung zu dieser Entscheidung bewegt hatten. Letztlich spielte es keine Rolle. Die Nachricht aus Prag war unmissverständlich, sie würden ihren magischen Schirm nicht für den Zug öffnen. Bismarck notierte eine Antwort und spickte sie mit einigen vertraulichen Informationen, von denen er annahm, dass sie nur ihm und der Prager Führung bekannt waren. Wenn sie das nicht überzeugte, dann schaffte er es nur von Angesicht zu Angesicht.

Während der Leutnant die Nachricht weitergab, stieß die Dampflok einen unruhigen Laut aus.

"Wir sind bereit zur Abfahrt", sagte Salinger, doch seine Worte gingen in dem dröhnenden Alarmsignal der Ballongondel unter. Ein kreiselndes Sägeblatt sauste über Salingers Kopf hinweg und zerteilte die Kette des Wachballons mit einem kaum hörbaren singenden Geräusch. Sofort wurde der Ballon davon getrieben, ohne dass die Besatzung etwas dagegen tun konnte.

"Abfahrt", brüllte er und schob den Kanzler durch die offene Tür, direkt in Cedrics Arme. Hinter ihm sprang der Leutnant auf die Stufen. Der Zug gewann rasch an Fahrt. Der Nachteil dieser technischen Verbesserung war, dass die schnelle Beschleunigung beinahe alle Passagiere von den Beinen riss.

"Bringen Sie ihn in den Schutzraum und bleiben Sie bei ihm, Sir Cedric", befahl Salinger und betrat ein Abteil. Wenn er den Kanzler in Sicherheit wusste, würde er sich ganz auf die Verteidigung des Zuges konzentrieren können. Er streckte den Kopf aus dem Fenster und blickte die Gleise zurück. Obwohl der Fahrtwind gegen seinen Hinterkopf drückte, hielt er stand.

Auf dem Nebengleis näherte sich ein Zug mit rasender Geschwindigkeit. Wie hatten sie es geschafft, den Gegenverkehr umzuleiten? Wie waren sie auf das Gleis gelangt? Vor allem, woher hatten sie ein Gefährt, das es mit ihrem aufnehmen konnte?

Der feindliche Zug holte auf. Mit einer Mischung aus Faszination und Besorgnis erwartete Salinger ihn. Er hatte keinerlei Beschriftung. Seine Oberfläche war glatt und glänzend, wie ein blankpolierter Metallstab. Wer hatte dieses Modell gebaut und warum hatte er noch nie davon gehört?

Auf dem Dach stemmten sich bewaffnete Männer gegen den Fahrtwind, um nicht herunter gefegt zu werden. Ein weiteres Sägeblatt sauste heran und verschwand im Waggon hinter Salinger. Da entdeckte er die Katapultvorrichtung auf dem Dach des Zuges, die gerade von zwei Männern geladen wurde, indem sie gemeinsam ein wagenradgroßes Sägeblatt in das Abschussfach hoben. Mit einer Kurbel konnte der Winkel eingestellt werden, mit dem die todbringenden Geschosse auf ihr Ziel trafen. Salinger hatte vor drei Jahren auf der Weltausstellung in Wien zahlreiche Erfindungen bewundern können, die man zuvor wohl nur in den Fieberträumen wahnsinniger Wissenschaftler vermutet hätte, aber eine solche Apparatur hatte er auch damals nicht ausmachen können.

Ein weiteres Sägeblatt fuhr senkrecht in den hinteren Teil des Zuges, der daraufhin einen gewaltigen Satz tat, als wolle er aus den Gleisen hüpfen. Salinger wurde gegen die Wand des Ganges geschleudert und konnte sich gerade noch an einem Fenstergriff festhalten. Ein Leutnant kam ihm aus dem hinteren Teil entgegen.

„Sie haben den Mannschaftswagen getroffen und vom übrigen Zug abgeschnitten!"

Salinger konnte die Panik des Mannes nachvollziehen. Sowohl die Waffen als auch der größte Teil der Soldaten hatten sich darin befunden. Jetzt rollte der Waggon gemächlich auf den Gleisen aus, ohne die geringste Möglichkeit, wieder zu ihnen aufzuschließen.

„Gehen Sie zum Führerstand, die sollen alles aus der Maschine rausholen. Nehmen Sie Ihr Gewehr mit und schießen Sie auf jeden, der sich der Lokomotive nähert, egal auf welchem Weg!"

*

Die Züge donnerten mit unglaublicher Geschwindigkeit nebeneinander durch die Bahnhöfe kleiner Städte. Sie hoben die Röcke der Damen auf dem Bahnsteig und fegten den Männern die Hüte vom

Kopf. Sicherlich waren sie in diesem Moment die beiden schnellsten Fahrzeuge auf dem Planeten.

Das Nächste, was Salinger sah, waren maskierte Männer. Sie nahmen Maß und sprangen der Reihe nach auf das Dach von Bismarcks Sonderzug. Einer knickte bei der Landung mit dem Fuß um, rutschte ab und landete zwischen den Zügen. Keiner seiner Kameraden nahm davon Notiz, noch schien es einen von ihnen zurückzuhalten oder vorsichtiger werden lassen. Die Verbliebenen rannten, schneller als es Vorsicht oder Vernunft geboten hätten, über den Zug auf den nächsten Einstieg zu.

„Melde gehorsamst: die Reisetasche." Der Soldat versuchte strammzustehen, was ihm bei dieser Höllenfahrt Einiges an Körperbeherrschung abverlangte.

Salinger legte den Revolvergürtel an und steckte einen klobigen Hammer in eine dafür vorgesehene Schlaufe. Er zog dieses Werkzeug jedem Säbel vor. Zuletzt nahm er eine kurzläufige Schrotflinte heraus und füllte seine rechte Hosentasche mit Patronen. Sollten sie doch versuchen, in seinen Zug zu kommen, sie würden es bereuen.

Salinger stand am Ende des Ganges und blockierte damit den einzigen Zugang zum Waggon mit dem Schutzraum. Falls sie über das Dach auf die andere Seite kamen, würde der Leutnant mit seinem Gewehr von der Lok aus zu verhindern wissen. Der Weg zu Bismarck führte an ihm vorbei, egal wie man es drehte. Salinger öffnete eine Abteiltür und trat ein, damit sie ihn nicht sofort sahen. Dann hörte er sie kommen.

Zwischen dem monotonen Rattern der Schwellen konnte er geflüsterte Anweisungen ausmachen, das Knirschen von Lederkleidung und der Klang von Metall auf Metall. Es waren mehrere Gegner die sich große Mühe gaben, sich in einem schaukelnden Zug leise zu bewegen. Er wartete, bis die Gegner kurz vor seinem Abteil waren. Salingers Hand schwitzte wegen des festen Griffes, mit dem er seine kurze Flinte gepackt hielt. Die Anspannung ließ seinen ganzen Körper zittern, ungeduldig darauf, sich endlich entladen zu können.

Die Abteiltür krachte gegen die Wand.

Er sprang auf den Gang und feuerte beide Läufe auf die ersten Angreifer ab, die nach hinten gegen ihre Kumpane geschleudert wurden. Sofort tauchte er wieder ins das Abteil hinein, während die Kugeln seiner Gegner ziellos herumirrten. Salinger klemmte sich die heißen Läufe der Flinte unter den Armstumpf und klappte sie auf. Er zog die Patronen heraus und ersetzte sie durch neue, als er im Augenwinkel eine Bewegung wahrnahm.

Der nächste Angreifer hatte bereits das Abteil erreicht. Salinger schwenkte die Waffe zur Tür, ließ er sie mit einer raschen Handbewegung zuschnappen. Keinen Augenblick später feuerte er sie ab. Die doppelte Schrotladung enthauptete den Mann auf höchst unappetitliche Weise.

Salinger ließ die Flinte fallen und zog den Revolver. In Hüfthöhe lehnte er sich aus dem Abteil und erschoss einen weiteren Gegner. Am Ende des Gangs drängten noch mehr Attentäter in den Wagen. Salinger atmete tief durch und stemmte sich auf die Beine. In diesem Moment legte der Zug sich in eine Kurve. Draußen gerieten die Fremden aus dem Gleichgewicht und purzelten wild durcheinander. Wie geschaffen für ihn.

Feuernd marschierte er den Gang entlang. Die feindliche Vorhut fiel. Nach der letzten Kugel warf er den Revolver hinter sich und zog den Hammer aus seinem Gürtel. Die Männer richteten ihre Waffen auf den heranwalzenden Koloss, doch sie zögerten zu lange.

Ein einzelner, überhasteter Schuss streifte Salinger nur und zerschlug ein Fenster hinter ihm. Er marschierte weiter. Zum ersten Mal breitete sich so etwas wie Erstaunen, dann Fassungslosigkeit ob dieses unerschrockenen Kämpfers aus.

Der Fahrtlärm übertönte das aufgeregte Geschrei der Männer, die hektisch ihre Waffen in Anschlag bringen wollten und sich dabei gegenseitig behinderten. Dann war Salinger heran. Er registrierte nur noch den Widerstand, wenn der Hammer auf ein Hindernis traf. Während die Ersten mit eingeschlagener Schädeldecke zu Boden gingen, versuchten die übrigen ein freies Schussfeld in dem engen Gang zu bekommen. Befehle wurden gebrüllt, Schmerzensschreie hallten wider. Salinger ignorierte Flüche ebenso wie Betteln um Gnade. Immer wieder fielen Schüsse, die auf dem engen Raum so unglaublich laut dröhnten, als wollten sie nicht nur Trommelfelle zum Bersten bringen. Kugeln fuhren in Decke oder Wände, Pulverdampf füllte den Gang, der Gestank von Schießpulver brannte in der Nase. Mechanisch fuhr sich Salinger mit dem Ärmel durchs Gesicht, um die Blutspritzer von seinen Augen zu entfernen, dann schlug er weiter auf die Köpfe und zappelnden Glieder ein. So lange, bis sich nichts mehr vor oder unter ihm rührte. Der Geruch ließ ihn würgen. Schnaufend lehnte er sich an das zerschossene Fenster.

Schließlich kehrte Salinger zu dem Abteil zurück, lehnte erschöpft an der Tür und wartete auf die nächste Angriffswelle. Blut lief unter der Kleidung an seinem Arm herab. Sein Körper machte ihm auf schmerzhafte Weise seine Grenzen klar. Der Hammer wog mindestens eine Tonne. Doch er würde ihn heben, wenn er musste.

Die Gaslaterne neben seinem Kopf entzündete sich automatisch. Sie hatte als Einzige auf dem Gang den Kampf überstanden. Als der Zug Sekunden später in einen Tunnel einfuhr, schaffte sie es kaum, mehr als zwei Schritte weit den Gang zu erhellen. Salinger hörte Flüstern, dann drängten sich weitere Gegner durch die Tür am anderen Ende des Wagens. Er wusste, dass er nicht auf Verstärkung hoffen konnte. Seufzend richtete er sich auf und löschte die verbliebene Lampe mit dem Hammer.

*

Prag war noch eine Stunde entfernt. In dieser Zeit konnte viel passieren. Der Verlust des Mannschaftswagens hatte dem Zug des Reichskanzlers sogar einen geringen Geschwindigkeitsvorteil verschafft, doch entkommen würden sie ihren Verfolgern nicht. Cedric saß dem Reichskanzler gegenüber, in jeder Hand eine Pistole. Bismarck selbst hatte sich mit einer Pistole und dem Säbel eines Wachpostens bewaffnet. Die Schüsse im hinteren Teil des Zuges waren längst verhallt. Sie konnten die gedämpften Stimmen des Leutnants und der beiden Soldaten vor dem gepanzerten Abteil hören, das ihnen als Schutzraum diente.

„Ich will hier nicht länger rumsitzen, während der Oberst alleine unser Leben verteidigt", knurrte der Kanzler zum wiederholten Male.

„Glaubt mir, euer Gnaden, es ist ihm lieber so. Ich kenne ihn lange genug", sagte Cedric. „Euer Gnaden sollten die Waffen zur Seite legen und etwas Ruhe finden. Die Kraft Eurer Gnaden wird benötigt, sobald wir in Prag ankommen und die Verhandlungen beginnen."

„Vielleicht hat er recht", stimmte Bismarck zu, legte den Säbel zur Seite und löste den gespannten Hahn der Pistole.

Im selben Moment wurden die Stimmen vor dem Abteil lauter. Das vereinbarte Klopfzeichen ertönte. Bismarck packte seine Waffen fester, während Cedric mit einer Hand die Verriegelung löste. Die Tür ging auf und zeigte das grinsende Gesicht des Leutnants, der rasch zur Seite trat und den Blick auf Salinger freigab. In die Freude über sein Überleben mischte sich der Schreck über seinen Zustand. Salinger sah aus, als habe er in Blut gebadet, seine Kleidung hing in nassen Fetzen herab und offenbarte zahlreiche ernst zunehmende Blessuren.

Cedric half ihm, sich auf den Sitzbänken im Raum niederzulassen und zog vorsichtig den triefenden Hammer zwischen seinen verkrampften Fingern hervor.

„Sie werden wiederkommen."

„Diesmal gehe ich nach hinten und du bleibst beim Kanzler, damit du wieder zu Kräften kommst", bestimmte Cedric um jeden Widerspruch seines Freundes zuvor zu kommen. Er verfluchte die Seherin und jedes Kirchenoberhaupt, das zugelassen hatte, dass sie die Leitung des vatikanischen Geheimdienstes an sich riss. Keiner widersprach ihm.

„Wir können dem anderen Zug nicht entkommen und schaffen es nicht durch den Schirm, so lange sie glauben, dass nicht der Kanzler an Bord ist, sondern eine Horde mordlüsterner Anarchisten", rief der Engländer mit kaum unterdrücktem Zorn. Salinger nickte müde. Er hätte gerne eine Weile die Augen geschlossen.

„Wo ist eigentlich dein Adjutant? Wie hieß er noch mal?", fragte Cedric. Salinger erinnerte sich daran, wie er ihn vor langer Zeit in den Mannschaftswagen geschickt hatte. Wahrscheinlich war er zusammen mit den Soldaten abgekoppelt worden.

„Ich sehe nach", erklärte Salinger, tastete nach seinem Hammer und war auf dem Weg zur Lok, bevor ihn jemand daran hindern konnte. Er versicherte sich selbst, dass die Ernsthaftigkeit, mit der er seinen Dienst versah, überhaupt keine andere Vorgehensweise zuließ.

Eilig durchquerte Salinger die Wagen und blieb plötzlich stehen. Er befand sich vor dem Abteil, in dem Cedric den Attentäter gefesselt zurückgelassen hatte. Salinger rüttelte am Griff, doch die Tür war abgesperrt und die Vorhänge zugezogen. Kurz entschlossen schlug er mit dem Hammer zu. Nach dem zweiten Schlag fiel die Scheibe in sich zusammen. Salinger schob den Vorhang zur Seite und blickte in die toten Augen seines Adjutanten. In der Herzgegend hatte sich ein blutiger Fleck auf seiner Uniform gebildet. Anscheinend hatte der Attentäter noch ein weiteres Stilett am Körper verborgen.

Cedric würde sicher gerade versuchen, Bismarck zu beruhigen. Bessere Gesellschaft als den Engländer konnte man sich für einen solchen Fall nicht wünschen. Wahrscheinlich hatte er auch recht, was Prag betraf. Wenn sie nicht durch den Schirm kamen, standen sie vor den Toren der Goldenen Stadt und waren ihren Verfolgern auf Gedeih und Verderb ausgeliefert. Aber wie sollten sie die Prager von Bismarcks Anwesenheit überzeugen?

Es durchfuhr ihn siedend heiß.

Woher hatte Cedric das gewusst? Salinger hatte es ihm nicht erzählt und ihm auch das Telegramm nicht gezeigt. Er zwang sich zur Ruhe, versuchte, sich genau an ihr Gespräch zu erinnern. Sein Blick fuhr wieder durch das Abteil, nirgendwo sah er Stricke oder anderes Material, um jemanden zu fesseln. Falls sich der Attentäter befreit hatte, hätte er wohl kaum seine Fesseln mitgenommen.

Salinger ruckte plötzlich vorwärts und musste sich an der gegenüberliegenden Wand abstützen. Der Zug wurde langsamer. Ohne Befehl würde der Lokführer den Zug nicht stoppen. Außer, es gab ein Hindernis auf der Strecke oder jemand hielt ihm eine geladene Waffe an den Kopf.

Auf dem Weg zum Sicherheitsraum betete er, es gäbe eine andere Erklärung. Mehr als alles in der Welt wünschte er es. Er wies den Wachposten schon von Weitem an, das Klopfzeichen zu geben und stieß ihn dann mit der Schulter zur Seite, als er nicht schnell genug den Weg freigab.

Bismarck und Cedric sahen überrascht auf.

"Was gibt es denn?", fragte der Kanzler. Salinger riss sich zusammen, vermied aber, seinen Freund anzusehen.

"Ich muss Euer Gnaden bitten, mich zur Lokomotive zu begleiten. Wir haben ein Problem, das keinen Aufschub duldet."

"Sie haben doch selbst gesagt, ich dürfte diesen Raum unter keinen Umständen verlassen, Oberst."

"Die Situation hat sich geändert."

"Soll ich auch mitkommen?", erkundigte sich Cedric, als der Kanzler sich widerwillig erhob.

"Das ist nicht nötig", versicherte Salinger schnell, immer noch ohne den Engländer anzusehen. Bismarck erreichte die Tür.

Im selben Moment sprang Cedric auf, seinen Gehstock fest gepackt. Salinger erwischte den Kanzler am Arm und zog ihn aus der Kabine.

"Tür verriegeln!", brüllte er.

Bismarck war kein Leichtgewicht, das man mit einem Ruck zur Seite bewegte. Der Soldat schaffte es nicht, den Befehl auszuführen. Cedrics Stock blockierte den Spalt. Mit beiden Händen stemmte sich der Soldat gegen die Tür. Salinger schob Bismarck den Flur hinunter Richtung Lok.

"Der Attentäter, der Sie angegriffen hat, zwingt den Zugführer zum Halten. Sie müssen das verhindern", brüllte er dem Kanzler hinterher. Dann wandte er sich wieder dem Schutzraum zu, um dem Wachposten zu helfen.

Der Soldat sank im selben Augenblick zu Boden. Blut sprudelte aus Hals und Brust. In dem Türspalt steckte immer noch der Gehstock, aus dessen unterem Ende eine blutverschmierte Klinge ragte. Cedric stieß die Tür auf und richtete den Stock auf Salinger.

„Aus dem Weg, alter Freund."

„Ziehst du sonst einen Degen aus deinem Spazierstock?"

Cedric drehte den goldenen Knauf und sofort verwandelte sich die hölzerne Gehhilfe in eine mehrklingige, rotierende Waffe. Unerbittlich rückte der Engländer damit vor.

„Nur noch wenige Minuten haben mir gefehlt. Der Alte war zum ersten Mal so weit, seine Pistolen aus der Hand zu legen."

Salinger antwortete nicht, sondern wich weiter zurück.

„Ich brauche Sie wohl nicht darum zu bitten, mir den Weg freizumachen, alter Freund", stellte Cedric bedauernd fest.

„Sie kennen mich gut genug. Was ich von Ihnen nicht behaupten kann."

„Tut mir leid, dass es so endet. Wirklich."

Salinger hatte sich nach dem Verlust seines Armes umstellen müssen. Im Kampf fehlte er ihm oft, um das Gleichgewicht zu halten. Abgekämpft und müde wartete er mit herabhängendem Arm auf seinen Gegner. Cedric zielte auf sein Gesicht und stieß mit den rotierenden Klingen nach ihm. Salinger wartete, bis er den Luftwirbel der Waffe spüren konnte, dann riss er den Hammer hoch und schlug den Gehstock zur Seite. Die Klingen fuhren in die Wand des Zuges und blockierten sofort. Cedric bekam sie frei, doch der Mechanismus blockierte.

„Willst du nicht wissen, warum ich es getan habe?", fragte Cedric verzweifelt.

Salinger schüttelte den Kopf und rückte mit wilden Hammerschlägen vorwärts, während Cedric sich mit den Klingen zu schützen versuchte, um seinen Rückzug zu sichern. Er hatte Salingers Zorn und Kraft unterschätzt, die er ihm verlieh. Cedric trat rückwärts aus dem Waggon bis an den Rand der Trittfläche, wo das Sägeblattgeschoss die Kupplung zum Mannschaftswagen zerschnitten hatte.

Unter ihm die dahinsausenden Bahnschwellen. Nirgendwo ein Halt oder ein Ausweg.

„Endstation", zischte Salinger und holte aus.

*

Mit letzter Kraft schleppte sich Salinger über den Kohletender zur Lok. Bismarck kämpfte mit dem Attentäter. Er hing auf dem Rücken des Kanzlers und stieß mit dem Stilett auf dessen Kopf ein. Zwischen ihren Beinen lag der Leutnant, der eine Hand auf seine heftig blutende Bauchwunde presste, während er mit der anderen den Attentäter vom Kanzler herunterzuzerren versuchte.

Salinger rutschte über den Kohlenhaufen nach unten und schleuderte seinen Hammer. Es lag nicht genügend Kraft dahinter, doch der Treffer reichte aus, um den Arm mit dem Stilett abzulenken. Die Spitze glitt von Bismarcks metallener Schädelplatte ab und fuhr in seine Schulter. Der Kanzler schrie auf.

Salinger taumelte mit letzter Kraft auf die Ringenden zu und warf sich Bismarck entgegen. Mit dem Gewicht ihrer Körper drückten sie den Attentäter gegen die Armaturen der Lokomotive,.Bismarck konnte sich befreien.

Salinger rutschte kraftlos zu Boden. Bis zuletzt versuchte er noch den Attentäter an seiner Kleidung zu fassen und mit sich zu Boden zu reißen, doch er hatte einfach nicht mehr genug Kraft in den Fingern. Er fiel auf den Leutnant, der vor Schmerzen aufbrüllte.

Der Attentäter warf sich auf die Knie und suchte nach seinem Stilett. Stattdessen fand er Salingers Hammer und schloss seine Hand um den Griff. Mit einem wütenden Aufschrei kam er auf die Beine, direkt in den Schlag der Kohleschaufel hinein. Der helle Klang des Metalls überdeckte gnädigerweise das Knirschen der Zähne und das Knacken der Schädelknochen. Bismarck warf die eingebeulte Schaufel zur Seite, grub seine kräftigen Hände in die Jacke des Gegners und schleuderte ihn über seinen Kopf hinweg vom Zug herunter.

Sofort machte sich der verängstigte Lokführer daran, die Geschwindigkeit wieder zu erhöhen. Während er hektisch an seinen Reglern drehte, blickte er ständig zu dem Zug auf dem Nebengleis hinüber, der sich die ganze Zeit auf gleicher Höhe gehalten hatte. Bismarck kümmerte sich um den Leutnant. Salinger hatte sich keuchend auf den Rücken gewälzt.

„Was machen wir jetzt", schrie der Lokführer panisch, „sollen wir versuchen, durch den Schirm zu brechen?"

„Um daran zu zerschellen? Und selbst wenn es uns gelänge, glaube ich nicht, dass es die Prager für uns einnehmen würde, wenn wir auf diese Art bei ihnen vorstellig werden. Was schlagen Sie vor, Oberst?", fragte Bismarck. „Denn eines ist sicher, unsere Verfolger werden nicht einfach verschwinden und es ist zu spät, um die Reisestrecke zu ändern."

Salinger keuchte. Es gab nur einen Weg, ob sie wollten oder nicht.
„Wir fahren weiter und hoffen, dass sie den Schirm öffnen."

Er glaubte nicht, dass die Tschechen den Tod Bismarcks riskieren würden, denn das hätte Folgen für ihr Land. Schwerwiegende Folgen. Da nutzte es auch nichts, dass sie ihre Hauptstadt unter einer Käseglocke versteckten. Preußen war die stärkste Macht in Europa und seine Vorherrschaft durch die Schwerindustrie gefestigt. Auch wenn Großbritannien der Welt immer noch den alten Glanz vorgaukelte, wusste es doch jeder besser. Selbst Russland legte im Umgang mit Preußen ein ungeahntes Maß an Diplomatie an den Tag.

„Das ist eine hervorragende Idee", brummte der Kanzler in einem Ton, der verriet, dass er es für alles Mögliche hielt, nur nicht für eine hervorragende Idee.

Salinger hatte sich mit Mühe auf die Sitzbank des Lokführers gehievt. Er schob sich eine Zigarre zwischen die Lippen, zog ein Streichholz aus der Tasche und riss es an. Gewöhnlich gönnte er sich eine zu Beginn einer Fahrt und eine am Ende. Da Letzteres jedoch noch in Frage stand, war es besser, das liebgewonnene Ritual mit dem edlen Rauchwerk von der Größe eines Armbrustbolzens vorzuziehen.

„Entweder so oder wir halten an und nehmen die Beine in die Hand."

Bismarck und Salinger blickten an der Lock vorbei auf den schützenden Schirm der Stadt. Er war kaum zu erkennen. Bei Sonnenschein war er so gut wie unsichtbar, bei bedecktem Himmel erschien er wie eine milchige Trübung. Nur wenn es regnete und die Tropfen von der Barriere abprallten, war die Kuppel deutlich auszumachen. Aber dann wurde der obere Teil des Schildes aufgehoben, um nicht auf das Wasser verzichten zu müssen.

Die Lok hielt ihr Tempo. Vor ihnen wehten die roten Flaggen auf beiden Seiten der Gleise, die auf den Schirm hinwiesen.

„Noch könnte ich anhalten", rief der Lokführer fast flehend.

„Nichts da, jetzt ist der Zeitpunkt, um Farbe zu bekennen. Für uns genauso wie für die", entschied Bismarck.

Sie hatten die denkbar riskanteste Art gewählt, um die Loyalität der Tschechen zu prüfen. Bald würde sich zeigen, welche Partei sie ergriffen.

„Preußen wird siegen. Durch Eisen und Blut."
„Und Dampf", ergänzte Salinger.
„Und Dampf, jawohl", bestätigte der Kanzler mit einem Zwinkern.
„Also dann - Volldampf voraus!"

Petra Joerns

Zeitlos

Freitag, 5. Mai 1876
Ich habe es gewagt. Eigentlich war der Ring zu teuer. Gewiss kann ich ihn mir nicht leisten, armer, kleiner Erfinder, der ich bin. Aber sollte mir für meine Liebste nichts zu teuer sein?

Nun gibt es kein zurück mehr. Ich will sie fragen. Gleich morgen beim Tee. Mag es zwar bessere Gelegenheiten geben, halte ich es nun keinen Tag länger aus. Ich will das Leuchten in ihren Augen sehen, wenn ich ihr den Ring zeige.

Wovon rede ich? Ich will den Diamanten auf ihrem schlanken Finger sehen. Ich will das „ja" von ihren Lippen hören, mit dem sanften Timbre, das ihre Stimme hat, wenn sie erregt ist. Morgen wird mein Glückstag sein. Morgen wird meine Welt endlich heil sein.

Morgen werde ich der glücklichste Mann der Welt sein!

Samstag, 6. Mai 1876
Wie kann es sein? Wie kann Gott das zulassen? Wo ist der Sinn!

Eleanor ist tot. Das Funkeln in ihren Augen für immer erloschen. Nie mehr werde ich ihre Stimme hören. Ihr Lebensfunke ist vergangen.

Kein Entrinnen. Aus. Vorbei.

Mein Leben ist ein Trümmerfeld. Wie soll ich jetzt noch existieren – ohne sie? Sie, die mir Sinn und Lebenszweck war. Gott, oh Gott, wenn du Erbarmen kennst, dann nimm mich anstatt ihrer. Denn ohne sie kann ich nicht leben.

Mittwoch, 7. Juni 1876
Eine Idee. Zu verwegen, zu kühn. Nein, es kann nicht funktionieren. Und doch ...

Freitag, 30. Juni 1876
Die Rohre und die Kessel wurden vor ein paar Tagen geliefert. Der Bau der Maschine geht gut voran. Bald werde ich einen ersten Probelauf machen können, um die Dichtigkeit der Leitungen zu überprüfen.

Mittwoch, 19. Juli 1876
Schon wieder ist eine der Schellen gerissen. Es ist zum verrückt werden. Wenn ich den Druck erhöhe, gerät die Maschine derart in Vibration, dass die Verbindungen der Belastung nicht gewachsen sind. Ich muss mich nach einem anderen Material umsehen.
Zudem ist mein Wasserverbrauch immens gestiegen. Sollte ich vielleicht doch den nahe gelegenen Bach umleiten, um Wasser daraus entnehmen zu können?

Dienstag, 8. August 1876
Sie läuft. Endlich! Ich kann es kaum glauben. Immer wieder ertappe ich mich dabei, dass ich, verschwitzt und dreckig wie ich bin, inne halte, um die Kolben bei ihrer Arbeit zu bewundern und auf das Zischen des Kessels lausche, wenn der Überdruck entweicht.

Freitag, 25. August 1876
Die Nachbarn haben sich beschwert. Sie erfreuen sich nicht so wie ich am Gestampfe der Kolben, am Gluckern des Wassers und dem Rauch und Dampf, der der Maschine entweicht. Sie wollen die Einstellung meiner Arbeiten über eine richterliche Verfügung erwirken, falls ich keine Abhilfe schaffe.

Montag, 11. September 1876
Nun habe ich zwei Wochen damit verschwendet, den Schuppen schalldicht zu machen und den Dampf über ein Kondensationsaggregat zu reduzieren – jetzt soll ich auch noch die Umleitung des Baches rückgängig machen.

Donnerstag, 14. September 1876
Ich habe das Grundstück gekauft. Mein letztes Geld ist damit dahin. Künftig werde ich von trockenem Brot und Wasser aus meinem Bach leben müssen. Aber von nun an wird niemand mehr meine Arbeiten stören. Am Montag werde ich endlich mit den Experimenten beginnen.

Montag, 18. September 1876
Nichts. Nicht einmal eine Feder konnte ich bewegen. Ich muss meine Berechnungen noch einmal überprüfen. Irgendwo muss mir ein Fehler unterlaufen sein.

Donnerstag, 5. Oktober 1876
Fort. Ich kann es kaum glauben. Könnte die Rose nicht genauso gut nur einfach in ihre Bestandteile aufgelöst worden sein? Woher will ich wissen, dass ich tatsächlich geschafft habe, wonach ich schon seit Monaten strebe?

Ich muss meine Forschungen fortführen. Ich muss mir eine Möglichkeit ausdenken, wie ich meine Annahmen verifizieren kann.

Freitag, 6. Oktober 1876
Warum bin ich nicht sofort darauf gekommen? Muss ich doch nur einen Gegenstand in meine eigene Vergangenheit schicken, um dokumentieren zu können, dass gelungen ist, was unmöglich scheint.

Die Zeitung vom 8. Oktober, die ich mir selbst geschickt habe, hat dies eindrücklich bewiesen. Nun muss es mir nur noch gelingen, lebende Objekte zu verschicken.

Montag, 13. November 1876
Wo liegt der Fehler? Wodurch ist die Maus gestorben? Ich verstehe das nicht.

Sonntag, 24. Dezember 1876
Heute ist die 100. Maus während der Transition verstorben.

Samstag, 27. Januar 1877
Sinnlos. Ich muss die Maschine neu justieren, bevor ich weitere Mäuse verschwende.

Sonntag, 18. Februar 1876
Ich habe die Justierung heute abgeschlossen. Morgen beginne ich wieder mit den Experimenten. Möge Gott mir beistehen!

Dienstag, 20. Februar 1877
Die Maus lebt. Heureka!

Freitag, 16. März 1877
Schon wieder nach zwei Tagen verstorben. Wo ist der Fehler?

Donnerstag, 12. April 1877
Objekt Nummer 316 lebt nun schon 18 Tage.

Samstag, 5. Mai 1877
Endlich! Der Durchbruch! Die letzten drei Mäuse leben nun schon drei Wochen seit ihrem Ausflug in die Vergangenheit. Soll ich es wagen? Morgen jährt sich Eleanors Todestag. Kann es eine passendere Gelegenheit geben?

Sonntag, 6. Mai 1877
Oh Gott im Himmel! Steh mir bei!
Ich kann nicht schlafen, kann nicht essen, kann nicht denken, nicht still sitzen.
Nun, da die Gelegenheit Eleanors Leben zu retten in greifbare Nähe gerückt ist, weiß ich nicht, was ich tun soll. Wie soll ich sie retten? Allein nur dort zu sein am Ort des Geschehens, wird das, was geschehen ist, nicht ändern.
Nur, indem ich eingreife, kann ich ändern, was passiert ist. Das „wie" ist die entscheidende Frage. Wie kann ich verhindern, dass die Pferde der Kutsche sie niedertrampeln? Indem ich die Richtung des Fuhrwerks ändere? Indem ich die scheuenden Pferde ablenke? Oder indem ich Eleanor in Sicherheit bringe?
Wie lange vorher muss ich eingreifen? Ab wann darf ich eingreifen? Wie weit kann ich gehen, ohne das Zeitgefüge zu stark zu ändern?
Der Fragen sind zu viele. Ich kann sie nicht beantworten, ohne gesehen zu haben, was mich bewegt. So will ich nur an den Zeitpunkt reisen, um zu schauen. Das „wie" werde ich dann in Ruhe zuhause entscheiden.

Sonntag, 6. Mai 1877
Falsch, falsch, alles falsch.
Oh süßer, bitterer Augenblick, da ich sie in meinen Armen hielt. Oh Eleanor! Geliebte Eleanor!
Wie konnte ich nur einen Moment ernsthaft daran glauben, dort stehen zu können, um nur zuzusehen? Welcher Mann wäre schon so hartherzig? Wer könnte den Tod der Liebsten ertragen, ohne den Wunsch zu verspüren, helfend einzugreifen? Wie konnte ich nur so töricht sein?
Ein Leben für ein Leben. Ist das nicht recht und billig? Und wer in Gottes Namen gab mir das Recht zu entscheiden, wer leben darf und wer von beiden sterben muss?

Sie lebt. Ist das nicht alles, was mich interessieren sollte. Mein Herz sollte singen vor Freude. Ich sollte tanzen, jubilieren und Gott, meinem Herrn, Dankeshymnen schreiben.

Stattdessen sitze ich hier und beuge mich unter der Last meines Gewissens. Frevler.

Trotzdem. Ich muss sie sehen, muss mich vergewissern, dass es ihr tatsächlich gut geht. Oh, könnte ich doch nur bewirken, dass sich alles zum Guten wendet.

Montag, 7. Mai 1877
Wie vertraut und doch so fremd. Wie nah und doch so fern. Ein Jahr ist vergangen seit ihrem Tod und sie weiß nichts davon. Warum ich mich so lange von ihr ferngehalten habe. Ob ich sie vergessen hätte.

Wie könnte ich? Habe ich doch jede Nacht nur von ihr geträumt. Galt jeder Atemzug, den ich seitdem getan habe, nur ihrer Rettung. Und doch verstehe ich ihre Rüge.

Wen wundert es, dass ein anderer um ihre Hand gefreit hat? Nun habe ich sie gerettet und kann sie trotzdem nicht in meine Arme schließen. Ist das die Strafe dafür, dass ich ein anderes Leben zerstört habe? Dass ich mich erdreistet habe, Gott zu spielen?

Die Antwort ist einfach. Ich muss zurück, um am Tag nach dem Unfall um ihre Hand anzuhalten. Was sollte sie davon abhalten angesichts ihres Retters „ja" zu sagen.

Montag, 7. Mai 1877
Ich habe das Schicksal herausgefordert. Das „ja" aus ihrem Mund zu hören, ist die Verdammnis wert. Was wird mich morgen im Jetzt erwarten, wenn ich zum Tee erscheine?

Dienstag, 8. Mai 1877
Töricht. Was habe ich erwartet? Mit meiner Werbung habe ich mein Fehlen nur noch schlimmer gemacht. Was soll sie von mir denken? Vor einem Jahr hört sie aus meinem Munde Liebesschwüre und dann kein Wort mehr, keine Silbe. Wie soll sie daran nicht verzweifeln?

Ich sah die Narben an ihren Handgelenken. Wie zart sie geworden ist. Eine zarte weiße Blume, so leicht zu zertreten. Ich muss mir eine Ausrede überlegen, um mein Fehlen zu erklären. Nie wieder möchte ich den Schmerz in ihren Augen sehen.

Wieso nur hat mein Parallel-Ich sie nicht geheiratet? Ich habe ihr „ja" doch in meinem – nein, seinem – Tagebuch eigens erwähnt. Zusammen mit einer passenden Erklärung, weshalb ihm die Erinnerung daran fehlt.

Dienstag, 8. Mai 1877
Sie hat mir geglaubt. Ein Jahr der Trennung, um unserer Entscheidung sicher zu sein. Das wird erklären, weshalb ich mich ein Jahr nicht sehen ließ. Und Morgen ist das Jahr vergangen und wir können uns in die Arme sinken.
So Gott es will!

Mittwoch, 9. Mai 1877
Gott will es nicht!
Wie konnte ich es wagen, Schicksal zu spielen!
Krieg!
Drei Versuche und dreimal versagt. Weshalb habe ich die Zeichen des Krieges nicht schon vorgestern bemerkt? Weshalb erst heute? Weshalb …
Gott, Gott, ich verfluche dich! Schon wieder hast du sie mir genommen. Wie soll ich mit diesem Anblick leben? Ihr zerfetzter Leib in meinen Armen. Zu sehen, wie der Funken in ihren Augen erlischt.
Nein! Nein! Ich akzeptiere das nicht. Ich weigere mich. Es muss eine Lösung geben. Es muss. Was wäre mein Leben sonst noch wert.

Donnerstag, 10. Mai 1877
Es war leicht, sie am Tag des Bombenangriffs einfach auszuführen und so dem Schicksal zu entreißen, das ihr zugedacht war. Nun wohnt sie bei ihrer Tante. Aber wer kann mir schon garantieren, dass sie mir morgen nicht schon wieder entrissen wird. Die Luftschiffe stehen am Horizont. Ich kann die Explosionen des nachts von meinem Fenster aus sehen. Wie konnte es dazu kommen?
Das ist keine Lösung. Ich muss herausfinden, wie der Krieg ausgelöst wurde. Papiere, alte Zeitungen. Irgendwo muss etwas stehen, das mir die Richtung weist. Was habe ich denn schon verändert? Nur ihr Leben gerettet, das, das mir so viel wert war.
Und ein anderes dafür vernichtet. Ist das der Grund? Muss ich nur das Leben retten, das an ihrer Stelle gestorben ist?

Freitag, 11. Mai 1877
Ich habe das Haus meines Parallel-Ichs durchsucht und die Antwort gefunden. Mein Parallel-Ich hat versucht, den Krieg zu verhindern. Denn ebenso wie ich konnte er nicht ohne Eleanor leben. Wie ich hat er sie im Krieg verloren, als das Haus, in dem sie gemeinsam lebten, zerstört wurde.

Den Tod des Mannes zu verhindern, dessen Nichtexistenz den Krieg auslöste, war nur folgerichtig, um Eleanor zu retten. Ebenso sich selbst aus der Zukunft den Auftrag zu geben, eine Zeitmaschine zu erfinden.

Heirate sie nicht, war sein zweiter Auftrag an sich selbst. Und über dem Versuch, die Liebste zu retten, hat er sie verloren.

Armer Narr! Muss ich nun korrigieren, was du nicht vermocht hast.

Samstag, 12. Mai 1877
Oh welch Unglück!
Ich hätte damit rechnen müssen, dass mein Parallel-Ich mir in die Quere kommt. Der Mann, dessen Nichtexistenz den Krieg auslöst, ist zwar gerettet, doch was habe ich angerichtet? Ich? Oder er – mein anderes Ich, das ich nicht kenne? Sei es, wie es sei. Das Fuhrwerk jagte in die Menschenmenge und riss vier Leben in den Tod.

Ich habe ihr Gesicht gesehen, so voller Angst und Schrecken. Sie lag in den Armen meines anderen Ichs. Hat sie mich etwa erkannt? Hat mein anderes Ich schnell genug reagiert, um sie von meinem Anblick abzulenken? Warum nur habe ich nicht daran gedacht, mich zu verkleiden? Ich hätte damit rechnen müssen, dass dergleichen passieren kann.

Was nun? Oh Herr im Himmel! Egal, was ich tue, das Ergebnis scheint sich von Mal zu Mal zu verschlechtern. Ich wage nicht aus dem Fenster zu sehen, aus Angst vor dem, was ich erblicken könnte. Noch mehr Luftschiffe, die London bombardieren? Gar eine brennende, zerstörte Stadt?

Wehe mir!
Sonntag, 13. Mai 1877
Kein Krieg. Kein Krieg. Eleanor wohnt bei ihren Eltern. Ich war so erleichtert, dass mir die Tränen kamen. Allein das schlechte Gewissen, dass für diese Wendung vier Menschen sterben mussten, quält mich.

Ich kann es kaum erwarten, Eleanor zu treffen.

Montag, 14. Mai 1877
Sie ließ mich nicht ein. Ich wurde der Tür verwiesen. Was hat das Schicksal noch für mich auf Lager?

Warum nur? Weshalb? Es muss mit der neuerlichen Wendung zu tun haben. Wie kann ich herausfinden, was geschehen ist?

Ein neuerlicher Ausflug in die Vergangenheit? Ein kurzer Besuch, bevor ich ihr den Antrag machte? Die Idee ist gut. Wo sind meine Notizen? Ich muss gut aufpassen, dass ich nicht meine Wege kreuze.

Montag, 14. Mai 1877
Es ist, wie ich vermutet habe. Sie hat mich gesehen und zur Rede gestellt. Für ein Monstrum hält sie mich. Wider die Schöpfung würde ich mich vergehen. Den Zwillingsbruder hat sie mir nicht einmal ansatzweise geglaubt. Drei Ausführungen von mir hat sie an jenem Unglückstag entdeckt.

Vorbei. Aus. Sie will mich nicht mehr sehen. Ich muss verhindern, dass sie mich erkennt. Das ist der einzige Weg.

Dienstag, 15. Mai 1877
Sie ist tot. Und vier Menschen mit ihr. Ich habe mein eigenes Ich abgelenkt und dadurch Eleanors Tod erneut herauf beschworen.

Gott im Himmel, was habe ich verbrochen? Ich will doch nur mit ihr gemeinsam glücklich werden. Ist das zu viel verlangt? Gibt es denn keine Lösung, in der wir Seite an Seite alt werden können?

So viele Male befand ich mich nun schon am Ort des Geschehens, dass ich nicht mehr weiß, wie ich mir selbst ausweichen soll, wenn ich erneut eingreife.

Vor allen Dingen: Wo soll ich eingreifen, ohne die Schicksalsfäden noch mehr zu verwirren?

Mittwoch, 16. Mai 1877
Ich werde sie davon abhalten, sich dort aufzuhalten. Warum ist mir diese Variante nicht schon früher eingefallen? War ich so verliebt in die Idee, ihren Retter zu spielen?

Freitag, 18. Mai 1877
Gott ist ein Scheusal!
Warum nur?
Nach zwei Tagen kann ich endlich wieder klar denken. Ich hätte die Kutsche erkennen müssen, in die wir stiegen, um zur Oper zu fahren. Habe ich sie doch wahrlich oft genug gesehen. Manchmal glaube ich, das Schicksal spielt ein grausames Spiel mit mir. Als wolle

es mir zuraunen, dass auch die Manipulation der Zeit nichts am Ausgang ändern wird.

Dass Eleanor tot ist. Und wir nicht zusammen kommen können.

Was bleibt mit noch? Sind wirklich alle Möglichkeiten ausgeschöpft? Habe ich nichts übersehen? Es muss doch eine Variante geben, in der ich sie in meinen Armen halten kann und mit ihr glücklich werde.

Mittwoch, 23. Mai 1877
Es scheint eine Möglichkeit zu geben, um Eleanor zu retten. Wenn ich dazu bereit bin, auf sie zu verzichten. Doch was ist schon ein Leben ohne sie? Leer und trist. Ein grauer Morgen reiht sich an den anderen. Ist es da nicht besser, tot zu sein?
Soll ich es wagen? Oh Eleanor!

Donnerstag, 24. Mai 1877
Ich habe den Schauplatz noch ein letztes Mal genau observiert. So, wie ich es gleich hätte tun sollen. Und ich weiß nun die Lösung. Um das Fuhrwerk zu stoppen, muss nur eine Person sterben. Diejenige, die sich ihm in den Weg stellt.

Dann werden die Pferde der Kutsche nicht scheuen. Dann wird das Fuhrwerk nicht in die Menge jagen. Dann wird Eleanor verschont.

Dort, wo ich es aufhalten kann, ist die Straße leer.

Freitag, 25. Mai 1877
Gott, ich habe Angst. Bitte vergib mir, denn ich habe gesündigt. Dies ist der Versuch, meine Sünden wieder gut zu machen.

London, 5. Mai 1876
Liebste Eleanor,

wenn du diese Zeilen liest, dann bin ich tot. Ein Leben ohne dich erschien mir nicht lebenswert. Mein Tod war die einzige Lösung, um wenigstens dich zu retten. Vergiss mich nicht.

Dein dich über alles liebender
Leopold

Jörg Olbrich

Die Dampfkanone

„Wir müssen sofort hier raus", schrie Hildegard Kämmerer und starrte entsetzt auf die Druckanzeige des Dampfkessels. Sie war bis zum Anschlag im roten Bereich und zitterte, als wollte sie die Begrenzung des Messinstrumentes sprengen.

„Was willst du?", fragte der Physiker. In dem Nebel aus heißem Dampf war seine Gestalt kaum zu erkennen. Die enorme Hitze schien ihm nichts auszumachen, auch wenn seine Haare schon schweißnass auf seinem Schädel klebten.

„Der Druck ist zu hoch. Hier fliegt gleich alles in die Luft!"

Hildes schrille Schreie schallten in ihrem eigenen Kopf nach und drohten ihn zum Platzen zu bringen. Dennoch schien Richard Winter immer noch nicht zu begreifen, in welcher Gefahr sie beide schwebten. Er zog eine der vielen Schrauben fest, steckte das Werkzeug in seinen Arbeitsoverall und drehte sich um. Dann lächelte er Hilde an. Im immer dichter werdenden Dampf sah es für die junge Frau aber eher so aus, als würde sich sein Gesicht zu einer Grimasse verzerren.

„Es ist alles in Ordnung", sagte der Physiker.

„Nein! Das ist es nicht. Schau dir doch die Anzeigen an." Hildes Stimme wurde immer lauter. Es fiel ihr schwer gegen das Zischen anzuschreien, das der überall entweichende Dampf verursachte. Der Kessel musste jeden Moment explodieren.

„Ich kann den Versuch jetzt nicht abbrechen. Bisher habe ich es noch nie geschafft, eine derartige Energie zu erzeugen. Ich bin ganz dicht vor dem Ziel und weiß, dass es dieses Mal gelingen wird."

„Jetzt hör endlich auf und komm mit raus", schrie Hilde und zog an seinem Arm.

Verdutzt schaute er die gleichaltrige, blonde Frau vor sich an. „Was ist denn los mit dir?"

„Mit mir? Die Frage müsste ich dir stellen. Wenn wir nicht sofort aus dieser Scheune verschwinden, werden wir mit deiner verdammten Dampfmaschine in die Luft fliegen. Verstehst du mich jetzt?"

Richard schien noch immer nicht einsehen zu wollen, dass er keine Chance hatte, sein Lebenswerk zu retten. Es war vorbei. Plötzlich sprang eines der Ventile ab und schoss durch die Scheune, bis es in einem der hölzernen Stützpfeiler stecken blieb. Sofort strömte heißer Wasserdampf durch die Öffnung und nahm den beiden Menschen den letzten Rest Sicht. Der Nebel war jetzt nicht mehr zu durchschauen.

„Glaubst du mir jetzt?", schrie Hilde in Richards Ohr und klammerte sich an ihm fest.

„Das darf nicht sein", ächzte der Physiker und taumelte zurück.

Hilde nutzte die kurze Unaufmerksamkeit ihres Herrn und zog ihn in Richtung Ausgang. Trotz der drohenden Katastrophe wollte Richard seine Dampfmaschine aber immer noch nicht aufgeben. Er stemmte sich gegen den Griff seiner Haushälterin und schaffte es sich loszureißen. In diesem Moment zerplatzte der Kessel mit einem ohrenbetäubenden Knall.

*

Der heiße Wasserdampf drohte Hildes Kehle zu verbrennen. Sie konnte kaum atmen. Ihr Kopf schien von etwas getroffen worden zu sein und schmerzte höllisch. Sie spürte wie ihr die warme, nasse Kleidung an ihrem Körper klebte, wie eine zweite Haut. Langsam erinnerte sich die junge Frau daran, was passiert war. Sie konnte nicht lange bewusstlos gewesen sein. Noch immer war ihre Umgebung ein einziger undurchsichtiger Nebel aus Dampf.

Hilde hörte ein Stöhnen hinter sich und drehte sich in die Richtung, ohne jedoch etwas erkennen zu können. „Richard", ächzte sie hustend. „Wo bist du?"

„Ich bin hier", antwortete der Physiker mit heiserer Stimme. „Mein Bein ist eingeklemmt."

Hilde tastete sich in die Richtung vor, aus der sie die Stimme vernommen hatte. Nach etwa zwei Metern berührte sie einen Fuß. Sie tastete nach dem Balken, der auf Richards Beinen lag, und hob ihn mit aller Kraft an, um ihn dann zur Seite zu werfen. Die junge Frau atmete erleichtert auf. Sie hatte Richard gefunden. Beide lebten und konnten sich bewegen. Jetzt mussten sie so schnell wie möglich ins Freie kommen, bevor es zu einer weiteren Explosion kam.

„Ich war ganz dicht davor den richtigen Druck zu halten", klagte Richard und lies sich von seiner Haushälterin auf allen Vieren in die Richtung ziehen, in der sie den Ausgang vermutet.

Nach einer ihr endlos erscheinenden Zeit stieß Hilde mit der Hand gegen die Tür. So schnell sie konnte drückte sie die Klinke herunter und fiel mit dem Blatt nach außen. „Wir haben es geschafft", stöhnte sie und atmete erleichtert die frische Luft ein. Nachdem auch Richard endlich ins Freie trat, schloss sie ihn fest in seine Arme. Das Jaulen der Feuerwehrsirenen mischte sich in den ohrenbetäubenden Lärm der einstürzenden Scheunendecke.

„*Wir müssen hier weg*", *sagte Richard hustend und schaute Hilde dankbar an.* „*Die Polizei kann jeden Moment hier sein.*"

„*Du willst nicht mit ihnen sprechen?*"

„*Nein. Sie werden uns nur immer wieder die gleichen Fragen stellen und uns letztlich einsperren. Wir müssen zum Kanzler.*"

„*Du willst zu Bismarck?*", *fragte Hilde entsetzt.*

„*Genau das. Er ist der Einzige, der uns jetzt noch helfen kann.*"

„*Wie kommst du darauf, dass er das tun wird?*"

„*Er muss es einfach*", *sagte Richard leise.* „*Wenn nicht, sind wir verloren.*"

*

Hilde kannte Richard Winter bereits so lange, wie sie zurückdenken konnte. Auch wenn sie aus sehr unterschiedlichen Familienverhältnissen stammten, hatten die Beiden einen Großteil ihrer Kindheit zusammen verbracht. Die Familie Kämmerer arbeitete auf dem Hofgut von Richards Eltern und auch Hilde half bei der Versorgung der Tiere.

Hilde und Richard hatten in ihrer Jugend sehr vieles zusammen unternommen und waren immer gute Freunde gewesen. Es gab nichts, was sie sich gegenseitig nicht anvertraut hätten. Als sie älter wurden, war sich Hilde sicher, dass sie Richard liebte. Umso größer war die Enttäuschung, als er nach Hamburg ging, um dort Physik zu studieren.

Es dauerte fast fünf Jahre, bis Richard endlich zum Hof seiner Eltern zurückkehrte. Zunächst war Hilde überglücklich, musste dann aber erkennen, dass nichts mehr so war, wie während ihrer gemeinsamen Kindheit. Richard war ihr zwar noch immer ein Freund und behandelte sie nicht von oben herab, hatte sich aber dennoch sehr verändert. Anstatt mit seiner Jugendfreundin auszureiten, beschäftigte er sich lieber mit seinen Büchern und las oft bis tief in die Nacht hinein.

Am schlimmsten für Hilde war aber, dass ihre große Liebe ihr ständig von dieser Marie von Bismarck vorschwärmte. Richard hatte die Tochter vom jetzigen Reichskanzler Fürst Otto von Bismarck während seines Studiums kennengelernt. Auch wenn das letzte Treffen mittlerweile mindestens sechs Jahre zurücklag, redete der Physiker noch heute ständig von Marie. Sein großes Ziel war es ihren Vater mit seiner Arbeit so zu beeindrucken, dass er bei ihm um die Hand seiner Tochter anhalten konnte.

Im November 1872 geschah dann das unfassbare Unglück. Die Ostsee überspülte ihren Heimatort Travemünde mit einer wahren Sturmwelle. Viele Menschen wurden von den tosenden Fluten einfach mitgerissen. Andere waren plötzlich obdachlos, weil das Unwetter ihre Häuser völlig zerstörte. Sowohl Hildes Eltern als auch die Familie von Richard fanden den Tod.

Nachdem die beiden feststellen mussten, dass ihnen nicht mehr viel geblieben war, verkaufte Richard sein Land und erwarb eine kleine Fabrikhalle in Lübeck. Hilde blieb bei ihm und wurde seine Haushälterin. Beide sprachen nie darüber, spürten aber, dass ihre Schicksale nach der furchtbaren Sturmflut eng miteinander verknüpft waren.

In den folgenden zwei Jahren arbeitete Richard wie besessen an seinem Projekt. Tagsüber verdiente er sich im Hafen sein Geld und schuftete danach oft bis tief in die Nacht an seinem Lebenswerk. Der Physiker wollte eine Dampfmaschine bauen, die einen Druck erzeugte, der alles vorher gewesene in den Schatten stellte. Damit wollte er die Kriegsschiffe des Kanzlers ausrüsten. Diese würden dann nicht nur sechzehn Dampfkanonen gleichzeitig abfeuern können, sondern darüber hinaus auch noch eine Reichweite erzielen, welche die der bisherigen Waffen um das Zehnfache übertraf.

Hilde hatte immer daran geglaubt, dass Richard sein Ziel erreichen konnte. Auch wenn sie ihn natürlich nicht an Marie von Bismarck verlieren wollte, hatte sie immer alles in ihrer Macht stehende getan, um ihn zu unterstützen. Heute war Richards Traum mit seiner Dampfmaschine explodiert. Sie standen vor dem Nichts.

*

„Der Kanzler ist nicht zu sprechen", sagte der ganz in schwarz gekleidete, dunkelhaarige Mann und versperrte Richard und Hilde die Eingangstür.

„Das werden wir ja sehen", antworte Richard und stieß den Diener einfach zur Seite.

Der Physiker betrat das Gebäude und stürmte durch die Halle in die dahinterliegenden Räume. Mit zornesrotem Gesicht folgte ihm der Diener und auch Hilde lief hinter Richard her. Es war ihr nicht gelungen ihn von seinem Plan, den Reichskanzler persönlich aufzusuchen, abzubringen. Jetzt konnte sie nur hoffen, dass sich ihr Herr damit nicht endgültig um alle Möglichkeiten gebracht hatte, mit seiner Arbeit Erfolge zu erzielen.

„*Was fällt ihnen ein, hier so einfach einzudringen*", *rief Fürst Otto von Bismarck und schlug so fest mit der Faust auf den hölzernen Tisch, dass das Geschirr darauf wackelte.*

„*Ich muss ihnen ein Angebot machen, welches sie unmöglich ablehnen können. Mein Name ist Richard Winter. Ich bin Physiker und habe eine Maschine entwickelt, mit der ich die Kriegsschiffe eurer Flotte unbesiegbar machen kann.*"

Hilde atmete scharf ein und starrte den Kanzler gebannt an. Richard war sofort mit der sprichwörtlichen Tür ins Haus gefallen und hatte dabei so ziemlich gegen jede Anstandsregel verstoßen, die sie kannte. Wie würde Bismarck auf diese Unverfrorenheit reagieren? Der Fürst saß mit seiner Frau und seiner Tochter Marie im Wohnzimmer seines Herrenhauses im Sachsenwald, den der Reichskanzler bei Amtsantritt von Kaiser Wilhelm I. geschenkt bekommen hatte.

Für einen Moment sagte keiner der Anwesenden etwas. Die Situation kam Hilde unwirklich vor. Sie stand hier in dem einzigen Mantel, den sie noch besaß und auch Richards Anzug war alles andere als neu und zeigte Schmutzflecken und Löcher.

Die Bismarcks dagegen waren tadellos gekleidet. Lediglich beim Kanzler hatte Hilde das Gefühl, dass sein Rock die Leibesfülle kaum im Zaum halten konnte. Wie auch immer. Sie und Richard waren hier völlig fehl am Platze. Ein Blick auf Marie zeigte der jungen Frau, dass die das ganz genauso sah.

„*Sie glauben doch nicht im Ernst, dass ich mir diesen Unsinn noch weiter anhöre*", *sagte Bismarck. „Sie dringen hier ein, stören mich und meine Familie beim Tee und tragen mir dann so ein Hirngespinst vor. Sie können froh sein, wenn ich sie nicht sofort in den Kerker werfen lasse.*"

„*Ich schwöre, dass jedes meiner Worte der Wahrheit entspricht und ich nicht übertreibe*", *sagte Richard. „Fragen sie Marie. Sie kennt mich.*"

„*Stimmt das?*", *wandte sich Bismarck jetzt an seine Tochter.*

„*Nein Vater. Ich habe den Mann noch nie gesehen.*"

„Wie kannst du so etwas sagen?", rief Richard entsetzt. „Erinnerst du dich den nicht mehr, an unsere Zeit in Hamburg."

„Ich weiß nicht, wovon sie reden", entgegnete Marie und schien durch Richard hindurch zu blicken.

„Wenn ihr beiden nicht sofort von meinem Grundstück verschwindet, werde ich euch in das tiefste Verlies sperren lassen, welches ich finden kann", grollte Bismarck. „Macht, dass ihr hier wegkommt, und wagt es nie mehr, mir unter die Augen zu treten."

„Aber ich ..."

„Es ist genug", brachte der Reichskanzler den Physiker zum Schweigen. „Noch ein Wort und du wirst es bis zum Ende deines Lebens bereuen."

Der Diener schaute die beiden Eindringlinge böse an und deutete mit dem rechten Zeigefinger in Richtung Tür. Richard musste einsehen, dass er hier und heute den Bogen überspannt hatte. Gemeinsam mit Hilde lies er sich von Bismarcks Angestellten nach draußen führen. Der Blick des Mannes zeigte den Beiden, dass er sie lieber in ein dunkles Verlies gesperrt hätte.

*

„Tu das nicht, Richard", flehte Hilde mit gesenkter Stimme. „Vergiss den Kanzler und seine Tochter und komm mit mir. Wir können doch irgendwo ein neues Leben beginnen. Wenn du jetzt in diese Fabrik eindringst und erwischt wirst, werden sie dich töten, oder für immer in einem Kerker sperren."

Seit sie Friedrichsruh verlassen hatten, versuchte Hilde Richard zur Vernunft zu bringen, doch der wollte einfach nicht zuhören. Der Physiker war fest entschlossen dem Reichskanzler zu beweisen, dass er nicht übertrieben hatte und ihm tatsächlich eine Dampfkanone entwickeln konnte, die alles in den Schatten stellte, was bis dahin gebaut worden war.

Sie waren nach Kiel gereist, wo sich einer der Kriegshäfen des Norddeutschen Bundes befand, und hatten sich dort ein Zimmer genommen, wo sie warten konnten, bis es dunkel wurde.

Als sie dann spät am Abend in den Stadtteil Friedrichsort marschierten, in dessen Fabriken Über- und Unterseewaffen entwickelt wurden, hatte es leicht zu schneien begonnen. Nun standen sie vor einer der Hallen und Richard war fest entschlossen, diese auch zu betreten.

„Wenn ich es schaffe, die Maschine in dieser Halle zu verändern, wird Bismarck mir glauben und mich fürstlich für meine Arbeit entlohnen."

„Und wenn nicht?"

„Dann ist mein Leben verwirkt", gestand Richard nun ebenfalls flüsternd. „Das wird aber nicht passieren. Ich bin mir sicher, dass es mir diesmal gelingt, den nötigen Druck zu erzeugen und zu halten."

„Wie soll das funktionieren?"

„In Lübeck konnte ich die Leistung der Maschine nicht mehr kontrollieren. Der Druck wurde zu groß. Genau dieses Problem hatten schon viele Physiker vor mir und sind daran gescheitert. Wenn ich aber ein Entlüftungsventil einbaue, kann ich eine Obergrenze schaffen und die Leistung so steuern."

„Bist du sicher, dass es so funktionieren wird?"

„Nein. Aber ich bin bereit mit diesem letzten Versuch alles auf eine Karte zu setzen. Hilfst du mir nun, oder nicht?"

„Ich habe dir immer geholfen und dich nie im Stich gelassen", sagte Hilde. „Natürlich werde ich auch dieses Mal an deiner Seite stehen und wenn es sein muss mit dir in den Tod gehen."

Richard nahm Hilde in den Arm und drückte sie fest an sich. „Das wird nicht geschehen. Mach dir keine Sorgen. Wir sind dem Ziel ganz nah. Du wirst sehen. Bismarck wird uns unendlich dankbar sein."

Hilde konnte den Optimismus des jungen Mannes nicht teilen, widersprach ihm aber nicht mehr. Sie würde alles für Richard tun und immer für ihn da sein. Das Schlimme war nur, dass sie ihn, wenn er Erfolg hatte, und Bismarcks Gunst gewann, womöglich auch an dessen Tochter, die sich Richard gegenüber sicher anders verhalten würde, wenn der in der Gunst ihres Vaters stand, abgeben musste.

„Was ist, wenn jemand kommt?"

„Die Wachen werden bei der Kälte lieber am warmen Ofen sitzen. Sobald du etwas Verdächtiges hörst oder siehst, musst du mich warnen", sagte Richard eindringlich und gab Hilde einen Kuss auf die Wange. Dann verschwand er in der Fabrik. Das Vorhängeschloss an der Eingangstür hatte er vorher mit einem Bolzen-Schneider entfernt.

Hilde blieb nun nichts anderes übrig, als zu warten. Im immer dichter werdenden Schneetreiben konnte sie kaum etwas erkennen. In wenigen Tagen stand das Weihnachtsfest vor der Tür. Zum ersten Mal in ihrem Leben wusste die junge Frau nicht, wo sie dieses Fest verbringen sollte. Sie hoffte nur, dass sie mit Richard zusammen sein konnte.

Zunächst war Hilde aufgeregt und rechnete jeden Moment damit, dass jemand kommen würde. Dann wurde sie aber innerlich immer ruhiger. Aus der Fabrik war kein Ton zu hören und auch in der näheren Umgebung war alles still. Ab und zu schallte lediglich das Gebell eines Hundes aus einer der Nebenstraßen zu ihr herüber.

Obwohl sie einen dicken Mantel trug, den sie sich von der Vermieterin ihres Zimmers geborgt hatte, fror Hilde mit zunehmender Zeit immer mehr. Sie hatte das Gefühl, dass ihre Füße längst zu Eisklumpen erstarrt waren. Es viel ihr immer schwerer sich auf die Umgebung zu konzentrieren.

In wenigen Stunden würde der Tag anbrechen. Richard musste sich beeilen.

Hilde lehnte sich mit dem Rücken an die Wand und kämpfte gegen die Müdigkeit an. Sie musste sich zwingen, die Augen offen zu halten und es strengte sie immer mehr an, die Umgebung zu beobachten. Langsam fing sie an, sich ernste Sorgen um Richard zu machen. Er hatte ihr zwar gesagt, dass er einige Stunden an der Maschine arbeiten musste, aber mittlerweile war doch schon sehr viel Zeit vergangen. Hoffentlich war ihm nichts passiert.

Plötzlich hörte Hilde ein Geräusch hinter sich. Bevor sie überhaupt reagieren konnte, wurde sie an der Seite herumgerissen.

„Wer sind sie und was machen sie hier?", wollte ein ihr fremder Soldat mit strenger Stimme wissen und drehte ihr den Arm auf den Rücken.

Hilde fuhr der Schrecken in alle Glieder. Dann spürte sie die Schmerzen in Arm und Rücken. Der Mann hatte sie völlig überrascht und sie war nicht imstande, etwas zu sagen oder zu tun. Sie starrte voller Entsetzen zur Eingangstür, durch die ein Trupp Soldaten in die Fabrik eintrat und Richard sicher schnell ausfindig machen würde. Man hatte sie erwischt. Es war vorbei.

Wie sie befürchtet hatte, dauerte es nur wenige Minuten, bis die Soldaten Richard aus der Halle heraus schleiften. Hilde sah das Blut an der Stirn des Mannes und kämpfte mit den Tränen.

In der Zwischenzeit herrschte eisernes Schweigen zwischen ihr und dem Mann, der sie bewachte. Sicher ging es den Männern nur um Richard. Sie selbst war unwichtig. Laufen lassen würde man sie dennoch nicht.

Den Gefangenen wurden mit einem Strick die Hände auf den Rücken gebunden und die Soldaten führten sie zu einem Fahrzeug, dass die Männer offenbar herbeigerufen hatten. Der Dampf des

Gefährtes mischte sich zwischen die noch immer vom Himmel fallenden Schneeflocken.

Richard und Hilde mussten in den Wagen steigen. Während der Fahrt sprach niemand ein Wort. Erst als sie den Sitz der Kieler Kaserne erreichten, richtete der zuständige Offizier seine Worte an die Beiden.

„Ihr werdet die Nacht in einer der Zellen verbringen", sagte der Mann. „Später am Tag, entscheiden wir dann, was mit Euch passieren wird."

Hilde zitterte innerlich vor Angst. Sie wollte nach Richards Hand greifen, merkte aber, dass ihre noch immer hinter ihrem Rücken zusammengebunden waren. Verzweifelt sah sie dem Physiker ins Gesicht. Bisher hatte der auch seiner Haushälterin gegenüber, abgesehen von einem kurzen Lächeln, keine Reaktion gezeigt. Sie wusste nicht, ob er seine Arbeit in der Halle fertiggestellt hatte, oder was genau dort passiert war. Hilflos und verzweifelt musste sie ihr Schicksal über sich ergehen lassen.

Über eine schmale Wendeltreppe wurden die beiden immer tiefer in die Keller des Marinegebäudes gebracht. Schließlich erreichten sie einen Gang, der so schmal war, dass sie hintereinandergehen mussten. Der Offizier öffnete eine Tür und lies die Beiden wortlos eintreten. Sekunden später wurde es dunkel um sie herum. Hilde stieß einen erschreckten Schrei aus und sank dann tief in Richards Arme. Verzweifelt lies sie den Tränen ihren Lauf.

„Alles wird gut werden", sagte der Physiker. Seine Stimme bewies aber, dass er sich dessen nicht sicher war.

*

„Ihr scheint für mächtig viel Wirbel gesorgt zu haben, wenn sich der Reichskanzler persönlich mit euch befassen will", sagte der Offizier, der die Tür viele Stunden später öffnete und die beiden Gefangenen abholen wollte.

Wie spät es war, wussten beide nicht. In ihrem eiskalten Verlies war es so dunkel gewesen, dass sie absolut nichts sehen konnten. Nicht der kleinste Lichtstrahl fiel in den Raum. Sie hatten sich als sie alleine waren auf den kalten Steinboden gelegt und Hilde war in Richards Armen eingeschlafen. Als sie erwachte, hatte sie ihr Gefühl für Raum und Zeit völlig verloren.

„Fürst Otto von Bismarck ist hier?", wollte Richard wissen.

„Ja. Aber als gutes Zeichen solltet ihr das lieber nicht werten."

Hilde hatte Angst. Entsetzliche Angst. Sie wusste, dass sie vom Reichskanzler keine Gnade erwarten konnten. Nicht, nachdem sie vor ein paar Tagen in seinem Herrenhaus aufgetaucht waren. Das er persönlich hergekommen war konnte nur bedeuten, dass er eine besonders harte Strafe für sie ausersehen hatte und diese persönlich verhängen wollte. Mit normalen Einbrechern würde er sich sicher nicht abgeben. Während sie der Offizier ins Verhörzimmer führte, malte sich Hilde die schrecklichsten Szenarien aus, die sie und Richard erwarten konnten.

„*Wie es scheint, müssen wir uns doch einmal näher miteinander unterhalten*", *begrüßte Bismarck die Gefangenen, nachdem sie vor ihm am Tisch Platz genommen hatten.*

Während Richard in lockerer Haltung auf dem Stuhl saß, wagte Hilde kaum zu atmen. Unfähig sich zu bewegen starrte sie den Reichskanzler an, der es sich ihnen gegenüber auf einem Sessel bequem gemacht hatte. Gleich würde sie erfahren, welche Strafe auf sie zukam. Würde diese ihren Tod bedeuten?

„*Was genau haben sie in meiner Fabrikhalle gesucht?*"

„*Ich wollte beweisen, dass ich die Leistung ihrer Maschine erhöhen kann*", *beantworte Richard die Frage des Kanzlers.*

„*Wie es scheint, ist ihnen das auch gelungen. Die Messgeräte zeigen Werte an, die wir vorher noch nicht erreicht haben. Wie ist das möglich?*"

Richard schwieg. Hilde wünschte sich er würde Bismarck alles erklären, um ihn nicht weiter gegen sich aufzubringen. Doch der Physiker schien nicht gewillt zu sein, sein Geheimnis preiszugeben.

„*Also gut*", *sagte der Kanzler nach einer Weile.* „*Als sie mich vor ein paar Tagen ihn Friedrichsruh besucht haben, wollten sie die Schlagkraft unser Kriegsschiffe um ein Vielfaches erhöhen. Bei ihrem leichtsinnigen Einbruch in die Werften haben sie bewiesen, dass sie etwas von der Materie verstehen. Meine nächste Frage sollten sie wohlüberlegt beantworten. Sind sie bereit und in der Lage, ihre übermütigen Versprechen in die Tat umzusetzen?*"

„*Ja*", *antwortete Richard, ohne zu zögern.*

„*Dann sollten sie sofort damit beginnen.*"

*

In den nächsten Tagen bekam Hilde Richard kaum zu Gesicht. Selbst die Weihnachtsfeiertage und den Jahreswechsel verbrachte die junge Frau alleine in der kleinen Pension, in der sie und Richard wohnten. Er stand in aller Herrgottsfrühe auf, ging ohne Frühstück in die Fabrikhalle und kam abends so müde zurück, dass er sofort ins Bett fiel. Hilde hatte in dieser Zeit wenig zu tun und wusste nicht, was sie den ganzen Tag unternehmen sollte.

In die Fabrik lies man sie mit der Begründung nicht hinein, dass es dort zu gefährlich für sie sei. Richard erzählte ihr nur, dass er gut vorankäme und Bismarck ihn einmal die Woche besuchte, um sich ein Bild vom Fortgang seiner Arbeit zu machen.

Als Hilde gerade beschlossen hatte, dass sie nicht länger einfach nur warten und sich stattdessen eine Arbeit suchen wollte, erzählte ihr Richard plötzlich, dass der große Tag unmittelbar bevorstünde. Die Maschine sei fast fertig und bald bereit für einen ersten großen Test.

Je näher die Demonstration kam, umso nervöser wurde Richard. In den wenigen Momenten, die er bei Hilde verbrachte, sprach er ständig davon, dass Bismarck nach dem Test keine andere Wahl haben würde und sich bei ihm entschuldigen müsse. Dann sei auch endlich der Weg zu Marie frei, der er mit dem Lohn für seine Arbeit ein standesgemäßes Leben bieten könnte.

Hilde glaubte nicht daran, dass alles so kommen würde, wie es sich Richard vorstellte. Sie traute dem Reichskanzler nicht. Selbst wenn der aber Richard weiter beschäftigen würde, hieß das noch lange nicht, dass er ihn auch in angemessenem Maße für seine Tätigkeit entlohnte. Marie würde er aber ganz sicher niemals näher kommen können. In diesem Punkt hoffte Hilde sogar, dass der junge Physiker sich irrte. Er gehörte zu ihr. Irgendwann würde er das auch begreifen.

Am Tag der Demonstration versammelte sich alles im Marinehafen, was Rang und Namen hatte. Auch Marie von Bismarck war an der Seite eines Mannes, den Hilde nicht kannte, gekommen, um sich das Schauspiel anzusehen. Sie wusste nicht, um wen es sich bei dem Fremden handelte, vermutete aber, dass er der Tochter des Kanzlers sehr nahe stand. Ansonsten würde die wohl kaum zulassen, dass er ihr so nahe kam, dass sich ihre Körper fast unsittlich berührten.

Hilde sah auf die See hinaus, wo ein altes Wrack in einer Entfernung von etwa fünf Kilometern vor Anker lag. Selbst von ihrer Position aus war zu erkennen, dass der mächtige Hauptmast des Schiffes zerbrochen war. Die sechzehn Dampfkanonen, die auf einer Plattform unter der Besucherterrasse aufgestellt waren, zielten alle in diese Richtung. Bismarck hatte Richards Maschine von der Fabrik aus näher an den Hafen bringen lassen, wo der notwendige Platz für die Demonstration gegeben war.

Der Physiker stand an den Messgeräten und wartete auf das Kommando des Kanzlers mit der Vorführung zu beginnen. Der zögerte nun nicht länger und gab Richard das vereinbarte Zeichen.

Hilde sah gespannt zu, wie ihr langjähriger Wegbegleiter einen Hebel nach unten zog und so den Dampf zu den Geschossen entweichen lies. Es gab einen ohrenbetäubenden Knall, die Kanonen schlugen durch den Rückstoß nach hinten und das Schiffswrack auf See wurde regelrecht zerfetzt. Richard stand in einem Nebel von Dampf neben seiner Maschine und klatschte begeistert in die Hände.

Für einen Moment herrschte absolute Stille. Die Schwaden verzogen sich langsam und die Sicht wurde wieder besser. Dann brach der Jubel des Publikums los. Alle zeigten sich von der Schlagkraft der neuen Waffen begeistert. Nie zu vor war eine Kanonenkugel auch nur annähernd so weit geflogen.

Während Richard schon wieder mit den Ventilen der Dampfmaschine beschäftigt war, genoss der Reichskanzler den Beifall der Menge und lies sich feiern. Auch wenn das Deutsche Reich derzeit mit keinem der angrenzenden Länder im Krieg lag, war es sicher gut für alle politischen Entwicklungen, gerüstet zu sein.

Nachdem die Demonstration nun beendet war, löste sich die Versammlung auf der Besucherplattform langsam auf. Hilde sah, wie der Reichskanzler auf zwei seiner Soldaten einredete. Diese gingen daraufhin zu Richard und bauten sich hinter dem Physiker auf. Hilde fuhr der Schreck in alle Glieder, als sie mit ansehen musste, wie Richard an den Händen gefesselt und abgeführt wurde. Sie warf einen Blick zu Bismarck, der aber so tat, als existierte sie gar nicht.

Schlagartig wurde Hilde klar, dass sie sofort von diesem Ort verschwinden musste. Der Kanzler dachte offensichtlich gar nicht daran Richard für seine Arbeit zu entlohnen und lies ihn dagegen weiterhin, wie einen Verbrecher behandeln.

*

Hilflos musste Hilde mit ansehen, wie ihr Richard von den Offizieren abgeführt wurde. Auch sie selbst befand sich in Gefahr. Ihr war klar, dass es nicht lange dauerte, bis man sich die Helferin des Physikers erinnerte. So schnell sie konnte lief sie zur Pension und fand dort ihre schlimmsten Befürchtungen bestätigt. Man erwartete sie bereits.

Die beiden Männer, die in dem dunklen Wagen saßen, versuchten nicht einmal unauffällig zu sein. Sicherlich waren sie davon überzeugt leichtes Spiel mit der jungen Frau zu haben. Die Dampfschwaden, die noch um das Fahrzeug herum schwebten, zeigten Hilde, dass die beiden Männer noch nicht lange auf sie warten konnten.

Hilde konnte nicht sagen, ob ihr Zittern von der Kälte kam oder ein Zeichen ihrer Angst war. Sie zog ihre Wolljacke enger zusammen und entfernte sich leise von der Pension. Ihr Ziel war die Zentrale der Marine von Kiel. Hilde war davon überzeugt Richard dort zu finden und fest entschlossen ihn aus der Zelle zu befreien, auch wenn sie nicht die leiseste Ahnung hatte, wie sie das bewerkstelligen sollte.

Hinter dem Gebäudekomplex, in dem die Gefangenen untergebracht waren, deren Verhandlungen noch anstanden, blieb Hilde stehen. Sie sah eine schmale Eingangstür, die sie zwischen den dicken Steinquadern fast nicht erkannt hätte. Sicher kam hier nur das Personal in das Gebäude.

In der Abenddämmerung kamen ihr die Mauern übermächtig vor und allein der Anblick lies Hilde vor Angst zittern. Als sie vor einigen Wochen gemeinsam mit Richard aus der Haft entlassen worden war, hatte sie gehofft, nie mehr einen Fuß in ein Gefängnis setzen zu müssen.

Nun wollte sie es betreten, um einen Häftling zur Flucht zu verhelfen. Hilde musste befürchten, dass man sie selbst nie mehr freigelassen würde, wenn man sie dabei erwischte.

Mit jeder Minute, die Hilde das Gebäude beobachtete, wurde ihr klarer, wie unwahrscheinlich es war, ihren geliebten Richard aus diesen Mauern befreien zu können.

Plötzlich ging die Tür auf und fünf Personen in Zivil traten ins Freie. Es waren vier Männer und eine Frau, deren Kopf mit einer Kapuze verdeckt war. Hilde vermutete, dass es sich hierbei um das Küchen- oder Reinigungspersonal handelte. Als sich die Fremden in alle Richtungen zerstreuten, beschloss Hilde der Frau zu folgen. Dabei ließ sie einen Abstand, der groß genug war, damit sie nicht bemerkt wurde, die Person aber dennoch in Sichtweite hatte.

Als die Fremde in einer Nebengasse verschwand, beschleunigte Hilde ihr Tempo und sah sie gerade noch in eines der Häuser hineingehen. Ratlos blieb sie auf der Straße stehen und sah, wie in dem Gebäude eine Petroleumlampe entzündet wurde. Was sollte sie nun tun? Wenn Hilde die Nacht nicht im Freien verbringen wollte, was zwangsläufig dazu führen würde, dass sie einer Polizeistreife in die Arme fiel, musste sie sich jetzt langsam etwas einfallen lassen. Die Kälte in der sternenklaren Vollmondnacht wurde unerträglich.

Hilde sah sich in ihrer Umgebung um. Sie hatte einen Vorort der Stadt erreicht, in der die Häuser nicht mehr ganz so dicht beisammenstanden. Ihr Blick blieb an der Rückwand einer Scheune am Ende der Straße hängen. Das konnte eine Möglichkeit sein, einen warmen Schlafplatz zu finden. Vorsichtig umrundete sie den Holzbau und gelangte in einen Hof, der von der Scheune, den Stallungen und dem Wohnhaus eingerahmt war. So leise wie möglich öffnete sie die Tür.

Das Mondlicht reichte aus, damit sich Hilde einen kurzen Überblick verschaffen konnte. Sie betrat die Scheune und stieg eine Holzleiter nach oben, die sie auf den Heuboden führte. Dort suchte sie sich einen weichen Platz und deckte sie so gut es ging mit dem herumliegenden Stroh zu.

*

Als Hilde am nächsten Morgen erwachte, begann es gerade zu dämmern. Obwohl sie wusste, dass sie draußen wieder von eisiger Kälte erwartet werden würde, entschloss sie sich, ihren Schlafplatz so schnell wie möglich zu verlassen, bevor sie entdeckt wurde, stand auf, klopfte sich das Stroh von der Kleidung und stieg die Holzleiter nach unten. Dann verlies sie die Scheune und suchte sich eine Stelle, von der aus sie das Wohnhaus beobachten konnte, in dem am Vorabend die Fremde Frau aus dem Gefängnis verschwunden war.

Während Hilde wartete, spürte sie, wie ihr die Kälte in den ganzen Körper kroch. Hunger und Durst machten ihr die Situation nicht gerade leichter. Ewig würde sie hier nicht stehen bleiben können. Zwar schneite es nicht, die dunklen Wolken am Himmel zeigten ihr aber, dass es nicht mehr lange dauern konnte. Hinzu kam ein eisiger Wind.

Endlich ging die Tür des Hauses auf und die Frau von gestern trat auf die Straße. Auch wenn Hilde auf genau diesen Moment gewartet hatte, stieg jetzt Panik in ihr hoch. Was sollte sie tun? Sie konnte die Fremde ja schlecht ansprechen und um Hilfe bitte. Hastig blickte sie sich in der Umgebung um, konnte aber ansonsten keinen Menschen sehen. Sie war mit der Angestellten des Gefängnisses alleine auf der Straße.

Hilde blieb einfach an ihrem Platz stehen und wartete, bis die Frau, die keinerlei Notiz von ihr nahm, an ihr vorbei war. Dann folgte sie ihr. Als sie an der Scheune vorbei kamen, sah Hilde dort ein loses Kantholz hängen. Ohne zu überlegen riss sie es ab, rannte zu der Fremden vor sich und schlug ihr die Waffe von hinten zwischen

Schulter und Hals. Mit einem überraschten Schrei ging die Fremde zu Boden.

Hilde tat die Fremde leid. Sie wusste aber, dass sie keine andere Wahl hatte, wenn sie Richard befreien wollte. Hastig fühlte sie nach dem Puls der Frau und atmete erleichtert auf, als sie das schwache, aber regelmäßige Schlagen spürte. So schnell sie konnte, zerrte sie die Person in die Scheune, in der sie übernachtet hatte, fesselte sie mit einem Stück Dreschkordel an den Händen und drückte ihr ein unbenutztes Stofftaschentuch in den Mund. Sie zog ihr den Mantel mit der Kapuze aus und fand ein paar Münzen in dessen Tasche. Dann versteckte sie den noch immer leblosen Körper unter einer der Arbeitsmaschinen. Hilde ging davon aus, dass sich die Frau später selbst befreien konnte. Jetzt war sie aber fest entschlossen, an ihrer Stelle in das Gefängnis zu gelangen. Sie streifte sich den Mantel der Arbeiterin über und zog die Kapuze über den Kopf.

Vor dem Gebäudekomplex traf Hilde auf die vier Männer, die sie bereits am Vorabend gesehen hatte. Sie nickte ihnen zu und betrat hinter ihnen das Gefängnis. Leider wusste sie nicht, welche Arbeit sie genau zu verrichten hatte. Sie passierten die Treppe, die tief in die Katakomben des Gebäudes führten und kamen an einer Toilette vorbei und Hilde zog die Tür zu dem Raum auf.

Den missbilligenden Blick des Mannes vor ihr ignorierend, verschwand sie darin. Die junge Frau hatte das Gefühl, dass ihr Herzschlag überall im Gefängnis zu hören war, als sie die Tür einen Spaltbreit öffnete und vorsichtig auf dem Flur blickte. Wie lange würde es wohl dauern, bis man das Verschwinden der Arbeiterin bemerkte? Jetzt musste alles schnell gehen.

Hilde lief zu der Treppe zurück und eilte, so schnell sie sich in dem hier herrschenden Halbdunkel traute, die Treppe herab. So gelangte sie zu den Verliesen und musste jetzt nur noch den Raum finden, in dem Richard untergebracht war.

Wieder kam ihr der Zufall zu Hilfe. Es schienen sich im Moment nicht sehr viel Gefangene in diesem Zwischengefängnis aufzuhalten. Sie ging einen Gang entlang, in dem alle Zellentüren offen standen. Alle, bis auf eine. Hilde setzte jetzt alles auf eine Karte und drückte den Holzriegel nach oben. Fast überraschte es die junge Frau selbst, als die Tür plötzlich nach innen aufschwang.

„Hilde", hörte sie Richards erfreute Stimme und rannte in die Richtung, in der sie den Mann vermutete.

Die beiden nahmen sich für einen Moment fest in die Arme und Richard küsste Hilde dankbar auf die Stirn. "Wir müssen verschwinden", sagte er dann.

Die Beiden beeilten sich und liefen die Wendeltreppe nach oben, wo sie in den größeren Flur gelangten. Dort war noch immer alles ruhig. Hilde war klar, dass dies aber nicht mehr lange so bleiben würde. Sie zog Richard, der sich bereitwillig führen lies, in Richtung Ausgang. Die Tür war zwar abgeschlossen, aber der Schlüssel steckte innen. Erst als die beiden auf die Straße traten, ertönten die Alarmsirenen. So schnell sie konnten rannten sie in Richtung Innenstadt und blieben erst stehen, als sie so außer Atem waren, dass ihre Lungen zu Platzen drohten.

*

"Lass uns bitte sofort aus dieser Gegend verschwinden", flehte Hilde Richard an und hielt ihm am Arm fest. "Sei froh, dass uns die Flucht gelungen ist. Wir sollten unser Glück nicht überstrapazieren."

"Ich werde dem Kanzler meine Maschine nicht lassen", entgegnete der Physiker entschlossen und riss sich los. "Er hat mich betrogen. Bestimmt wollte er mich von Anfang an in den Kerker zurück sperren, wenn ich mit meiner Arbeit fertig war. Vermutlich hat Marie ihm auch nicht gerade gebeten, mich zu verschonen. Du musst nicht mitkommen, aber ich werde noch einmal in die Fabrikhalle zurückgehen."

Hilde blieb nichts anderes übrig als Richard zu folgen, wenn sie ihn nicht wieder verlieren wollten. In einem Eisenwarenladen erwarben sie zwei Vorhängeschlösser und gingen dann in Richtung Hafen.

"Sicher werden sie nach uns suchen und außerdem die Maschine gut bewachen", unternahm Hilde einen letzten Versuch, Richard umzustimmen.

"Sie werden denken, dass wir die Stadt längst verlassen haben."

"Genau das sollten wir auch schleunigst tun."

"Das kann ich nicht, Hilde. Wenn wir eine Möglichkeit haben wollen, die Maschine zu zerstören dann heute Nacht. Es ist der 60. Geburtstag des Reichskanzlers. Für den Abend ist ein gigantisches Feuerwerk geplant, das die volle Aufmerksamkeit aller Soldaten auf sich ziehen wird. Immerhin kommt es nicht oft vor, dass eine Persönlichkeit wie Bismarck in Kiel seinen Geburtstag begeht."

Einige Stunden nach der Abenddämmerung erreichten sie die Fabrikhalle, in der die Maschine untergebracht war, die Richard entworfen hatte. Es gab zwei Türen, durch die man in die Halle gelangen konnte. Die Erste sicherte Richard mit einem Vorhänge-

schloss und betrat die Halle durch die Zweite. Hilde blieb mit klopfendem Herzen draußen stehen und wartete. Was, wenn sie auch dieses Mal von den Soldaten erwischt wurden.

„Hab keine Angst", flüsterte Richard seiner Gefährtin zu. „Ich baue nur das Überdruckventil aus und schalte die Maschine an. Es wird nicht lange dauern."

Wenige Minuten, nachdem der Physiker die Halle betreten hatte, gab es einen ohrenbetäubenden Lärm und der Himmel über Kiel wurde hell erleuchtet. Das Feuerwerk hatte begonnen. Sekunden später tauchte Richard auf, schloss die Tür und sicherte sie mit dem zweiten Schloss.

„Bei dem Krach wird niemand hören, dass die Maschine läuft", sagte der Physiker. „Bis sie es merken, wird es zu spät sein."

Im Eiltempo marschierten die Beiden in Richtung Stadtgrenze. Wie es Richard vorausgesagt hatte, waren nirgendwo Soldaten zu sehen. Der Physiker war Bismarck nicht so wichtig, dass er eine groß angelegte Suche nach ihm finanzieren wollte. Noch nicht.

Plötzlich ertönte ein gewaltiges Krachen, das den Lärm des Feuerwerks noch bei Weitem übertraf. Richard und Hilde drehten sich um und sahen einen riesigen Feuerball im Hafen, wo vorher die Fabrik des Kanzlers gestanden hatte.

„Was hältst du von Frankreich?", fragte Richard und sah Hilde lächelnd an.

„Ich würde überall mit Dir hingehen."

„Ja, ich weiß." Richard drückte die junge Frau an sich und gab ihr einen kurzen, aber leidenschaftlichen Kuss. Dann gingen sie Hand in Hand weiter und entfernten sich so langsam aber stetig von der Stadt, in die sie beide nie mehr zurückkehren wollten.

Holger Kuhn

Fortschritt

Von allen Seiten zugänglich, thronte der gewaltige Blechkasten majestätisch im Zentrum des Raumes.

Aus dem Druckschacht des Computers fiel ein rechteckiges Stück Papier. Den Tiefen der Maschine entrang sich ein Fauchen, bevor eine Rauchwolke aus dem Eingabegerät quoll. Das Klacken und Rattern der mechanischen Teile schwoll unheilvoll an, ehe es nach einem kurzen Zischen des Dampfantriebes wieder verebbte.

„Verdammte, neumodische Technik!", fluchte Ludolf Severinus Graf von Schloendorff. Eilig ergriff er die Namenskarte. „Fortschritt schön und gut, aber doch nicht in diesem Tempo!"

Wenige Sekunden später hatte er sich in sichere Entfernung zu dem Rechenapparat gebracht. Der Kodierer, der an einem Schreibtisch neben dem Eingang saß, blickte auf und runzelte die Stirn.

Kurz überflog der Adelige den Namen, der auf dem Kärtchen stand, ehe er es in der Innentasche des Cutaways verschwinden ließ. Trotz der regelmäßigen Aussetzer der Computer leisteten diese ganze Arbeit. Eine weitere Suchanfrage kam nach wesentlich geringerer Zeit zu einem Ergebnis – der Adresse der gesuchten Person. Innerhalb weniger Minuten hatte der Verwaltungscomputer der preußischen Dampfmaschinen-Union diesen einen Namen und die dazugehörige Anschrift ausgespuckt – endlich hatte er einen Anhaltspunkt.

*

Seit dem frühen Morgen hielt sich Nicolaus August Otto in seiner kleinen Werkstatt hinter dem Haus der Familie auf. Hier tüftelte er an seiner Erfindung, die er schrittweise verkleinerte und verbesserte. Oder er dachte darüber nach, wen er als Geldgeber ansprechen könnte.

Sein Salär als Handelsgehilfe reichte bei Weitem nicht aus, seine Familie zu ernähren und gleichzeitig den Bau seiner Erfindung zu finanzieren. So brütete er jede freie Stunde über seinen Bauplänen oder feilte an einem Metallstück herum, bis es endlich passte. Wieder einmal in die Konstruktionszeichnungen vertieft, bemerkte er das Klopfen an der Tür erst, nachdem es laut und fordernd durch den Raum hallte. Ausgerechnet jetzt, wo er gerade der Lösung eines der vielen Probleme dicht auf den Fersen war.

Unwirsch brummte er: „Herein!"

Energisch wurde die Tür des Schuppens aufgestoßen – auf der Schwelle stand seine Frau Anna.

„Hier ist seine Hochgeboren Ludolf Severinus Graf von Schloendorff, Nicolaus August, den du erwartest."

Hinter Anna stand ein Mann, der in seinem Auftreten die herrschende Aristokratie verkörperte wie kein anderer, dem er je begegnet war. Gottergeben verabschiedete sich der Erfinder von der raschen Lösung des Problems und legte die Zeichnung beiseite.

„Dann führ den Herrn herein."

Der Besucher hatte zum grauen Cutaway einen farblich passenden Zylinder aufgesetzt und hielt einen schwarzen, unauffälligen Gehstock in der Hand. Über die schwarzen Schuhe waren Gamaschen gezogen, die in blütenreinem Weiß erstrahlten - ebenso wie der Krawattenschal.

„Verzeihen Sie, Herr Otto, dass ich bereits einige Stunden vor unserer Unterredung hier erscheine. Ich hoffe, ich habe Sie nicht bei ihrer Arbeit gestört?"

„Aber nein, wo denken Sie hin, Euer Hochgeboren!", wehrte der Konstrukteur ab, der beim Eintreten des Gastes die einfache Gleichung aufstellte: Aristokratie gleich Geld! „Auch Erfinder benötigen hin und wieder eine Pause. Lassen Sie uns doch nach drüben in die Stube gehen. Dort ist es gemütlicher als hier zwischen all den Schrauben und Papieren."

„Aber nein, Herr Otto, gerade wegen Ihrer Arbeit an dieser Maschine bin ich hier", entgegnete Ludolf Severinus. „Ich habe bereits viel von diesem Verbrennungsmotor gehört. Er ist ein weiterer Schritt in die Zukunft der Menschheit. Wie kommen Sie voran?"

Erst als der Mann seine Kopfbedeckung abnahm, erkannte Otto, dass er das Haar ungewöhnlich lang trug. Die dunkelbraune Haarpracht fiel von Schloendorff bis auf die Schultern. Beim Blick in die grünen Augen des Besuchers glaubte er, seziert zu werden. Wie ein Skalpell drang er tief in seine Gedankenwelt ein. Nur mit Mühe gelang es ihm, sich loszureißen. War es Einbildung oder nicht, aber der Erfinder glaubte, etwas Magisches in ihnen zu erkennen.

„Nun, der andauernde Mangel an Geld macht mir sehr zu schaffen", antwortete Nicolaus Otto. „Da ich nur begrenzte Mittel zur Verfügung habe, verzögert sich die Entwicklung des Motors ungemein. Mit einer ausreichenden Förderung könnte meine Erfindung bereits in Serie gefertigt werden."

„Na, da bin ich ja noch rechtzeitig erschienen", lächelte von Schloendorff.

Otto wusste die Worte seines Besuchers nicht recht einzuordnen, wagte aber nicht, sie zu hinterfragen, also lächelte er ebenfalls und schwieg.

Die vollen Lippen des Mannes zeigten einen jugendlichen Schwung, wie man ihn nur selten sah. Seinen Bewegungen glichen denen eines Athleten, der dem Zenit seiner Kraft noch zustrebt. So sehr Otto auch einen Anhaltspunkt für das Alter seines Besuchers suchte, so alterslos blieb dieser.

Die beiden Männer standen dicht vor der Werkbank, auf der der otto'sche Verbrennungsmotor aufgebockt stand. Der Erfinder hielt einen Kanister in der Hand.

„Sehen Sie, Euer Hochgeboren, dies ist der Stoff, der meine Erfindung antreibt. Hierbei handelt es sich um eine raffinierte Form des Petroleums. Diese Flüssigkeit ist hoch entzündlich und mit äußerster Vorsicht zu behandeln", erklärte Otto. „Würden Sie rauchen, müsste ich Sie bitten, Ihre Zigarre oder Pfeife zu löschen!"

„Mit einer Flüssigkeit also betreiben Sie Ihren Motor? Sie benötigen keinen weiteren Brennstoff?"

„Nein nur diese Flüssigkeit - sie wird in einem Tank mitgeführt. Dies ist einer der Vorteile meiner Erfindung. Ein Gefährt, das mit meiner Erfindung angetrieben wird, muss kein Holz oder Kohle mitführen - das spart Platz und Gewicht. Ein Vorheizen entfällt ebenfalls – Sie starten den Motor und fahren los."

Überrascht blickte von Schloendorff den Erfinder von der Seite her an. „Ein weiterer unschätzbarer Vorteil, wie ich sehe", rief der Graf begeistert. „Welche Leistung bringt denn dieser Motor?"

Mittlerweile hatte Otto den Tank für eine Vorführung des Aggregates gefüllt. Stolz antwortete er: „Dieser Motor ist in der Lage, eine Leistung von zehn Pferdestärken zu erzeugen. Für eine vergleichbare Leistung benötigen Sie eine Dampfmaschine von der dreifachen Größe. Somit ist seine kompakte Bauweise ein weiterer Pluspunkt. Außerdem verbraucht dieser Verbrennungsmotor bei gleicher Leistung ein Drittel weniger Treibstoff. Mit diesem Antrieb sind Geschwindigkeiten von fünfzig bis sechzig Kilometer pro Stunde für Motordroschken keine Utopie mehr."

„Phantastisch!", hauchte der Adelige begeistert.

„Der Tank ist nun gefüllt. Sind Sie bereit für eine Vorführung?", wollte Otto wissen.

Ohne auf eine Antwort zu warten, nahm er eine unterarmgroße Kurbel zur Hand. Die steckte er in eine quadratische Vertiefung. Mit einem kräftigen Ruck drehte er die Kurbel zwei-, dreimal. Röchelnd erwachte der Apparat zum Leben. Nach mehreren unrunden Umdrehungen verschluckte sich der Vergaser. Krachend produzierte er eine Fehlzündung und erstarb.

Erschrocken trat von Schloendorff einen Schritt zurück.

„Ist das normal?"

„Entschuldigen Sie, Euer Hochgeboren. Das war nur eine Fehlzündung – nicht weiter schlimm."

Otto drehte an einem kleinen Stellhahn, ehe er den Apparat erneut startete. Dieses Mal schnurrte der Motor laut und gleichmäßig vor sich hin, während ununterbrochen schwarzer, öliger Rauch aus einem dünnen Rohr an der Unterseite quoll. Die Maschine produzierte einen solchen Lärm, dass sich die beiden Männer nur noch schreiend unterhalten konnten.

„Und wie funktioniert Ihr Motor jetzt genau?", brüllte Ludolf Severinus.

„Bitte verzeihen Sie mir, dass ich Ihnen die Konstruktionspläne nicht zeige. Aufgrund schlechter Erfahrung bin ich ein wenig misstrauisch geworden. Aber die grobe Funktionsweise erkläre ich Ihnen gerne." Nicolaus Otto zeigte auf ein solides Eisenteil. „Hier drinnen befindet sich das Kernstück meiner Erfindung. Ich nenne es Vergaser. Die Prozedur des Vergasens unterteilt sich in vier Schritte – Ansaugen, Verdichten, Verbrennen und Ausschieben", brüllte er.

Konzentriert hörte der Graf zu.

„Beim Ansaugen wird ein Gemisch aus Luft und raffiniertem Petroleum in den Zylinder gesaugt, das im zweiten Takt verdichtet, also zusammengepresst wird", fuhr der Konstrukteur fort. „Mittels eines Zündfunkens wird im dritten Takt, dem Verbrennen, das Luft-Gasgemisch entzündet und explosionsartig verbrannt. Hierdurch wird der Kolben nach unten geschleudert, wo er dank eines Pleuels eine Kurbelwelle antreibt, die durch eine Übersetzung mit der Achse hier rechts verbunden ist."

Neben dem Motorblock lag eine Eisenstange, an deren beiden Enden Vollgummireifen montiert waren. Die Reifen lagerten auf zwei drehbaren Rollen und rotierten mit einer Schnelligkeit, dass von Schloendorff die Felgen nur noch verschwommen sah.

„Im vierten und letzten Takt schließlich wird das verbrannte Gas aus dem Zylinder geschoben." Otto zeigte auf ein dünnes Rohr auf der Unterseite des Aggregates. „Die Abgase treten aus diesem sogenannten Auspuff aus."

Schwer atmend zerrte der Graf ein weißes Tuch aus der Innentasche seines Cutaways. „Die Abgase stinken fürchterlich", hustete er.

*

Eine Viertelstunde später saßen die beiden Männer in der Stube der Familie Otto. Vom Hinterhof drang der gedämpfte Lärm spielender Kinder herein. Unter dem Fenster thronte ein wuchtiges Sofa, das rechts und links von je einem nicht minder wuchtigen Sessel flankiert wurde. Vor dem Sofa stand ein hölzerner Tisch mit geschwungenen Beinen, deren Enden wie Löwenfüße geformt waren.

Auf dem Tisch hatte die Hausherrin ihre besten Teetassen und Tellerchen mit den Süßigkeiten platziert. Nachdem sie mit dem Servieren des Tees fertig war, gesellte sie sich zu den beiden Herren.

„Schmecken Ihnen meine Pralinen, Euer Hochgeboren?", fragte sie. „Ich hoffe, ich habe in der Kürze der Zeit Ihren Geschmack getroffen?"

„Vorzüglich, liebe Frau Otto. Einfach köstlich", antwortete von Schloendorff wahrheitsgemäß und zauberte der Dame des Hauses ein verlegenes Lächeln aufs Gesicht.

„Vielen Dank, Euer Hochgeboren. Konnte die Erfindung meines Gatten Sie denn ebenso überzeugen wie mein Konfekt?", fragte sie ein wenig kokett, was ihren Mann zu einem Räuspern veranlasste.

„Nun, Verbrennungsmotoren sind schwer mit Nougatstangen zu vergleichen, Liebes", meinte Nicolaus Otto. „Aber der Herr Graf hat Recht, deine Pralinen schmecken lecker wie immer. Doch lassen Sie uns zum Grund Ihres Besuches kommen."

„Sehr gerne", antwortete der Graf und nahm einen Schluck Kräutertee.

„Ich bin gekommen, um mir Ihre Erfindung näher bringen zu lassen. Wie Sie mir die Vorteile des Verbrennungsmotors bereits ausführlich darlegten, bin ich der Ansicht, dass er die Menschheit einen weiteren Schritt in die Zukunft trägt. Daher bin ich gewillt, Ihnen eine Summe von eintausend Mark monatlich zur weiteren Entwicklung des Motors zukommen zu lassen."

Erstaunt und erfreut zugleich weiteten sich die Augen der Eheleute Otto. „Mit dieser Summe bringe ich Ihnen den Verbrennungsmotor in sechs Monaten zu Serienreife!" Begeisterung ließ seine Augen glänzen. Sein Traum würde sich erfüllen! Doch dann fiel ihm etwas ein.

„Sicher erwarten Euer Hochgeboren eine Gegenleistung dafür?"

Der Graf lächelte. „Nun. Mein Angebot ist tatsächlich nicht ganz uneigennützig. Ich rechne mir eine nicht gerade geringe Marktchance Ihres Motors aus. Wenn es uns gelingt, diese Maschine zu einem Preis anzubieten, den sich fast jeder Arbeiter leisten kann, wird er Sie reich und mich noch reicher machen. Sind sie mit einer Beteiligung von 25 Prozent am Gewinn einverstanden?"

Die Eheleute wechselten einen raschen Blick.

Tu's! sagten ihre Augen.

„Ein solches Angebot kann ich nicht ablehnen. Ich bin hocherfreut mit Ihnen ins Geschäft zu kommen!", lachte der Erfinder.

„Wunderbar, Herr Otto. Schlagen sie ein!" Von Schloendorff hielt ihm die Hand hin. Ohne zu zögern, ergriff Otto sie und schüttelte sie heftig – sein Händedruck war warm und fest.

„Dann besuchen Sie mich in Fulda", antwortete der Adelige. „Ich lade Sie beide zum Dinner auf mein Anwesen ein. Dann können wir alles genau besprechen, den Vertrag gemeinsam aufsetzen und die Unterzeichnung festlich begehen."

Der Traum wurde immer schöner.

„Wann wollen Euer Hochgeboren das Dinner denn ausrichten?", fragte Anna fast schüchtern.

„Was halten Sie von kommendem Samstag? Nehmen Sie den Zug um zwei Uhr achtzehn am Nachmittag. So bleibt uns nach Ihrer Ankunft noch genügend Zeit, zusammen Kaffee zu trinken und uns danach frisch zu machen. Während des Dinners besprechen wir die Vertragsklauseln. Nach dem Dinner nächtigen Sie in einem der Gästezimmer. Am Sonntag setzen wir gemeinsam den Vertrag auf und unterzeichnen ihn bei einem Glas Champagner. Was halten Sie davon?"

„Ich bin sprachlos!", hauchte Anna Otto.

„Und bitte bringen Sie Ihre Aufzeichnungen mit", schmunzelte der Graf. „Ich habe noch nicht alle Ihre Ausführungen verstanden. Und bitte bewahren Sie unbedingt Diskretion. Wir wollen doch nicht, dass uns jemand zuvorkommt."

*

Von Schloendorff zog einen Geldschein aus der Innentasche des Cutaways, den er dem Fahrer der Dampfdroschke in die Hand drückte. Nach einem flüchtigen Blick auf die Banknote huschte ein breites Lächeln auf das Gesicht des Kutschers. Der Mann zog den Hut und verbeugte sich, soweit es auf dem Fahrersitz möglich war.

„Herzlichen Dank, Euer Durchlaucht. Vielen Dank!"

Der Adelige nickte freundlich und entließ den Chauffeur mit einer knappen Geste. Dieser setzte den Hut wieder aufs Haupt und wendete die qualmende Droschke.

Derweil schlenderte der Graf bereits zwischen den ersten Bäumen hindurch in die grüne Oase der Stadt. Während der Fahrt hatten sich die Wolken zu einer grauen, schweren Masse verdichtet. Diese Wolkenformation kannte von Schloendorff gut genug, um Vorsorge zu treffen.

Aus einer Tasche zog er einen magischen Fokus, den er mit einem Zauber aufgeladen hatte. Dann murmelte Ludolf Severinus eine kurze Formel, mit der er die Magie aus ihrem Speicher entließ. Über seinem Kopf bildete sich ein nach außen gewölbter Energieschild von gut zwei Metern Durchmesser, der fünfzig Zentimeter über seinem Haupt mitwanderte. Keinen Augenblick zu früh, denn die ersten Tropfen fielen bereits durch das dichte Blätterdach. Der Graf wanderte tiefer in den Wald hinein.

Einmal eilten ihm zwei junge Damen mit gerafften Röcken entgegen. Besorgt hielten sie ihre Schirme über sich, die den Regen nur notdürftig abwehrten. Als sie den Spaziergänger bemerkten, blieben sie neugierig stehen und bewunderten fasziniert das magische Regendach. Höflich zog der Adelige den Hut und verbeugte sich ein wenig, ehe er weiterschlenderte.

Die vom Staub der vergangenen Tage gereinigte Luft war frisch und roch etwas nach Humus. Von Schloendorff liebte diesen Duft und die Atmosphäre eines vom Regen nassen Forstes. Das würzige Aroma feuchter Erde strömte in seine Nase. Die satten Grüntöne der Pflanzen und Blätter beruhigten sein besorgtes Gemüt. Die Braun- und Ockerfarben des Bodens erinnerten ihn an die Allmacht der Mutter Erde. Ludolf Severinus genoss die grüne Stille, die nur vom leisen Tropfen des Regens durchbrochen wurde.

*

Dunkelheit beherrschte das Schlafzimmer. Leise drangen die Geräusche einzelner vorbeidampfender Droschken und das Rauschen der Bäume im Wind herein. Entspannt lagen die Eheleute Otto im Bett. Anna atmete mehrmals tief ein und wieder aus.

„Pass auf, Nicolaus August, dass dir dieser Goldfisch nicht wieder von der Angel springt." Vorsichtig tastete sie nach der Hand ihres Mannes.

„Warum, glaubst du, sollte dieses Mal etwas schief gehen?", wollte ihr Mann wissen.

„Ich glaube nicht, dass etwas schief geht", antwortete Anna. „Doch die Erfahrung hat mich vorsichtig werden lassen. Ich hoffe, dass dieser Graf der lang ersehnte, ehrenhafte Geldgeber ist, für den wir ihn halten. Nicht so ein windiger Geschäftemacher wie der Kerl, der deine Erfindung selbst verkaufen wollte. Oder dieser Spion, den dir die Konkurrenz auf den Hals hetzte.

Unsere Existenz hängt davon ab, ob Ludolf Severinus Graf von Schloendorff wirklich diese Chance in deiner Konstruktion sieht, wie er behauptet und den steinigen Weg bis zum Ende mit uns geht. Deshalb bete ich, dass es wahr wird."

„Die Empfehlung von Carl Benz macht mich zuversichtlich. Vielleicht gelingt es mir jetzt endlich, mich gegen die Dampfmaschinenlobby durchzusetzen. Auch wenn die Magie so manches Wunder parat hält, bin ich der festen Überzeugung, dass meine Erfindung die Menschheit auf eine höhere Entwicklungsstufe hieven kann." Otto drückte beruhigend die Hand seiner Frau. „Der Graf machte einen sicheren Eindruck auf mich. Er stellte viele interessierte Fragen, die ich von seinen beiden Vorgängern nicht zu hören bekommen habe. Ich vertraue ihm und seinem Urteilsvermögen."

„Ich wünschte, ich hätte die gleiche Zuversicht wie du, mein lieber Mann", seufzte Anna. „Ich liebe dich, Nicolaus August Otto. Und ich werde immer an deiner Seite sein."

„Ich liebe dich auch", wisperte ihr Ehemann. „Nichts wird uns trennen."

*

Zwei Nächte vor Vollmond hockte von Schloendorff hochkonzentriert auf dem Waldboden. Drei kleine Gaslaternen hingen in etwa zwei Metern Höhe in den umstehenden Bäumen. Außerhalb des Lichtkreises hausten dunkle Schatten. Raschelnd tapsten Mäuse und andere Nager durch das nahe Unterholz.

Ohne ein Anzeichen von Unsicherheit zeichnete der Pinsel in seiner Hand eine verschnörkelte Linie auf den Waldboden, malte komplizierte Diagramme und Zeichen auf den leergefegten Untergrund. Der Duft des Farbstoffes erreichte die gräfliche Nase. Leichtes Unwohlsein breitete sich in seinem Magen aus wie immer, wenn er einen Ritualkreis ausarbeitete. Nach wie vor war es ihm nicht gelungen, sich an den Geruch frischen Blutes zu gewöhnen.

Der Magier glaubte die Anwesenheit einer unsichtbaren Präsenz zu spüren, doch musste er sich auf die Vollendung seines Werkes konzentrieren.

Der Mond in Opposition zur Sonne stand kurz bevor – genau in der Nacht, in der er zum Dinner geladen hatte. Die Nacht, in der die Magie der Natur am stärksten zu spüren ist. Zum exakten Zeitpunkt der wahren Mitternacht um ein Uhr neunzehn morgens musste er die ersten Machtworte sprechen.

Er konnte sich keinen Fehler leisten.

*

Die Sonne schickte ihre wohltuend wärmenden Strahlen zur Erde. Hier und da zogen Schönwetterwolken über den Himmel. Die Luft roch angenehm nach einem lauen Spätsommertag.

Am Bahnhof Fulda erwartete bereits eine Dampfkutsche Nicolaus Otto und seine Frau Anna. Nach einer halben Stunde holpriger Fahrt durch das ländliche Umland erreichten sie das Herrenhaus der Familie von Schloendorff. Der Fahrer, der sich als Karl vorgestellt hatte, betätigte zweimal kurz das Horn, als sie vorfuhren. Augenblicklich eilten zwei Bedienstete herbei, die dem Ehepaar aus der Dampfkutsche halfen und deren Gepäck ins Haus trugen.

Der Hausherr erwartete seine Gäste am Aufgang.

„Ich freue mich, Sie beide wohlbehalten auf meinem Anwesen zu begrüßen. Hatten Sie eine angenehme Reise?"

„Ganz und gar, euer Hochgeboren", antwortete der Erfinder. „Es war eine durch und durch angenehme Fahrt. Vor allem für meine Frau ist es eine willkommene Abwechslung, dem Haushalt für zwei Tage zu entfliehen." Verschmitzt lächelte er seine Gattin an.

„Treten Sie ein!", forderte von Schloendorff die beiden auf. Die Diener waren bereits mit den Koffern ins Haus gelaufen. Karl verschwand mit viel Dampf und Getöse hinter dem Zeughaus.

„Meine Mutter erwartet uns auf der Terrasse. Wenn es Ihnen recht ist, trinken wir gemeinsam eine Tasse Kaffee, ehe Sie sich zum Frischmachen zurückziehen."

Gemächlich, fast erhaben, führte der Adelige das Ehepaar durch einen weiten, luftigen Eingangsbereich, über dessen ausladende Treppe man das Obergeschoss erreichte. Durch einen geschmackvoll möblierten Flur erreichten sie den hinteren Teil des Herrenhauses. Vor einer der Vitrinen blieb Nicolaus Otto stehen. Hinter dem Glas lagen tönerne Statuetten, hölzerne Masken, silberne Broschen und Amulette aus Obsidian. Beeindruckt bewunderte der Erfinder diese Ansammlung von Artefakten.

„Sind diese Kunstwerke allesamt magisch?", fragte er fasziniert. „Praktizieren Sie selbst auch Magie?"

Von Schloendorff gesellte sich zu seinem Gast.

„Leider bin ich nur wenig magisch begabt. Für einen Regenschutz reicht es gerade", lachte er und ging weiter.

Nicolaus August und Anna Otto folgten ihm durch eine Glastür, die auf eine Terrasse führte. Von dort ergoss sich der Blick in eine mehrere Hektar umfassende Parklandschaft.

Das Zentrum der Terrasse wurde von einem Balkon überdacht, der von vier Säulen gestützt wurde. In der Mitte der Terrasse residierte ein mächtiger, schmiedeeiserner, weiß lackierter Tisch. Auf den ebenfalls schmiedeeisernen Gartenmöbeln warteten dicke Kissen darauf, die Härte des Metalls zu mildern.

Hier im Schatten saß eine alte Dame, die in ein tiefschwarzes Kleid gehüllt war. Das Tuch um ihre Schultern war ebenso schwarz wie die halbhohen Schuhe an ihren Füßen. Die wachen Augen der alten Frau musterten neugierig die beiden Ankömmlinge.

Ludolf Severinus schritt um den Tisch herum. „Darf ich vorstellen? Meine Mutter Sophia, Gräfin von Schloendorff."

Nicolaus Otto begrüßte die Dame des Hauses mit einem formvollendeten Handkuss, während seine Frau artig knickste.

„Es ist uns eine Ehre, Sie einmal persönlich kennen zu lernen", sagte der Erfinder. „Und noch mehr fühlen wir uns geehrt, mit Ihnen dinieren zu dürfen."

„Ich bin ebenfalls hocherfreut, Sie endlich kennen zu lernen. Mein Sohn spricht unentwegt von Ihnen. Nehmen Sie bitte Platz."

Die alte Dame klatschte einmal kurz in die Hände. Fast augenblicklich erschien ein Bediensteter. „Friedrich, servieren Sie den Kaffee und die Pralinen. Ich hoffe sie mögen Rumtrüffel?"

Wenige Minuten vor sieben Uhr abends stiegen Nicolaus und Anna Otto die breite Treppe ins Parterre hinab. Er trug einen in die Tage gekommenen, einreihigen dunklen Smoking mit einer schwarzen Fliege. Sie hatte sich in ein schulterfreies, türkisblaues Abendkleid gezwängt, dass ihre Weiblichkeit sehr betonte – jedoch nicht mehr der neuesten Mode entsprach.

Am Fuß der Treppe wartete Friedrich bereits, der die Gäste zielstrebig in das Speisezimmer führte. Der massive, quadratische Eichentisch war opulent für vier Personen eingedeckt worden. Jedem Speisenden standen drei schwere Kristallgläser zur Verfügung. Um die Teller gruppierten sich drei Bestecke.

Die Gräfin nahm gerade Platz - ihr Sohn rückte ihr den Stuhl zurecht. Den Stuhl zu ihrer Rechten nahm Nicolaus Otto ein. Der alten Dame gegenüber saß ihr Sohn. Zu dessen Rechten fand Anna Otto ihren Sitzplatz.

„Friedrich, würden Sie uns die Menüfolge nennen?", wandte sich die Gräfin an ihren Kammerdiener.

„Sehr wohl, Euer Hochgeboren."

„Eine ganz vorzügliche Wahl, Friedrich", lobte der Graf, nachdem Friedrich die herrlichsten Speisen verlesen hatte. Kürbiscremesuppe mit Müller Thurgau. Soufflé mit Schinkenwürfelchen, Kräutern und einem halbtrockenen Spätburgunder. Schweinemedaillons mit Butterspäzle und Pilzen an Pfefferrahmsauce, nicht zu reden vom trockenen Dornfelder. Und zum Dessert eine Creme Brulée mit einem lieblichen Gewürztraminer. Nikolaus August und Anna schluckten in Erwartung der Köstlichkeiten.

Zufrieden mit sich, seiner Leistung und dem gräflichen Lob, zog sich der Mann in eine Ecke zurück, von wo er den störungsfreien Ablauf des Menüs überwachte.

Während des Dinners plauderten die vier angeregt über die verschiedensten Dinge – wichtigstes Thema blieb jedoch der otto'sche Verbrennungsmotor. Alle nur erdenklichen Fragen beantwortete der Konstrukteur wortreich und bester Stimmung.

Nach dem Essen verlagerten sich die Gespräche in den Salon. Hier standen mehrere wuchtige Ledersessel, die wirkten, als habe in ihnen bereits die gesamte Elite des preußischen Reiches geraucht, getrunken und geplaudert. Im Kamin brannte angesichts der Jahreszeit kein Feuer, worum die Anwesenden sichtlich dankbar waren. In den Ledersesseln schmauchten die Herren ihre Zigarren, während die

Damen am Tisch Kaffee tranken. Das Mobiliar war ausnahmslos stilsicher ausgesucht, aufeinander abgestimmt und fügte sich zu einem harmonischen Ganzen.

Ludolf Severinus Graf von Schloendorff öffnete sein kleines Schatzkämmerlein, aus dem allerlei Hochprozentigkeiten ans Licht der Aufmerksamkeit drängten. Bei einem Gläschen besprachen die beiden Männer die Details ihrer zukünftigen Zusammenarbeit. Ganz ungezwungen lachten und scherzten sie miteinander, bis sich die Gesellschaft gegen Mitternacht auflöste.

*

Mondlicht sickerte durch das dichte Laub des Eichenwäldchens, das sich auf dem Anwesen befand. Schleierwolken zogen über den Nachthimmel, die nur wenig von der Wärme des Tages festhalten konnten.

Im Zentrum des verschnörkelten Ritualkreises lagen die starren Körper von Nicolaus und Anna Otto. Ihre Leiber dampften leicht in der Kühle der Spätsommernacht.

Mit einem schwarzen Seidenumhang bekleidet, in den starke magische Symbole eingewoben waren, stand Ludolf Severinus Graf von Schloendorff hoch aufgerichtet über den beiden Paralysierten. An jedem seiner Finger trug er einen silbernen Ring, die seine übernatürlichen Fähigkeiten unterstützten. An einer feingliedrigen Kette hing ein ebenfalls silbernes Amulett an seinen Hals, dass eine unglaubliche Macht ausstrahlte.

Kurz räusperte sich der Magier – dann intonierte er eine Anrufungsformel, die er wie ein Mantra wiederholte. In wohlgesetztem Rhythmus erhob er seine Stimme immer weiter, bis sie laut und deutlich im umgebenden Wald zu vernehmen war.

Minuten flossen wie Sandkörner in einer leichten Brise dahin, die sich bald zu einer Stunde zusammenfügten. Langsam schritt der Graf auf die beiden Gelähmten zu. Mit einer fließenden Bewegung seines Ritualdolches aus reinem Obsidian schnitt er den beiden die Kehlen durch.

Wenige Augenblicke später flirrte die Luft innerhalb des Kreises. Vor dem Magier manifestierte sich ein Dämon in Gestalt eines Baumes.

„Was ist dein Begehr?", donnerte die Stimme von Schloendorff entgegen.

Ohne Furcht starrte Ludolf Severinus das Wesen an.

„*Ich wünsche, dass du diese beiden Toten in Bäume verwandelst, die in diesem Wald Wurzeln schlagen und deren Seelen in ihrer neuen Gestalt gefangen bleiben, bis sie eines Tages gefällt werden. Das ist mein Begehr!*"

„*So soll es sein!*"

Langsam, fast unmerklich, verschwammen die Konturen der Toten. Die Leiche des Mannes veränderte sich zu einem bärenartigen Wesen. Aus dem Frauenkörper wuchsen kleine Federn, bevor sich der ganze Leichnam in eine vogelähnliche Kreatur verwandelte.

Erneut intonierte der Magier die Formel. In tiefer Trance wiederholte Ludolf Severinus diese immer und immer wieder – bis er irgendwann im Morgengrauen von sanftem Brausen und tiefem Brummen zurück in die Gegenwart geholt wurde.

*

„*Sicher wollen Sie wissen, wie es kommt, dass Sie beide nun als Bäume weiterleben? Und vor allem warum?*"

Lässig lehnte von Schloendorff sich an den Stamm der Eiche. „*Zuerst seien Sie einmal beruhigt. Ihre Frau steht ganz in Ihrer Nähe. Sie ist die Birke, deren Äste Sie berühren.*

Aber nun will ich ihnen erzählen, was mit Ihnen geschehen ist. Ich habe nichts gegen sie persönlich. Es geht einzig um Ihre Konstruktion. Ich musste die Pläne in meine Hände bekommen und gleichzeitig dafür sorgen, dass niemand sonst Ihr Wissen nutzen kann. Ohne mein Eingreifen würden Sie die Welt verändern – auf eine für Sie nicht absehbare Art und Weise. Außerdem würden Sie mich ruinieren – beides will ich nicht zulassen.

Der Fortschritt ist nicht aufzuhalten, das ist gewiss. Aber es gibt Männer wie mich, die sich zum Ziel gemacht haben, ihn wenigstens auf Schritttempo zu verlangsamen. Mit Blick auf die Zukunft habe ich mein Vermögen langfristig in die Dampfindustrie gesteckt – denn diese Technologie verändert unsere Welt langsamer und sanfter – für mich als Naturmagier gerade noch akzeptabel."

Nachdenklich blickte er zu der Eiche hoch, deren Blätter schwermütig im Spätsommerwind rauschten.

„*Hatte ich zu Beginn meines Unterfangens noch gezögert, so bin ich nun der festen Überzeugung, das einzig Richtige getan zu haben – zum Wohle aller.*

Ich habe einen Pilz gezüchtet, der ein Enzym enthält, das in Verbindung mit Alkohol einen Menschen nach exakt einer Stunde völlig lähmt – den Geist jedoch nicht beeinträchtigt. Daher konnten Sie sich nicht wehren, als wir Sie hierher schafften. Ich beschwor einen Baumdämon, der Sie beide zuerst in Tiere, danach in eine Eiche und eine Birke verwandelte.

Vielleicht fragen sie sich jetzt, warum ausgerechnet in diese Daseinsformen? Nun, das hängt mit den physischen sowie den jeweiligen Charaktereigenschaften zusammen – die Eiche, groß, ruhig und stark – die Birke, klein, fein und mit festem Willen."

Freundlich tätschelte Ludolf Severinus Graf von Schloendorff die Rinde beider Bäume gleichzeitig.

"Solange mithilfe der Magie das Wachstum der Pflanzen beschleunigt werden kann, wird Ihre Erfindung nicht benötigt. Schließlich resultiert daraus auch eine beschleunigte Umwandlung des Holzes in versteinerte Kohle. Führen Sie sich vor Augen, dass die Menschheit somit keinen Raubbau betreiben muss, um an das Öl zu gelangen, mit dem Ihr Motor betrieben wird. Also nehmen Sie es sportlich, eines Tages dienen auch Sie dem Wohle der Gemeinschaft."

Ein letztes Mal ließ der Graf die Finger über die zerfurchte Borke gleiten, ehe er sich abwandte und davonging.

"So, und jetzt kümmere ich mich um Rudolf Diesel."

Ihm war, als brumme ihm die Eiche hinterher.

Maximilian Weigl

Tullas Traum

Lieber Claus,

Du weißt um meinen ungebrochenen Willen, den Plan des leider schon zu lange verstorbenen J.G. Tulla an seiner Statt umzusetzen: den Rhein im badischen Gebiete ganz zu begradigen. Wie lang ist dieses Unterfangen doch schon am Werke! Damals, 1817, war von meiner Wenigkeit noch gar keine Rede, und der große Meister Tulla kümmerte sich selbst um das beständige Fortleben der Aktion. Als er vor seinem Tod im Jahre 1828 andere beauftragte, sein Werk fortzuführen, keimte in ihm wohl noch nicht die Ahnung, dass dies so kühne Projekt für weitere fünfzig Jahre nicht zu seinem Ende kommen solle.

Jetzt schreiben wir 1875, und noch ist kein Ende in Sicht, obwohl der letzte Spatenstich vor mehreren Jahren bereits hätte getan werden sollen. Schuld an dieser unfreiwilligen Verzögerung ist ein uns allen wohlbekanntes und nicht minder verhasstes Dorf namens Linkenheim. Von jeher hat es sich gegen dieses Unterfangen gestemmt und ihm darüber hinaus noch entgegengewirkt, indem es zwischen den Mäandern seine Siedlungen ausbaute und dafür auch noch vom Stadtrat zu Karlsruhe Unterstützung erhielt – leider, wie ich betonen muss. Du weißt, welche Bestrebungen ich unternommen habe, um den Herrn Bürgermeister zu Linkenheim von unseren hehren Absichten zu überzeugen und ihn zu bitten, das Dorf mitsamt seiner Häuser verlegen zu dürfen. Denn es handelt sich um den letzten Durchstich, und alle anderen Dörfer, zu deren Versetzung wir uns genötigt sahen, haben von der Aktion durchaus profitiert. Bis heute wehrt er sich hartnäckig und weiß meine guten Ratschläge und all das Gute, das die Verlegung mit sich bringen möchte, abzuweisen. Leider ist es um unsere finanzielle Situation nicht gut beschieden, und ich befürchte, eine Verlegung des Dorfes passe nicht mehr in unseren Haushalt. Damit die Begradigung, Tullas ehrenwerter Traum, nun doch zu einem glanzvollen Ende komme, Claus, bitte ich Dich, betreffs der Sache Linkenheim eine baldige Lösung zu finden. Ich

glaube und hoffe, Deine Begabungen werden fruchtbar sein. So grüßt Dich Dein Dir allzeit wohlgeneigter, immer dankbarer Freund.
Max Honsell, Speyer, Februar 1875.

*

Lieber Edward,

ich war nie diplomatisch. Das liegt mir nicht. Wahrscheinlich war es deshalb, dass Max Honsell mir jenen Brief hatte zukommen lassen, der mich jedes Mal, wenn ich ihn lese, in helle Aufregung versetzt. Denn mein mir allzeit wohlgeneigter Freund Max Honsell war eigentlich nie mein Freund gewesen. Gehasst hatten wir uns regelrecht. Nun, gehasst ist vielleicht zu scharf formuliert. Auf der Akademie waren wir Konkurrenten gewesen. Konkurrenten, ja, das ist ein weniger belastetes Wort. Zwischen uns hatte ein Mädchen aus reichem Hause gestanden, das letztlich jedem von uns die kalte Schulter gezeigt hatte. Männer wie wir, fast noch Jungen, sollte man sagen, mit solchem Arbeitseifer, wie wir ihn an den Tag gelegt hatten, konnten mit so einer schmachvollen Behandlung kaum leben. Zähneknirschend hatten wir uns zurückgezogen und uns seitdem niemals mehr gesprochen.

Woher Max wusste, was ich tat und wo ich zu erreichen war, kann ich nur mutmaßen. Am wahrscheinlichsten ist es, dass er über die Jahre, in denen wir uns nicht gesehen hatten, heimlich meinen Werdegang verfolgt hatte, genau, wie ich es bei ihm getan hatte. Von den Problemen, die der Rheinbegradigung zuwiderliefen, wusste ich, davon wussten alle, die sich dafür interessierten. Deshalb überraschte mich zwar der Brief selbst, doch nicht seine Bitte an mich, ja sein Auftrag, sollte man sagen, denn dem Schreiben lag ein Verrechnungsscheck in beträchtlicher Höhe bei – mit dem Verweis, dass bei Erfolg ein Zweiter auf mich warte. Nun, denke ich, wusste Max um zwei Eigenschaften, die mich schon in meiner Jugend ausgezeichnet hatten. Erstens: Ich war ein Ehrenmann; niemals würde ich den Scheck ohne Gegenleistung einlösen. Und zweitens: Ich strebte nach Geld mehr als nach allem anderen.

Nur warum mich Max mit beinahe schwülstigen Phrasen ansprach, blieb mir ein Rätsel. Vielleicht, weil er glaubte, mich so eher umstimmen zu können. Wahrscheinlicher aber ist ein Gemütszustand daran schuld, der auch mich betraf, als ich den Namen meines alten Rivalen las: Tief in mir hoffte ich, nach all den Jahren könnte die alte Fehde vergessen sein. Denn was Max und mich angeht: Hätte jenes Mädchen, hätte die reizende Claudette nicht zwischen uns gestanden, so, glaube ich, wären wir beste Freunde geworden.

Weshalb also gerade ich am Morgen des 14. März die Ortsgrenze Linkenheims passierte, ist schnell erklärt und dürfte den meisten, die sich mit den eigenartigen Vorkommnissen in diesem Ort befasst haben, weitgehend bekannt sein. Denn ich, Claus Theobald Gotthold Ecke, war ein Mann von der Statur des Schmiedegottes Vulcanus, allein ohne Klumpfuß. Meine Anwesenheit trieb vielen den Schweiß auf die Stirn, wiewohl meist ungerechtfertigt, denn im Grunde war ich ein friedliebender Mensch, der nur manchmal die Grenzen von Recht und Gesetz zwar achtete, aber doch brach. Darüber, wen ich wann und weshalb von seiner Meinung abgebracht, das heißt, meine Begabungen eingesetzt habe, wie Max es bezeichnete, möchte ich nicht sprechen. Auch meine Methoden sind mit Ausnahme derer, die über diesen Fall hinausgehen, nicht erwähnenswert.

An jenem 14. März also stellte ich bereits beim Eintritt in die Sphäre dieses widerspenstigen Dorfes eine gewisse Betriebsamkeit und Aufregung fest, die ich mir zuerst nicht erklären konnte. Ich vermutete, dass die einhellige Meinung der Bürger, sich nicht umsiedeln zu lassen, gar nicht so einhellig war, und dass es deshalb innerhalb der Dorfgemeinschaft zu Zerwürfnissen gekommen war.

Außer dass sich Linkenheim seit Jahren erfolgreich gegen eine Umsiedlung wehrte, wusste ich nicht viel über dieses Dorf. Mit den alten Zeichnungen, die ich davon kannte, hatte es jedenfalls nicht mehr viel gemein. Linkenheim war zu einer regelrechten Kleinstadt geworden. Nur mit Mühe erkannte ich den alten Rathausplatz in der Nähe der evangelischen Kirche als den damals so idyllischen Dorfplatz wieder. Es war Markt. Hunderte Menschen drängten sich und riefen sich Angebote zu. Ich beschloss, Abstand zu nehmen. Von den Leuten wollte ich vorerst nichts. Mich interessierten die Beweggründe des damaligen Bürgermeisters, eines frommen Mannes namens Samuel Nees. Da mir bekannt war, dass das alte Rathaus leer stand – dies war an den schwarz gähnenden Fenstern und den verwahrlosten Blumenkästen unschwer zu erkennen –, spazierte ich in das Tiefgestade hinab Richtung Rhein, eine Gegend, die erst in den vergangenen zehn Jahren zu ihrer jetzigen Blüte gelangt war. Die Einfamilienhäuser waren ebenso modern wie die der Neubausiedlungen Karlsruhes, wenn auch nicht so dicht gedrängt.

Vom obersten Punkt des Tiefgestades aus hatte ich einen weiten Blick über die westlich dem Dorf angrenzenden Felder, die bis zum

Rhein reichten. Als besonders auffällig erschien mir eine weitläufige, ungenutzte Rasenfläche, in die jemand in regelmäßigen Abständen und in zwei Reihen dicke Holzpflöcke in die Erde getrieben hatte. Hinter dem Feld schloss sich eine Holzscheune an, die größer war als jede Scheune, die ich je gesehen hatte. Über ihren Sinn konnte ich nur spekulieren: Für Vieh jedenfalls war sie zu groß, und zur Aufbewahrung landwirtschaftlicher Geräte zu hoch. Zudem wurden auf der Wiese allerhand bunte Zelte hochgezogen, und ich konnte mich nicht des Eindruckes erwehren, dass ein großes Fest bevorstand.

Erstaunt wandte ich mich ab und steuerte auf den weißen Prachtbau zu, der mich an die Bilder der kolonialen Herrenhäuser der Vereinigten Staaten erinnerte. Über dem zweiflügeligen Eingangstor prangte das in Blau und Gold gehaltene Emblem der Stadt: ein Schild, in dem sich Ruder und Fischerhaken kreuzen. Ein Fischerdorf, dachte ich.

Ich trat ein und ließ mich von seinem grauhaarigen Sekretär sogleich mit Herrn Samuel Nees bekanntmachen. Er stand in seiner breiten Amtsstube am Fenster und blickte in die Ferne hin zu der Scheune. Als er mich bemerkte, wandte er sich zu mir um und lächelte mich an.

„Nees", sagte er nur und reichte mir die Hand. Ich bin mir sicher, jeden anderen Gast hätte er mit seinem Tonfall sogleich für sich eingenommen. Aber nicht mich. Ich kenne die Wirkung eines charmanten Lächelns.

„Claus Ecke."

„Ich begrüße Sie herzlich hier in Linkenheim. Sie sind sicher gekommen, um mich zu überreden, der Rheinbegradigung zuzustimmen. Nun, Herr Ecke, ich versichere Ihnen, dass wir bereits alles mit Herrn Honsell geklärt haben. Im Übrigen haben wir diesbezüglich nicht nur eine sehr ausgeprägte eigene Meinung, sondern auch die volle Unterstützung des Stadtrats zu Karlsruhe. Seien Sie also gewiss, dass alle Ihre Bemühungen umsonst sein werden."

„Sie sind ein kluger Mann, Herr Nees, das muss ich gestehen. Trotzdem kann und will ich mich nicht so einfach von Ihnen abwimmeln lassen. Jedenfalls nicht, bevor Sie mir nicht haarklein erzählt haben, was Sie daran hindert, der Begradigung zuzustimmen."

„Nun, Herr Ecke …"

„Und bitte kommen Sie mir nicht mit scheinheiligem Lokalpatriotismus. Denn den kaufe ich Ihnen nicht ab. Nein, mir scheint der Grund ihrer Sturheit vielmehr in jener Scheune zu liegen, auf die sie vorhin so stolz hinabgesehen haben."

„Eine Scheune, Herr Ecke, ist er nur äußerlich."

„Darf ich aufgrund der Verwendung des männlichen Personalpronomens Er darauf schließen, dass sich die wahre Bedeutung dieser Scheune hinter einem maskulinen Genus verbirgt?"

Für einen Moment hatte ich den Bürgermeister aus der Fassung gebracht. Es war nur der Bruchteil einer Sekunde, in dem sich seine Lider so weit aufzogen, dass das gesamte Rund der Pupille zu sehen war. Doch das genügte. „Ihre Schlauheit, Herr Ecke, bestätigt sich ein weiteres Mal. Sie haben Recht mit Ihrer Vermutung. Morgen" und er sah mich freudig an, „morgen werden Sie alles erfahren."

„Was Sie vorhaben, interessiert mich nicht. Ich bin hier, um Sie umzustimmen, ihr zugegeben hübsches Dorf umzusiedeln. Mein Auftrag ist die Begradigung des Rheins. Nicht ihr mysteriöses Er."

„Lieber Herr Ecke." Samuel Nees trat zurück an das Fenster und öffnete es. Von draußen drangen geschäftiger Lärm und das heisere Flüstern von Winterfrische in die Stube. „Ich verspreche Ihnen, dass ich Ihnen in den nächsten Tagen unsere Entscheidung mitteilen werde. Bis dahin, fürchte ich, werden Sie sich noch gedulden müssen."

Als würde er von einem Magneten angezogen, steuerte er zielsicher auf eine Schublade seines Schreibtisches zu und nestelte ein Papier hervor. „Aber ich garantiere Ihnen, Herr Ecke", und er unterschrieb ganz unten rechts, „dass ihr Aufenthalt in Linkenheim angenehmer sein wird als in den nobelsten Hotels in Karlsruhe."

Ich nahm das Schreiben entgegen und registrierte nur das Wort „Empfehlung", das in geschwungener Schrift obenauf prangte.

„Gleich gegenüber, im Gasthaus Zum Löwen – das garantiere ich Ihnen – werden Sie einige süße Tage verbringen."

Für einen Augenblick überlegte ich, ob es meiner Sache dienlich wäre, härtere Geschütze aufzufahren und diesem charmanten Bürgermeister klarzumachen, dass jeder Versuch der Schmeichelei töricht sei und mich doch nicht umstimmen könne. Doch ich verwarf diesen Gedanken, verbeugte mich höflich und verließ die Amtsstube. Als ich mich beim Schließen der Tür noch einmal kurz umwandte, meinte ich, in den Augen des Herrn Nees gelesen zu haben, dass ihm diese Intention nicht verborgen geblieben war.

*

Im Gasthaus Zum Löwen richtete ich mich häuslich ein. Zwei Stunden lang lag ich auf dem Bett und fuhr mit meinen Blicken die Konturen jedes einzelnen Möbelstücks ab. Alles wirkte teuer, und ich fragte mich, woher ein Fischerdorf eine so tüchtige Summe Geldes erhalten hatte, sich derart herauszuputzen. Nun, aus den Briefen meines sogenannten Freundes Max Honsell war mir klar geworden, dass Karlsruhe, wer auch immer genau damit gemeint war, die Seite Linkenheims verteidigte und die Durchstiche der Rheinmäander in den letzten Jahren verstärkt geradezu blockierte.

Im Bücherschrank fand ich eine vollständige Ausgabe des Grimmschen Wörterbuchs, das ich mir sogleich vornahm und jedes maskuline Wort durchexerzierte. Es versteht sich von selbst, dass ich mit dieser Methode keinen Erfolg hatte. Was auch immer in dieser gigantischen Scheune vor sich ging: Ich musste, um es herauszufinden, entweder warten, bis sich das Geheimnis von selbst lüftete, oder ein wenig nachhelfen. Den Entschluss fasste ich bald.

Als es dunkel wurde und von draußen nur noch das Zirpen der Grillen zu mir hereindrang, begab ich mich auf einen Spaziergang, der mich wie zufällig über die Wiese hinweg zu der Scheune führte. Die beiden Kerle, die stramm vor dem Tor standen und die Felder peinlich genau nach Schnüfflern wie mir absuchten, störten mich wenig. Ich baute mich vor den beiden auf und sorgte dafür, dass sie mich im Schein der Petroleumlampen gut sehen konnten. „Hier ist kein Durchkommen, Herr! Ein Befehl des Bürgermeisters!"

„Was ist denn in der Scheune? Ich bin Gast hier und interessiere mich natürlich dafür. So eine große Scheune sieht man nur selten."

„Das wird erst morgen preisgegeben. So lange werden Sie sich noch gedulden müssen."

Ich starrte ihn streng an, konzentrierte mich auf ihn. Fast konnte ich spüren, wie ich den Mut aus seinen Augen sog. Ich drohte ihm an, ihn zu verprügeln, wenn er und sein Freund nicht sofort gingen, er widerstand; ich bohrte tiefer, sah, wie das Bild eines kleinen Mädchen auf seiner Netzhaut aufflammte, und drohte ihm, ihr etwas anzutun. Ich malte Bilder, wie ich ihr die Kehle aufzuschlitzte, und all ihr Blut strömte über die Leinwand, rote Spritzer, die aussahen wie Flammen in ihrem lieblichen Gesicht. All das malte ich in nur einem einzigen Augenblick. Der Mann wurde bleich, fragte sich wahrscheinlich, ob er nicht zu viel in meinen Blick hineininterpretierte, doch ich beharrte.

„Komm!", sagte er zu seinem Freund und stieß ihn leicht in die Seite. „Komm, gehen wir lieber!" Er klang zittrig.

„Was sagst du da?", entgegnete sein Freund. Mein Blick wanderte zu ihm. Es benötigte gar keiner Bilder, bis er stumm nickte und seinen Freund am Ärmel davonzog.

Bald herrschte Stille um die Scheune. Da ich zu Recht annahm, sie wäre, da sie ja zwei stämmige Bewacher hatte, nur unzureichend abgeriegelt, griff ich in die Innentasche meines Mantels und förderte ein Etui mit allerlei kleinen Dietrichen zutage, die mir dabei halfen, das Vorhängeschloss zu knacken. Nach nur wenigen Sekunden landete es dumpf im Gras, ich hob es auf. Ich öffnete das Tor einen Spalt breit und trat ein.

Es war dunkel – wie vermutet. Ich hätte ohne Weiteres eine der Petroleumlampen von ihrer Halterung reißen und als Laterne verwenden können, um mir bessere Sicht zu verschaffen, doch ich hätte sie dann nicht wieder anbringen können. Unnötig auffällig wollte ich nicht handeln. Es sollte morgen ganz so aussehen, als sei kein Unbefugter in der Scheune gewesen. Die beiden Trottel würden schweigen; einerseits aus Angst, andererseits aus Scham.

Aus dem Löwen hatte ich eine Schachtel Schwefelhölzer mitgenommen. Als ich eine davon entzündete, schloss ich die Augen, um mich nicht zu blenden. Schwefelduft kitzelte meine Nase. Für einen Moment dachte ich an meine Kindheit, an ein Feuerwerk, ein Sommerfest.

Als ich die Augen öffnete, sah ich nur graue Konturen. Die Scheune war wirklich riesig. Mindestens hundert Meter in der Tiefe. Zuerst erkannte ich nichts Besonderes. Dann schälte sich eine graue Masse aus dem Schatten über mir, ein gewaltiger Ballon in Form eines Dampfzeppelins – oben der Gasraum, unten die Gondel. Das war es also. Ein Luftschiff hatten sie in Linkenheim gebaut.

Diese Erkenntnis benebelte mir für einen Moment die Sinne, doch als die Flamme erlosch und ich in der Dunkelheit stand, da begann ich, das Rätsel logisch anzugehen: Dampfbetriebene Luftschiffe gab es seit Jahren. Graf von Zeppelin hatte mit finanzieller Unterstützung des Staates etliche davon bauen lassen. Selbst in einem so abgelegenen Ort wie Linkenheim musste man das wissen. Welchen Grund könnte man also haben, in dieser Gegend einen Hafen zu bauen? Hafen. Maskulin. Ja, das könnte es sein.

Ich steckte das Schwefelhölzchen ein, verließ die Scheune, schloss das Tor und brachte das Vorhängeschloss in Ausgangsposition. Befriedigt, wenn auch nicht zufrieden, schlenderte ich zurück.

*

Ich muss zugeben, dass ich mit dem Kerl, der am Eingang des Dorfes hinter einer Ecke auf mich wartete, nicht gerechnet habe.

Noch ganz in Gedanken versunken, welcher Plan hinter dem Bau eines Luftschiffes stecken mochte, packte er mich plötzlich am Kragen und drückte mir mit beiden Daumen die Kehle zu. Er war stämmig und auf jeden Fall stärker als ich. Als er mich dann auch noch zu Boden drückte und das volle Gewicht seines Knies auf meinem Brustkorb lastete, war ich kurz unentschlossen, ob ich nicht einfach aufgeben und den Tod gleichsam auffordern sollte, mich mitzunehmen. Doch ich besann mich.

Wieder verengte ich die Augen. Es war zwar dunkel, aber ich hoffte, der Kerl würde sie im Schein der nahen Laternen wenigstens noch wahrnehmen. Anscheinend tat er es, denn allmählich lockerte sich sein Griff. Die Bilder, die ich ihm wie eine Brandmarke in die Augen drückte, möchte ich hier nicht beschreiben; aber sie waren grässlich. Die Schlimmsten, die ich je gemalt hatte. Sie wirkten sofort. Er stand auf, taumelte rückwärts. Als ich mich aufgerichtet hatte, trat ich ihm mit voller Wucht in den Magen. Röchelnd brach er vor mir zusammen.

Ich benötigte zwei Minuten, um mich von dem Schock zu erholen. Bevor ich meinen Weg jedoch fortsetzte, untersuchte ich die Taschen des Mannes. Zwar glaubte ich, dass mir der Bürgermeister, Samuel Nees, diesen Schläger auf den Hals gehetzt hatte, doch sicher ist sicher, dachte ich. Ich fand jedoch nur ein einziges Dokument in den weiten Taschen: einen kleinen, länglichen Zettel. Da es in der Gasse zu dunkel war, um ihn zu lesen, ging, nein, stolperte ich benommen zurück zum Löwen.

*

Obwohl mir alle Glieder schmerzten und ich, ohne nachzudenken, den ganzen Tag im Bett hätte liegenbleiben können, stand ich nach Sonnenaufgang draußen auf der Wiese und suchte mir einen geeigneten Platz auf einem Stein, um abzuwarten, was dieses Fest mit sich brächte. Es hatten bereits einige Leute Zelte aufgebaut und Fässer mit Wein und Bier heran gekarrt, ganze Schweine, um das Volk anzuheizen für diese neue Sensation. Bis zum Mittag war die Wiese überfüllt. Anscheinend waren auch aus Karlsruhe etliche Leute gekommen, um sich dieses Spektakel anzusehen. Selbst ein paar hohe Tiere, wie ich erkannte. Jede Sekunde fürchtete ich, von hinten könnte sich ein weiterer Attentäter an mich heranschleichen und mir mit einem Messer den Garaus machen, oder ein Bewohner würde kommen und rufen: „Der, der da hat uns gestern von der Scheune vertrieben." Doch nichts dergleichen geschah.

Dann endlich begann das Fest mit dem Läuten der Kirchturmglocken. Ihr hohler Klang dröhnte mehrere Minuten über der Wiese. Die Menschen verstummten, hörten auf zu essen und zu trinken. Alle drängten sich Richtung Scheune, wo ein paar Uniformierte dafür sorgten, dass niemand auf die Fläche zwischen den beiden Holzpflockreihen trat, die direkt an die Scheunentür anschloss. Dann stieg Samuel Nees auf ein Podest, räusperte sich hörbar und bekam von seinem Sekretär ein Sprachrohr überreicht.

„Liebe Gäste", ertönte seine Stimme verzerrt. Alle Augen richteten sich gespannt auf ihn. „Liebe Gäste, ich freue mich, dass Sie hier sind. Ich untertreibe nicht, wenn ich verkünde, dass heute ein Tag ist, den nicht nur sie nie vergessen werden, sondern auch ihre Kinder, Enkel und Großenkel, denen sie davon erzählen werden." Offensichtlich hatte er sich seine Rhetorik von Jahrmarktschreiern abgeschaut. Ich schüttelte den Kopf und versuchte, etwas näher an das Geschehen heranzukommen.

Vollmundig erzählte er, was für ein Glück es sei, dass dieser Tag nun endlich gekommen wäre, und dass man froh sein könne, dass sich Linkenheim nicht den Plänen, es umzusiedeln, angeschlossen habe, denn sonst, so betonte er oft, wäre die heute vorgestellte Technik viel zu früh entdeckt worden, und Linkenheim somit nicht mehr Vorreiter in Sachen Luftfahrt.

„Denn es nimmt nicht wunder, dass es von Zeppelinen nur ganz wenige gibt und viele Menschen eine nicht zu leugnende Scheu davor haben, in so ein Gerät einzusteigen. Der Dampfantrieb ist das Problem, genauer gesagt: sein Gewicht. Die Lenkung in der Luft ist schwerfällig, es können nicht viele Passagiere mitfliegen. Und genau das ist es doch, weshalb diese Maschinen erst gebaut wurden. Wir hingegen haben etwas Neues entwickelt, etwas Unglaubliches. Einen Antrieb, der leistungsfähiger ist als die Dampfmaschine und noch dazu leichter und vielseitiger einsetzbar. Meine Damen und Herren, liebe Gäste aus Karlsruhe, ich möchte Ihnen Herrn Alois Ratzel vorstellen, der Ihnen bis aufs Kleinste die Funktionsweise des Elektromotors erklären wird." Ein großer, hagerer Mann trat auf das Podium und übernahm das Sprachrohr. Während er in abgehackten Worten erklärte, wie seine Technik funktionierte, kramte ich in meinen Gedanken.

Elektromotor. Ja, vor einigen Jahren bereits hatte jemand versucht, die Dampftechnik durch Elektrotechnik zu ersetzen. Eigentlich ein schlauer Ansatz, jedoch ohne die geringste Chance gegenüber der Dampfmaschine, die uns, wie ich meine, bis in die kleinen Dinge des Alltags beeinflusst hat. Und letztlich war Herrn Ratzels Erfindung nicht Besonderes; denn das, was das Luftschiff zum Schweben brachte, war nicht der Motor, sondern der Wasserstoff im Gasballon. Was nun für den Vortrieb sorgte, wen interessierte das? Man hätte auch Ruderer einsetzen können.

Schließlich trat wieder Samuel Nees ans Pult. „Und nun ohne Umschweife: das erste elektrisch angetriebene Luftschiff – die Lohengrin."

Das Knarren des Scheunentors entlockte den Zuschauern ein erstauntes Raunen. Als die Scheune offenstand und mehrere starke Männer und übereifrige Jungs begannen, das Luftschiff an Seilen nach draußen zu ziehen, verstummte die Menge. Es dauerte fast eine halbe Stunde, bis die Lohengrin an Ort und Stelle stand.

„Und nun", fuhr der Bürgermeister fort, „haben viele von Ihnen die Ehre, auf der Jungfernfahrt der Lohengrin dabeizusein. Jeder, der von uns ein Billett zum Flug erhalten hat, wird nun gebeten, sich am Einstieg einzufinden. Na, trauen Sie sich?"

Und er betonte den letzten Satz so, als bestünde kein einziger Zweifel an der Sicherheit des Luftschiffes.

Gemächlich schlenderte ich durch die Menge. Die meisten Passagiere waren bereits an Bord, als ich ankam. Samuel Nees schaute kurz verdutzt drein.

„Herr Ecke, eine Ehre! Haben Sie etwa auch eine Karte?"

„Natürlich. Es gibt kaum etwas, worauf ich mich in letzter Zeit mehr gefreut habe, als mit der Lohengrin zu fliegen." Bewusst langsam zog ich das Billett aus meiner Jackentasche und hielt es Herrn Nees unter die Nase.

„Na, dann bitte, steigen Sie ein!"

Ich nickte und stieg die Treppe nach oben.

„Da haben Sie mir gestern ja einen schönen Streich gespielt, Herr Ecke", rief er mir hinterher.

*

Was die Größe der Gondel betraf, so hatte Samuel Nees Recht gehabt, damit zu prahlen. Soweit mir die Zahlen bekannt waren, passte nicht ein Sechstel der Passagiere in eine Zeppelingondel. Weinrote Lederbänke für je zwei Passagiere waren, über die Etage verteilt, um großzügige Tische angeordnet. Fensterplätze, konnte ich mir ausrechnen, mussten mindestens das Doppelte kosten. Im hinteren Teil gab es auch Einzelplätze, an denen zwei reiche Verliebte aus dem Fenster auf die Landschaft unter sich blicken konnten. Obwohl ich wusste, welche Platznummer meine Karte hatte, prüfte ich sie erneut. Siebenundvierzig. Gemächlich schlenderte ich an den belegten Plätzen vorbei und sog die freudig erregten Gesprächsfetzen wie einen süßen Duft ein.

Ich schmunzelte, als ich bemerkte, dass meine Karte einem dieser Verliebtenplätze zugeordnet war und mir eine junge hübsche Frau gegenübersaß. Ich mochte kaum glauben, dass ein grobschlächtiger Kerl wie der Attentäter hier hätte sitzen sollen. Mit einem Lächeln auf den Lippen ließ ich mich nieder. Ich bemerkte, dass das Mädchen mich geflissentlich ignorierte. Das sollte mir recht sein. Allzu leicht wollte ich es auch nicht haben. Sie würde sich schon zu Wort melden.

Erstaunlicherweise hielt sie es aus, bis die Lohengrin nach einer knappen Stunde endlich vom Boden abhob. Die meisten Fluggäste applaudierten und raunten, den ersten wurde bereits schwindlig. Nur meiner Tischnachbarin nicht. Sie stützte sich am Tisch ab und presste freudig lächelnd ihr Gesicht ans Fenster, um mehr von der langsam kleiner werdenden Außenwelt einfangen zu können. Ihre Hände waren gepflegt. Sicherlich stammte sie aus gutem Hause. Natürlich war nicht sie selbst so wohlhabend, sich eine Fahrkarte für die Jungfernfahrt der Lohengrin leisten zu können. Vermutlich war ihr Vater der Spendable gewesen, ein älterer Herr mit schwachem Herzen, der keine Anstrengungen mehr vertrug, denn ihr Mann, so sie verheiratet war, hätte seine Gemahlin sicherlich nicht alleine fliegen lassen.

Endlich ließ sie vom Hardtwald ab, der unter uns vorbeizog, und blickte mich an. „Wundervoll, nicht wahr?"

„Nicht mehr lange." Ich bemühte mich um ein charmantes Lächeln.

„Wie meinen Sie das?"

Ich beugte mich vor und grinste verschwörerisch. „Ich bin ein Saboteur, müssen Sie wissen."

„Ach ja?"

„Genau. Ich werde warten, bis das Luftschiff gelandet ist. Wenn alle Gäste dabei sind, auszusteigen, werde ich mich in den Maschinenraum schleichen und dafür sorgen, dass der Elektromotor Feuer fängt."

„Das ist ja interessant."

„Sie sagen es. Das Feuer wird sich schnell ausbreiten, immerhin besteht die gesamte Außenhülle um das Skelett aus Stoff. Sobald sich das Feuer bis nach oben in den Gasraum gefressen hat, wissen Sie, was dann passiert?"

„Sie werden es mir sicherlich sagen."

„Luft wird einströmen und sich mit dem Wasserstoff vermengen. Dieses Gemisch ist hochentzündlich. Das ganze Luftschiff wird in Flammen aufgehen."

„Ist nicht wahr."

„Oh, doch. Womöglich werden ein paar Menschen sterben, aber natürlich nicht ich, denn ich weiß ja, dass es passieren wird. Wenn hier alles in Flammen aufgeht, bin ich längst weg."

„Das ist ja spannend." Sie kicherte. „Sind Sie Schriftsteller?"

„So etwas in der Art, ja. Ich bin Maler."

Sie zögerte und sah mir in die Augen. Für einen Augenblick flammte etwas wie Sehnsucht in mir auf, und ich überlegte, ob ich es übers Herz brächte, auch ihr Leben aufs Spiel zu setzen. Du kennst mich, Edward: Ich habe nie daran gedacht, eine Familie zu gründen. Doch als ich diesem Mädchen gegenübersaß und sie mich ansah und kicherte, da habe ich es.

„Sagen Sie ..." Sie zögerte. „Sagen Sie, kennen wir uns?"

„Nein, woher?" Doch dann wurde es mir klar, und ich gab mir eine Ohrfeige dafür, dass ich sie nicht erkannt hatte. Natürlich sah sie anders aus, reifer, adretter, doch ihre Stimme, ihre Stimme hätte ich erkennen müssen.

„Na, sehen Sie, Sie erkennen mich doch."

„Claudette?"

„Das stimmt. Und du bist Claus, ja? Claus Ecke? Du hast dich wirklich verändert. Siehst finsterer aus als früher, wenn ich mir diesen Kommentar erlauben darf."

„Das liegt daran, dass ich dich nie bekommen habe." Ich versuchte, zu lächeln, doch es gelang mir nicht im Geringsten. Ich dachte an unsere gemeinsame Zeit und daran, wie sie mir und Max die kalte Schulter gezeigt hatte.

„Vielleicht hast du jetzt erneut die Gelegenheit."

„Ist aus dir und ... ist aus euch nichts geworden?"

„Er starb an einer Lungenentzündung. Noch vor der Hochzeit."

„Das tut mir leid."

„Nein, tut es nicht." Sie schien gar nicht betrübt zu sein, sogar irgendwie froh, mich dort getroffen zu haben. Während sie mich anstrahlte, entschloss ich mich dazu, meinen Plan nicht auszuführen. Wen interessierten Schecks? Wen interessierte die Rheinbegradigung und ob Karlsruhe in einer seiner kleinen Randgemeinden einen Luftschiffhafen bauen wollte.

„Du meinst, heute hätte ich eine Chance?"

„Nun, ein hübsches Geschenk musst du dir schon einfallen lassen. Sonst übertrumpft dich Max doch noch."

„Wieso? Was ist mit Max?"

„Na, er hat mich auf diesen Flug eingeladen. Hat sich wohl etwas davon versprochen. Jedenfalls erreichte mich vor zwei Wochen dieses Billett und ein großer Blumenstrauß. Dabei tut es mir so leid um ihn. Er war immer nur meine zweite Wahl, muss ich gestehen. Max war ja ..."

Während sie weitersprach, hörte ich nichts mehr um mich herum. Alles war dumpf und fern. Statt der Gespräche der Fluggäste drängten sich mir andere Geräusche auf. Das Flattern der Propeller, das Surren der Elektromotoren, das Zischen entweichenden Gases, ganz fern nur das Schreien der Menschen, als die Gondel absackte.

*

Du weißt, Edward, was damals geschehen ist. Es gab noch einen dritten Passagier, der von Max Honsell ein Billett erhalten hatte. Ein Mann Mitte Vierzig, schwer krank, Frau, vier Kinder, wenig Geld. Er hatte sich während des Fluges in den Maschinenraum geschlichen und ein Feuer gelegt. Es dauerte nicht lange, bis die gesamte Lohengrin in Flammen stand. Geistesgegenwärtig gelang es mir, das Fenster einzutreten und hinauszuspringen. Im Fall spürte ich, wie die Hitze des Großbrandes langsam von mir abließ. Ich wurde bewusstlos, noch während ich fiel. Den Berichten meiner Retter zufolge war ich im Hardtwald gelandet und in einer Baumkrone hängengeblieben. Die meisten anderen Passagiere hatten den Unfall nicht überlebt.

Auch ich, weißt du, habe etwas verloren. Stichflammen und Feuerzungen, die ich in den wenigen Sekunden nach der Explosion gar nicht wahrgenommen hatte, haben mir die linke Seite meines Gesichtes verbrannt. Ich bin entstellt, auf einem Auge blind, ein Monster. Die Menschen meiden mich, so wie sie es auch damals getan hätten, wenn sie einen Blick in meine Seele hätten werfen können. Ja, nun sehe ich so aus, wie ich wirklich bin.

Der Elektromotor wurde für zu unsicher erklärt; die Lohengrin war – ironischerweise – das Flaggschiff der Verteidiger der Dampftechnik geworden. Die Stadt Karlsruhe, die das Projekt Lohengrin *von Anfang an unterstützt hatte, wälzte jede Schuld auf Linkenheim ab und forderte als Wiedergutmachung eine Strafzahlung, die das Dorf in den Ruin trieb. Bezahlt werden konnte die Schuld nur durch die Umsiedelung, die der neue Bürgermeister unterwürfig akzeptierte, um sein Dorf wieder in einen reinen Ruf zu bringen. Der letzte Durchstich des Rheins ließ nicht lange auf sich warten. Tullas Traum war endlich erfüllt worden.*

Ich danke dir, Edward, dass es dir nach all der Zeit gelungen ist, Max Honsell ausfindig zu machen. Ich suche schon lange vergeblich nach ihm. Sein doppeltes, nein, sein dreifaches Spiel kostete so vielen Menschen das Leben, dass ich ihm niemals verzeihen kann, kostete Claudette das Leben. Ich habe nie erfahren, was genau er damit bezweckt hat. War es neben seinen verfluchten Rheinplänen, neben Tullas verdammtem Traum einzig und allein Rache an mir und Claudette? Kann es sein, dass sein Hass auf uns derart brannte?

Ich schwöre dir, Edward, ich werde es von ihm erfahren. Jede einzelne Silbe seines fadenscheinigen Grundes werde ich ihm aus den Augen saugen. Und dann, dann werde ich ihn Bilder sehen lassen, so grässlich, dass niemand sie vergessen kann, ein Bild einer Sommerfeier mit Kindern und Freunden und einem Feuerwerk, mit Pinselstrichen als Funken und einem ganzen Farbeimer als Feuer. Ein Gemälde wird es sein – aus Blut und Knochen und Flammen. Ich habe es nur für ihn gemalt.

Max Pechmann

Ärger mit Mimi

Es handelte sich hierbei um Mord. Da bestand gar keine Frage. Der Mann lag quer auf dem Bett, in seinen starren Augen ein Ausdruck zwischen Schock und Verblüffung. Der Anschlag schien demnach völlig unerwartet gekommen zu sein. Der Dolch war gekonnt platziert. Er steckte in einem leicht schrägen Winkel mitten in seiner Brust. Das Bettlaken hatte sich rot gefärbt, so als hätte jemand darüber Kirschsaft verschüttet.

Doch wer war der Mörder?

Madame Rogue und ich betrachteten mit nicht geringem Schrecken die Dame, mit der sich der Mann zuvor in die Kabine zurückgezogen hatte. Wenn nicht sie, wer dann? Aber, und das bereitete uns weit größeres Kopfzerbrechen, wie konnte das überhaupt möglich sein? Mimi hockte am Bettrand, den Kopf nach unten gebeugt und rührte sich nicht. Ihr Oberkörper war nackt, so dass auf ihrem Rücken das winzige Loch ihres Aufziehmechanismus zu erkennen war. Diese Kontaktstelle tarnten wir stets als Leberfleck. Die Kunden dachten in der Regel an ganz andere Sachen, sodass sie die Miniaturöffnung überhaupt nicht wahrnahmen. Augenscheinlich hatte der Mechanismus aufgehört, zu funktionieren.

Mimi wie auch alle anderen zehn Damen waren darauf programmiert, ihren Kunden jeden noch so exquisiten Wunsch zu erfüllen. Sie konnten nichts anderes. Natürlich konnte man sich mit ihnen unterhalten. Doch wenn jemand mit ihnen über Politik, Wirtschaft oder Religion diskutieren wollte, waren sie heillos überfordert. Eine jede von ihnen besaß eine ganz besondere Ausstrahlung. Ein Wimpernschlag, die Bewegung ihrer gefährlich roten Lippen oder eine einzige Handbewegung brachte die Luft um sie herum zum Knistern.

Doch das war nicht das Einzige, was sie zu etwas Besonderem machte. Die Lokalität, in der sie sich aufhielten und welche Madame Rogue und meine Wenigkeit führten, besaß eine ebenfalls nicht zu verkennende Originalität. Es handelte sich dabei um einen rosa angestrichenen Zeppelin mit dem Namen Madame Rogues fliegender Nachtklub. Natürlich unterlagen wir strengen Auflagen, die sich nach dem Krieg noch verschärft hatten. So mussten wir dem Operator in Berlin von allen unseren Flügen und Gastierungen in Kenntnis setzen und um Erlaubnis fragen, wenn wir Preußens Grenzen überschreiten wollten, um in den angrenzenden Regionen erwartungsvolle Kunden zu betreuen. Unsere Kontakte mit Personen aus Politik, Adel und Wirtschaft erleichterten natürlich unsere Vorhaben ein wenig. Sie besuchten unser Lokal inkognito. Manche bezahlten den halben Preis, dafür erhielten wir gewisse bürokratische Vorteile.

Aber Mord ist und bleibt nun einmal ein Problem, das man nicht schönreden kann. Besonders dann, wenn es sich bei dem Opfer um Oberfeldmarschall Rüsendorf handelt.

„Wir müssen Mimi von hier wegbekommen", flüsterte ich. In den übrigen Kabinen ging es gerade ziemlich zur Sache, aber man wusste ja nie, ob nicht doch jemand unser Gespräch belauschte.

„Die werden sie trotzdem finden und uns danach die Hölle heiß machen", lautete Madame Rogues Antwort. Heute trug sie ein violett schimmerndes Kleid, das ihre Rundungen vortrefflich zur Geltung brachte. So weit ich wusste, hatte sie früher als Straßenhure gearbeitet. Irgendwann hatte sie einen Grafen als Kunden gehabt, der sich bis über beide Ohren in sie verliebt hatte. So ziemlich sein ganzes Geld wanderte in ihre Taschen. Kurz vor seinem Tod vermachte er ihr sein restliches Vermögen. Statt sich zur Ruhe zu setzen, war Madame Rogue auf die skurrile Idee eines fliegenden Bordells gekommen. Was soll ich sagen? Das Geschäft lief mehr als nur zufrieden stellend. Unsere Kunden kamen aus allen Herren Ländern und waren allesamt gut betucht. Doch nun dies. Der Mord an Oberfeldmarschall Rüsendorf konnte unseren Ruin und im schlimmsten Fall unseren Tod bedeuten.

„Was sollen wir dann machen?" wollte ich wissen. Kalter Schweiß trat auf meine Stirn. Ich war verantwortlich für Buchhaltung und Organisation. Bevor ich Madame Rogue getroffen hatte, hatte mich die Anker-Versicherung in Wien im hohen Bogen rausgeschmissen. Da ich ein leidenschaftlicher Leser von Zolas verbotenen, weil hocherotischen Schriften bin, hatte ich mich kurzerhand in den Schnellzug gesetzt, um nach Paris zu fahren. Dort musste ich jedoch feststellen, dass sich Zola aus Angst, von der preußischen Regierung eingekerkert zu werden, nach Amerika abgesetzt hatte. Die Suche nach Zola führte mich zu Cezanne. Und Cezanne brachte mich in Kontakt mit Madame Rogue, die verzweifelt auf der Suche nach einem geeigneten Mitarbeiter gewesen war.

„*So gut wie nichts*", sagte sie. „*Rüsendorfs Meldeapparat wird sicher längst Alarm geschlagen haben.*"

Der Meldeapparat war ein winziges Kästchen, das jeder Militär und Beamter mit höherem Rang in seiner Brust eingepflanzt hatte. Er funktionierte durch Dampfkraft und gab dem Operator in Berlin an, wo sich z.B. Rüsendorf befand und ob er noch lebte. In diesem Fall meldete der Apparat wahrscheinlich, dass Rüsendorf tot auf einem Bett in Madame Rogues fliegendem Nachtklub lag.

In der Tat vernahm ich von draußen bereits das Rattern und Surren verschiedener Fluggeräte. „*Hier spricht die Polizei! Landen Sie auf der Stelle! Sofort landen!*" Die Stimme dröhnte blechern aus einem Sprachrohr.

Ich blickte aus einem der Bullaugen und sah zwei Propellermaschinen sowie einen Streifenzeppelin.

„*Machen wir lieber, was diese Nichtsnutze sagen*", meinte Madame Rogue.

Ich lief nach vorne ins Führerhaus und setzte den automatischen Piloten außer Kraft. Danach leitete ich die Landung ein.

„*Rüsendorf hat es also erwischt*", murmelte der vom Operator eingesetzte Kriminalbeamte vor sich hin. Sein Name lautete Heinrich Baal und er besaß ein schmales, kantiges Gesicht sowie stahlblaue Augen, die den Anschein vermittelten, dass mit ihm keineswegs zu spaßen war. Sein schwarzer Ledermantel, sowie seine schwarzen, knirschenden Lederhandschuhe, schienen dies zusätzlich zu unterstreichen. Er schritt um das Bett herum und nahm Mimi flüchtig unter Augenschein. In den Gängen sowie in der Bar herrschte große Unruhe. Die Polizei hatte die übrigen Kunden aus den Kabinen gestöbert. Halb nackt und mit hochroten Gesichtern starrten Unternehmer, Grafen und ein verkleideter Abt, der unbedingt wollte, dass wir Clarissa Jungenkleider anzogen, im Zeppelin herum. Besonders der Großindustrielle Gruber tat äußerst empört. Aber was nutzte das schon? Gegenüber dem Operator, einer Art selbst reflektierenden Rechenmaschine, die außer Reichskanzler Bismarck, so die Gerüchte stimmten, noch nie jemand zu Gesicht bekommen hatte, hatte keiner etwas zu melden. Da halfen auch keine Flüche oder die Drohung mit dem Anwalt.

„*Ist sie die Täterin?*" fragte Baal mit einer unheimlichen Geduld.

Madame Rogue eilte heran. „*Das kann nicht sein, Herr Baal. Sie ist nur eine mechanische Puppe. Mimi erledigt nur das, was man ihr aufgibt.*"

Baal grinste zwielichtig. „Mit der Betonung auf erledigt, wie?" Er knirschte mit seinen schwarzen Handschuhen. „Rüsendorf war nicht sonderlich beliebt in der Truppe. Zum Schluss versetzte ihn der Operator in eine Spezialeinheit, deren Aufgaben streng geheim sind. Befindet sich außer Ihnen und Ihren Damen sowie Ihren Gästen noch jemand an Bord?"

Ich schüttelte den Kopf. Vor Nervosität brachte ich keinen einzigen Laut hervor.

„Niemand sonst", erwiderte Madame Rogue. „Und bevor Sie meine Gäste verdächtigen…"

„Ihre Gäste, Madame Rogue, sind allesamt Schwächlinge. Sie haben Angst vor echten Frauen und vergnügen sich deswegen lieber mit Ihren Puppen. Keiner dieser Waschlappen brächte einen Mord zustande. Nicht einmal einen Kratzer. Und was den Dolch betrifft…" Hier beugte sich Heinrich Baal über das Bett, umfasste knirschend den Griff des Mordwerkzeugs und zog es heraus. „Die gerade Klinge sowie der glatte Griff sind mir völlig unbekannt. Vielleicht ein ausländischer Mörder?" Er legte den Dolch zurück aufs Bett.

„Zur Zeit gondeln wir nur zwischen Frankreich und Preußen", erwiderte Madame Rogue.

„Frankreich ist Preußen, Madame Rogue", verbesserte sie Baal. „Aber vielleicht Widerständler?"

Madame Rogue seufzte. „Sie wissen selbst, dass Jules Verne, der Anführer dieser Gruppe, seit kurzem hinter Gittern sitzt."

„Was ist mit Emile Durkheim? Hatten Sie nicht regelmäßig Kontakt zu ihm?"

„Hatte, Herr Baal. Ein Sozialphysiker, der felsenfest davon überzeugt ist, dass die Frauen in Paris die kleinsten Gehirne auf der ganzen Welt haben, kann ich nicht unbedingt zu meinen Freunden zählen."

Baal zuckte mit den Schultern. „Dann nicht. Was ist mit Engländern? Ich könnte mir denken, dass Großbritannien durchaus seinen Spaß daran haben könnte, uns heimlich zu pisacken. Einen offenen Konflikt scheuen diese Kerle wie die Pest."

Madame Rogue schüttelte ihren rotlockigen Kopf. „Auch da muss ich Sie enttäuschen."

Baal deutete auf einmal mit dem knirschenden Zeigefinger auf Mimi. „Hat sie etwas gesehen? Kann sie sich erinnern?"

Madame Rogue wandte sich mit einem fragenden Blick zu mir. Mein Herz pochte mir bis zum Hals. Ich glaube, ich stotterte ein wenig, als ich sagte: „Mimi und die anderen haben kein Gedächtnis,

Herr Baal. Sie reagieren nur auf bestimmte Ereignisse. Das heißt, sie können einfache Gespräche führen und…"

„Den Rest müssen Sie mir nicht erklären, Herr…"

„Korda. Hermann Korda."

„Also kein Franzose?" Sein skeptischer Blick musterte mich eingehend.

„Ich stamme aus Prag."

Baals Augenbrauen hoben sich. „Ein Hexenmeister?"

Ich rieb mir nervös die Hände. „Eben nicht, Herr Baal. Ich kann nicht zaubern. Genau deswegen musste ich Prag verlassen. Ich wurde Buchhalter…"

„Ersparen Sie mir Ihre Biographie, Korda. Haben Sie diese Puppen zusammengebaut?"

Ich schüttelte den Kopf. „Mimi, Clarissa und die anderen haben wir im Schwarzwald erworben." Dass Mimi die neueste Errungenschaft war, behielt ich lieber für mich. Baal hätte sonst sicherlich erneut angenommen, dass Mimi…

Baal betrachtete Mimi nachdenklich. Er legte seinen knirschenden Zeigefinger an seinen rechten Nasenflügel und sagte: „Ich möchte selbst sehen, wie sich eine mechanische Puppe wie diese hier verhält."

Erneut brach mir der kalte Schweiß aus. „Ich… ich muss Mimi erst aufziehen, Herr Baal. Ihr Mechanismus… Autsch!"

Madame Rogue war mir mit ihrem spitzen Absatz auf den Fuß getreten. Erst konnte ich beim besten Willen nicht nachvollziehen, aus welchem Grund sie dies getan hatte. Doch dann fiel es mir wie Schuppen von den Augen. Sie glaubte doch wohl nicht im Ernst, dass Mimi…?

Nun gut, wir besaßen diese Puppe erst seit gut einem Monat. Wie alle anderen stammte sie von dem Spieluhrenbauer Ludwig Knister, der abseits jeglicher Zivilisation in einem windschiefen Bauernhaus mitten im Schwarzwald lebte. Ich wusste nicht, wie Madame Rogue auf ihn und seine Kreationen gekommen war. Sicher war nur, dass sein Gesamtwerk das Wörtchen kurios bei Weitem übertraf. Sein Haus stand voller seltsamer Apparate, deren Äußeres Mal an exotische Tiere, mal an staubige Clowns und gelegentlich an normale Personen erinnerte. Er besaß einen winzigen Napoleon, den er ab und zu auf Mäusejagd schickte, da er tatsächlich in jedes Mäuseloch passte. Ein mechanischer Affe schwang sich von einem Deckenbalken zum anderen. Als ich bei Madame Rogue zu arbeiten begann, besaß sie bereits elf Puppen. Nana ging jedoch zu Bruch, nachdem sie von einem eifersüchtigen Kunden mit Säure übergossen worden war.

Deswegen steuerten wir Ludwig Knisters Kuriositätenkabinett an, um eine neue Dame zu erwerben. Nana hatten wir bei ihm abgeben müssen, da er alte Bauteile, die noch zu gebrauchen waren, gerne weiter verwendete. Die Konstruktion einer solchen Puppe blieb Knisters strengstes Geheimnis. Niemand durfte ihm dabei zusehen. Soweit ich mich erinnern kann, konnten wir Mimi nach etwa einer Woche bei ihm abholen.

„Na wird's bald, Korda?" fuhr Baal mich an. Sein kalter Blick bohrte sich tief in meine Augen.

Die Aufziehschlüssel für die Damen hingen an einem Goldkettchen, das ich um den Hals trug. Für jede seiner Puppen fertigte Knister andere Mechanismen an, sodass kein Schlüssel dem anderen glich. Mimis Schlüssel bestand aus reinstem Silber. Sein Bart besaß die ominöse Form eines Fledermausflügels.

Baal beobachtete mich dabei, wie ich meine Halskette abnahm und den winzigen Schlüssel herausfädelte. Zugleich verfolgte Madama Rogue jede meiner Bewegungen mit ängstlichem Blick, was dazu führte, dass meine Unsicherheit von Mal zu Mal zunahm. Aber was hätte ich sonst tun sollen? Jede Zuwiderhandlung hätte sicherlich die übelsten Konsequenzen mit sich geführt. Gegenüber Madame Rogue kam ich mir vor wie ein Verräter. Doch welches Geheimnis gab es da noch zu veräußern? Rüsendorf war ermordet worden und die einzig verdächtige Person saß neben seiner Leiche. Wahrscheinlich hätte ich an Baals Stelle dieselben Schlussfolgerungen gezogen. Jedenfalls dann, wenn ich keine Ahnung davon gehabt hätte, auf welche Weise diese Puppen funktionierten.

Ich schob den Schlüssel in das als Leberfleck getarnte Schloss. Interessanterweise reichten zehn Drehungen im Uhrzeigersinn vollkommen aus, um eine unserer Damen für etwa zweieinhalb Stunden funktionieren zu lassen.

Mimi erzitterte. Jemand, der nicht wusste, dass es sich hierbei um einen Mechanismus handelte, hätte dieses Zittern entweder einer sinnlichen Erregung oder einfach der kühlen Luft zugeschrieben. Ihr entblößter Oberkörper ließ durchaus beide Schlußfolgerungen zu. Sie legte ihren Kopf in den Nacken und drehte ihn nach links und rechts, so als wollte sie sich dadurch Enstpannung verschaffen. Darauf streckte sie ihre Arme von sich, wie jemand, der soeben aus einem erholsamen Schlaf erwacht war. Mimi gab tatsächlich so etwas wie ein Gähnen von sich. Schließlich stützte sie sich mit ihren beiden Händen am Bettrand ab und erhob sich.

Ihre grazilen Bewegungen machten sie zu etwas ganz Besonderem. Mit einem leichten Schwung ihrer wohlgeformten Hüften gelang es ihr, Eis zum Schmelzen zu bringen. Sie wandte sich zu uns um und formte ihre Lippen zu einem verführerischen Grinsen.

Ich bemerkte, wie Baal ihre runden Brüste anstarrte, so als würde er von ihnen hypnotisiert werden.

Mimi hatte wirklich einen perfekten Körper. Sie war die Edelste unserer Damen und daher nur bestimmten Personen vorbehalten. Unglücklicherweise auch Rüsendorf.

„Sie sehen mich an, als wäre ich ein Gespenst", bemerkte Mimi. Ihre sanfte, wohlklingende Stimme erfüllte den Raum wie ein angenehmer Duft. Ludwig Knisters Werk war schlicht und ergreifend eine absolute Perfektion.

Baal starrte noch immer auf ihre Brüste.

„Zieh dich lieber an, Mimi. Du erkältest dich sonst noch." Madame Rogue machte eine leicht tadelnde Handbewegung.

„Oh", erwiderte Mimi und grinste dabei schälmisch. Sie zog ihr Kleid empor und schlüpfte hinein.

Baal räusperte sich. „Ich muss Sie dazu auffordern, mir einige Fragen zu beantworten."

Mimis Augen bekamen einen überraschten Ausdruck. „Sie wollen wirklich nur reden?"

„Mimi!" zischte Madame Rogue.

Baal deutete mit seinem knirschenden Handschuh auf das Bett. „Können Sie mir erklären, wie es dazu gekommen ist?"

Mimi blickte auf die Matratze. „Na nu, da ist ja schon einer."

„Mimi", sagte Madame Rogue in angespanntem Ton, „dieser Herr ist tot."

„Ist das Rote etwa Blut?"

„Ganz Recht", fuhr Baal sie an. „Blut. Das Blut von Oberfeldmarschall Rüsendorf! Preußisches Blut! Können Sie mir also sagen, was hier passiert ist?"

Mimi zuckte mit den Achseln. „Was geschehen ist? Wie soll ich das wissen, mein Herr? Ich bin gerade erst zu mir gekommen. Wenn dieser Mann tot ist, dann ist das sein Problem."

Die Stille, die nach diesem letzten Satz den Raum hallte, brachte mich fast zum ersticken.

„So, so, sein Problem? Was würden Sie denn antworten, wenn ich Ihnen sage, dass Sie für seinen Tod infrage kommen?"

Mimi spielte verlegen mit ihrem Ohrläppchen. „Ich?"

„Ganz recht. Sie!"

Mimi wandte sich empört an meine Chefin. „Madame Rogue, ich verlange eine Erklärung!"

„Diese Erklärung verlange ich vielmehr von Ihnen!" fuhr Baal dazwischen. Seinem harten Gesichtsausdruck war zu entnehmen, dass ihm dieser Zwischenfall zunehmend auf die Nerven ging.

Ich befürchtete, dass Mimi den Bogen überspannen und uns damit alle dem Henker ausliefern würde. Als wir damals Mimi abgeholt hatten, besaß sie bereits jene Art von Zickigkeit, die manche Menschen schier in den Wahnsinn trieb. Sie konnte stur sein wie ein Esel. Doch es viel mir schwer, zu glauben, Mimi würde tatsächlich versuchen, einen Mord zu verschleiern. Gut, sie war nun mal etwas anderes als unsere übrigen Damen, doch…

Heinrich Baal schaute hinüber zur Bar, wo noch immer unsere Kunden von seinen Männern festgehalten wurden. Er vollführte einen knirschenden Wink mit seiner rechten Hand und sagte: „Führen Sie die Herren in den Streifenzeppelin. Ich werde mich später mit ihnen beschäftigen."

Die Polizisten packten ihre Gefangenen und stießen sie aus unserem Nachtklub über die Rampe zu Baals eigenem Luftfahrzeug.

„Was hat das zu bedeuten?" fragte Madame Rogue.

Mir wurde beinahe schwindelig vor Angst. Baal griff in die Innentasche seines schwarzen Mantels, während er uns nicht aus den Augen ließ. Zu meiner Erleichterung zog er jedoch keine Pistole, sondern zwei Zettel hervor. Er drehte die beiden Blätter um, sodass wir auf die Porträts zweier junger Männer sahen, von denen der eine groß und dünn und der andere, etwas kleiner und rundlicher aussah.

Mimi klatschte entzückt ihre Handflächen aneinander. „Hendrik und Henri!"

Madame Rogue und ich wechselten erstaunte Blicke. Wer waren diese beiden Männer und aus welchem Grund konnte sich Mimi an sie erinnern?

Baal grinste, was seinem ganzen Gesicht einen überaus finsteren Ausdruck verlieh. „So viel zum Thema Erinnerungslücke. Meinen Sie nicht auch, Herr Korda?"

Ich schüttelte meinen Kopf und brachte nur stotternden Unsinn heraus.

Madame Rogue blieb gelassen. „Was soll das? Wer sind diese beiden Männer?"

Baal hielt ihr die beiden Photographien triumphierend vor die Nase. „Der dünne Mann ist Hendrik Anton Lorentz. Der andere Henri Poincaré. Und das sagt Ihnen wirklich nichts?"

„Ich habe diese beiden Personen noch nie gesehen", beharrte Madame Rogue darauf.

„Ach ja? Und das, obwohl beide bei Ludwig Knister ein- und ausgehen?"

Ich bekam so etwas wie Schüttelfrost. Als wir Mimi damals abgeholt hatten, erklangen aus Knisters Haus tatsächlich Geräusche, die darauf schließen ließen, dass der alte Mann nicht allein gewesen war. Ich meine damit keine Apparate. Die Stimmen klangen durchaus menschlich. Doch damals hatte ich kaum einen weiteren Gedanken daran verschwendet. Mimi beanspruchte meine volle Aufmerksamkeit. Ich will ehrlich sein: ich hatte mich vom ersten Moment an in Mimi verliebt.

Madame Rogue stemmte ihre Hände in die Hüften. „Klären Sie uns doch bitte zunächst einmal auf, um wen es sich bei diesen beiden Männern handeln soll."

Baals Grinsen wurde breiter. „Wie Sie wollen, Madame. Lorentz als auch Poincaré sind Physiker. Von Rüsendorf hatte den Auftrag bekommen, beiden nachzustellen. Dies brachte ihn auf Ihre Spur, Madame Rogue, und in die tödliche Umarmung von Mimi."

„Wenn Sie schon alles wissen, wieso verhaften Sie uns dann nicht gleich? Außerdem gehörte Rüsendorf zu unseren Stammgästen. Mimi war für ihn reserviert."

In diesem Moment zog ein flüchtiger Hauch von Unsicherheit über Baals Miene. „Sagt Ihnen der Begriff corps obscur etwas?"

Madame Rogue verschränkte ihre Arme vor der Brust. „Was soll das sein?"

Mimi kicherte.

„Was ist daran so witzig?" wandte sich Baal an sie.

„Henri nannte mich immer so. Ich sei sein corps obscur. Dieser Schlingel."

Baals stechende Augen schienen es auf unsere Kehlen abgesehen zu haben. Zum Glück entspannte er sich wieder und faltete die Photographien mit dem üblichen Knirschen zusammen. „Wir Preussen bevorzugen natürlich den Begriff Dunkler Körper. Die Organisation, in der Rüsendorf mitarbeitete, bekam vom Operator den Auftrag, eben jene dunklen Körper herzustellen. Vergeblich, wie ich leider zugeben muss. Deswegen wurde Rüsendorf auf Hendrik Anton Lorentz und Henri Poincaré angesetzt, in der Hoffnung, beide zu finden und zu … ich sage mal, zu überreden, mit uns zusammenzuarbeiten. Es besteht nämlich der Verdacht, dass beide ihr gefährliches

Wissen Österreich-Ungarn anvertrauen wollen oder bereits schon haben."

Madame Rogue seufzte. „Ich weiß immer noch nicht, was das mit uns zu tun haben soll."

Baal hielt sich seinen knirschenden Zeigefinger kurz an die Oberlippe, was ihm das unweigerliche Aussehen eines Bartträgers verlieh. „Sie können mich nicht für dumm verkaufen, Madame Rogue. Es besteht der Verdacht, dass Ludwig Knister ebenfalls für die Habsburger tätig ist. Er baut unglaubliche Automaten, die leicht mit tatsächlichen Lebewesen zu verwechseln sind. Doch so lange wir keine eindeutigen Beweise haben, können wir gegen Knister nichts unternehmen. Daher lässt der Operator Knister überwachen. Vielleicht ergeben sich dadurch wichtige Hinweise. Doch wenn es herauskommen sollte, dass Sie und Ihr Prager Schützling mit den Habsburgern unter einer Decke stecken, dürfte das Spiel schnell für Sie aus sein."

Ich schluckte laut.

Madame Rogue vollführte mit ihrem Kopf eine überaus trotzige Bewegung. Doch zu meiner Erleichterung ließ sie es nicht dabei bewenden. „Knister bezeichnete Mimi als etwas ganz Besonderes", erklärte sie. „Ich wusste jedoch nicht, was er damit meinte. Sie ist sehr edel gearbeitet. Wenn es tatsächlich etwas mit diesen ... corps obscur zu tun haben soll, dann klären Sie uns bitte auf. Immerhin sind wir ein Nachtklub und kein Mörderklub."

Heinrich Baal faltete seine knirschenden Hände. Er machte den Eindruck eines Restaurantkritikers, der sich auf den Nachgeschmack der eben verzehrten Speise konzentrierte. „Nun gut. Lorentz und Poincaré kamen auf die Idee, dass es Kraftfelder geben könnte, die sich durch eine gewisse Dunkelheit bemerkbar machen, da sie alles, was sie umgibt, in sich einsaugen. Unter anderem auch Licht. Normalerweise existieren diese mysteriösen Gebilde nur im Weltenraum. Doch Lorentz und sein französischer Freund glauben daran, dass es möglich ist, solche Körper auch künstlich zu erzeugen. Die Folge davon? Ganz einfach, sie als Waffen einzusetzen. Daran arbeiten die Habsburger unter dem Deckmantel Armer Augustin. Als der Operator Wind davon bekam, strengte er unsere Denker dazu an, dies ebenfalls zu versuchen, um dadurch den Österreichern zuvorzukommen. Sie wissen vielleicht, dass zwischen uns und denen eine latente Feindschaft herrscht, die jederzeit in einem offenen Krieg ausarten könnte. Wer die besseren Waffen besitzt, gewinnt. Informanten zufolge soll es dem Holländer und dem Franzosen gelungen sein, solche Dunklen Körper auf künstlichem Wege herzustellen."

Auf einmal ging mir ein Licht auf. „Dann wurde ein solcher Körper in Mimi…?"

Madame Rogue gab mir eine schallende Ohrfeige. „Ich bezahle Sie nicht, um Vermutungen anzustellen. Kümmern Sie sich lieber um die anderen Damen."

Heinrich Baal bleckte seine gelblich verfärbten Zähne. „Nein, nein, lassen Sie Korda ruhig weiterreden. Ich bin so gespannt darauf, zu erfahren, was Ihrer Mimi geschehen ist. Fahren Sie doch fort, Korda. Vielleicht kann ich für Sie beim Operator ein gutes Wort einlegen."

Mimis Kichern veränderte die für mich äußerst unangenehme Situation mit einem Schlag. Auf Madame Rogues Stirn zogen jedoch weiterhin dunkle Wolken vorbei. Aber was sollte ich tun? Ich habe mein Mundwerk manchmal einfach nicht unter Kontrolle.

„Korda muss nichts erklären", sagte Mimi. „Ich glaube, ich kann es Ihnen zeigen."

„Zeigen?" staunte Baal. „Was denn zeigen?"

„Henris Geschenk. Daran kann ich mich erinnern. Ich hatte zuvor noch nie etwas bekommen."

Baal machte eine ungeduldig-knirschende Geste. „Na dann zeigen Sie es."

„Sie sollten ein bisschen näher kommen."

Baal errötete etwas. „Wenn es der Sache dient…" Er trat zwei Schritte auf Mimi zu, sodass beide nur noch um wenige Zentimeter voneinander entfernt standen.

Zu meiner größten Überraschung berührte Mimi ihre rechte Brust und drückte sanft dagegen. Ihre Augen schlossen sich verführerisch.

Baal schien verwirrt. Er betrachtete Mimis lasziva Vorgehen, ohne ihre Hand auch nur eine Sekunde aus den Augen zu lassen.

Sie öffnete ihren Mund. Ich vernahm so etwas wie ein leises Sausen. Es besaß durchaus Ähnlichkeit mit dem Geräusch des Windes, wenn er um eine Hausecke fegte. Der Abstand zwischen Mimis Lippen wurde größer und größer. Ihr Schädel fuhr wie ein Flaschenzug in die Höhe, während ihr Unterkiefer an derselben Stelle blieb. Das Sausen wurde parallel dazu ständig lauter. Ich bemerkte, wie sich Baals Haare bewegten. Etwas später flatterte seine Kleidung. Mimi hatte inzwischen das Aussehen eines Nussknackers angenommen, dessen zerstörerische Werkzeuge weit auseinander standen. Ihre Augen starrten wie die einer wahnsinnig gewordenen Hexe auf Heinrich Baal, der nicht einmal mit den Wimpern zuckte. In ihrem weit offen stehenden Mund erkannte ich nichts als Schwärze. Normalerweise hätte ich angenommen, einen Blick auf ihre Zunge und vielleicht auch auf ihr Gaumenzäpfchen zu erhaschen. Aber nichts dergleichen. In ihr herrschte eine leere Dunkelheit, die an das Nichts zwischen den Sternen erinnerte.

Etwas schier Unglaubliches geschah nur wenige Sekunden darauf. Aus Mimis Mund streckten sich dicke, mit schwieligen Pocken übersäte Arme, deren Hände an knorpelige Äste erinnerten. Sie umklammerten Baals Kopf wie ein Schraubstock und zogen daran. Ich dachte, dieses Ding würde Baal in Mimis Mund ziehen. Stattdessen aber riss es ihm den Kopf ab, um kurz darauf wieder in der undurchdringlichen Finsternis zu verschwinden.

Baals übriger Körper stand noch einen Moment aufrecht, bevor er kerzengerade nach hinten kippte. Als er auf dem Boden aufschlug kullerten zwei kleine Zahnräder sowie eine Spule aus seinem Rumpf.

Mimis Mund schloss sich mit einem kaum wahrnehmbaren Summen, wobei das Sausen nachließ.

Madame Rogue stand für einen Augenblick erschrocken da. Dann packte sie die Wut. Sie stampfte mit ihrem rechten Fuß auf und schimpfte: „Mimi! Was hast du dir nur dabei gedacht?"

Mimi kicherte unschuldig.

„Kann ... kann mir mal jemand erklären, was das gerade eben war?" stotterte ich. „Und Baal? Er war ebenfalls ein Automat?"

Madame Rogue machte einen äußerst ungeduldigen Eindruck. „Beinahe alle Mitarbeiter des Operators sind Automaten, falls Sie das immer noch nicht wissen sollten."

Ich kratzte mich am Kopf. „Und ... und diese Arme aus Mimis Mund?"

Madame Rogues Augen erfüllte eine nicht zu übersehene Skepsis. „Das würde mich allerdings auch interessieren. Mimi, was hat das zu bedeuten?"

Mimi erwiderte unsere Blicke entzückt. „Henris Geschenk. Er sagte allerdings, ich solle damit aufpassen, da es möglich wäre, dass mein corps obscur eine Art Durchgang bilden könne. Ich denke, etwas ganz Ähnliches geschah mit Rüsendorf."

„Einen Durchgang?" fragte ich. „Wohin?"

Mimi schaute verträumt an die Decke. „Er sprach immer von anderen Welten, zu denen diese Gebilde eine Art Passage bilden. Für seinen Freund Hendrik war das jedoch nur Theorie."

„Dieses Knorpelwesen hat die Theorie praktisch bewiesen", meinte ich.

Madame Rogue seufzte. „Durchgänge hin oder her, wir haben jetzt eindeutig ein anderes Problem am Hals. Rüsendorfs Leiche liegt immer noch auf dem Bett und Baal ... sieht ziemlich erledigt aus. Das Signal müsste längst den Operator und die Leute in dem Streifenzeppelin erreicht haben. Ich glaube, Mimi, du hast uns in eine ganz schön unangenehme Situation hineingebracht."

„Sollen die nur kommen", kicherte Mimi.

Auf der Rampe vor unserem Zeppelin ertönten bereits Rufe und Schritte.

Mimi ging gelassen auf den Ausgang zu, wobei sie ihre rechte Brust drückte.

Hermann Ritter

Im Schatten des Pulverturms

Prag, September 1875

Am Fuße des Pulverturms in Prag befindet sich ein kleines Cafe. Es war bei den Reisenden beliebt, die hier einkehrten, um sich von den Anstrengungen der Besichtigungen zu erholen.

Nationalmuseum und Nationaltheater zogen Reisende aus ganz Europa an. Die Altstadt lud dazu ein, spazieren zu gehen, sich in ein Café zu setzen oder einige Kleinigkeiten einzukaufen. Die Hotels waren gut und die Preise nicht exorbitant. Wer wollte, konnte eine Flussfahrt unternehmen oder um die alte Burg der Stadt, den Hradschin, lustwandeln.

Prag war das, was es immer hatte sein wollen – eine freie Stadt. Hier trafen sich alle: Bohemiens aus dem Deutschen Reich, russische Adelige und Emigranten, Diplomaten aus Thule und Reisegruppen von der Hohen Pforte. Es war die weltoffene Atmosphäre dieser mehrsprachigen Metropole, die es den Besuchern angetan hatte.

*

Der Mann, der allein an einem Tisch saß und in seine Zeitung starrte, blickte erst auf, als der Stuhl neben ihm vernehmlich knarrte.

„Guten Abend Franz", begrüßte ihn der ältere Herr im klingenden Deutsch der Tschechen.

Der Mann legte seine Zeitung nieder und antwortete „Guten Abend Georg". Sein Tonfall enthielt eine Prise jenes Wiener Akzents, den Fremde so gerne hörten.

„Alles … in Ordnung?" Georg blickte sich nach links und rechts um. Das einzige, was er erregte, war die Aufmerksamkeit des Kellners, der sofort herüber eilte.

„Sie wünschen?" Scheinbar hatte er gehört, dass beiden Herren sich auf Deutsch unterhielten, und hatte daher beide gleich in dieser Sprache angesprochen.

„Äh. Einen Kaffee."

„Bitteschön." Der Kellner verschwand.

„Ja, es ist alles in Ordnung", beantwortete Franz die Frage seines Gesprächspartners.

„Ihnen ist keiner gefolgt?"

Franz brach in perlendes Gelächter aus. „Nein, mir ist niemand gefolgt. Und selbst wenn ... warum sollte man mir folgen?"

„Weil ihr etwas habt, das ..."

„Psst." Der jüngere Mann warf einen verschwörerischen Blick herüber und legte theatralisch den Zeigefinger an die Lippen. „Das, was ich habe, ist völlig unverfänglich."

„Wie bitte?" Georg bekam auf einmal hektische rote Flecken auf den Wangen.

„Nein, ist es natürlich nicht. Also irgendwie schon." Verlegen suchte er nach Worten. „Ach, seht selbst." Er beugte sich über die Stuhllehne nach rechts und zog eine ausgebeulte Aktentasche auf die Knie. Er öffnete den Verschluss und zog ein Konvolut von Papieren heraus. „Ich habe es abtippen lassen. Szabel, eine neue Maschine aus Wien."

„Jaja, die Deutschen ..."

„In Maschinen sind sie gut."

„Das muss man ihnen lassen ...", prustete der ältere Herr.

Beide schauten sich an und lachten.

„Ihr Kaffee." Der Kellner unterbrach die traute Zweisamkeit.

„Danke." Der ältere Herr wandte sich wieder seinem Gegenüber zu. „Also?"

„Lest selbst." Er reichte die Mappe mit den betippten Papieren über den Tisch. „Lest selbst." Dann beugte er sich zu seinem Kaffee und nahm einen Schluck. Gestärkt nahm er die Zeitung wieder auf, um sie interessiert zu studieren. Georg begann das Studium der Papiere.

*

Berlin, Tiergarten, Königsplatz

Im Haus des Generals von S. hatte sich eine illustre Runde zusammengefunden. Neben dem Hausherrn, dem älteren Herrn von S., saßen noch fünf weitere Männer im üppig eingerichteten Salon. Am Fenster stand Leutnant zur See Ferdinand Freiherr zu Z., neben ihm stand, die unvermeidliche Zigarre in der Hand, das Reichstagsmitglied Dr. Paul M.

L., Erbe des Fürstenhauses Reuß ältere Linie, hatte sich gemeinsam mit Bischof Josef S. über den Schachtisch gebeugt. Seine schlanken Finger lagen auf dem Rücken eines aus Elfenbein geschnitzten Läufers, während der Bischof noch über seinen nächsten Zug nachdachte und seine Umgebung nicht wahrzunehmen schien.

Herr Doktor V. von der nahegelegenen Siemens & Halske-Maschinenfabrik fühlte sich in dieser Runde deutlich unwohl. Seine rechte Hand versuchte immer wieder, den steifen Hemdkragen geradezurücken, so als müsste er mehr Luft bekommen.

In dieser Männerrunde fiel E. nicht auf. Das junge Mädchen vom Lande hielt sich, wie es in vielen Jahren gelernt hatte, zurück. Sie stand im Schatten des großen Kamins und wartete darauf, dass einer der Männer einen Wunsch nach etwas zu trinken oder zu essen äußern würde, damit es flink in die Küche eilen und diesen Wunsch erfüllen konnte.

*

Georg legte das erste Blatt nieder. „Was ist das?" fragte er erbost.

Der jüngere Mann faltete seine Zeitung geduldig und nahm noch einen Schluck Kaffee. „Der Bericht, den wir unbedingt erhalten wollten."

„Das" – dabei schlug er mit dem Handrücken auf das Konvolut – „ist kein Bericht, sondern eine Schmonzette!"

„Ruhig. Kein Bammel. Das liest sich wie eine Schmonzette, ist aber ein keine zwei Wochen alter Bericht aus dem Herzen des Deutschen Reiches. Wir haben ein wenig … gemauschelt und schon sind wir im Besitz dieses wundervollen Berichts."

„Dieser Bericht …"

„ … ist gut getarnt", unterbrach der jüngere Mann. „Das, was unsere freundliche Mischpoke zusammengetragen hat, haben wir nur ein wenig in … Form gebracht."

„Kauft den Tinnef überhaupt jemand?"

„Das ist kein Tinnef. Die Namen stimmen, die Fakten stimmen. Und bis es einen transportablen, leicht zu verbergenden Phonographen gibt, müssen wir auf die Tacheographia vertrauen. Unsere Quelle hat Mitschriften und Notizen ausgewertet und ein wenig in Prosa gegossen. So ist der Bericht leichter zu verkaufen. Die Engländer und Amerikaner werden gut dafür zahlen, selbst wenn wir es in Hexameter setzen würden. Die Informationen sind es, die sie bezahlen, nicht die Form. Aber die Form macht es einfacher, den Bericht bei sich durch Europa zu tragen. Also: Lesen Sie weiter!" Er wandte sich ab und signalisierte dem Kellner, dass sie zwei weitere Kaffee bestellen wollten.

Seufzend lehnte sich Georg zurück und begann erneut mit dem Studium der Aufzeichnungen.

*

General von S. schlug mit seinem silbernen Löffel gegen das vor ihm stehende Weinglas. „Meine Herren!" Sofort verstummten die Gespräche. General von S. räusperte sich. Dann warf er einem nach dem anderen einen freundlichen Blick zu, räusperte sich erneut und begann wiederum mit: „Meine Herren" seine Ansprache. „Ich muss Sie sich wohl nicht mehr gegenseitig vorstellen – Sie wissen von jedem zumindest, wer er ist. Dass ich Sie alle hierher eingeladen habe, sollte Ihnen als Beweis für die Charakterfestigkeit und Treue jedes Einzelnen hier im Raum dienen." Wieder räusperte sich Herr von S. Keiner der anwesenden Herren wäre so unhöflich gewesen, ihn in seiner Eröffnungsrede zu unterbrechen, obwohl sie an Langeweile kaum zu überbieten war.

„Wir haben uns hier zusammengefunden, um einige Belange des Deutschen Reiches zu besprechen. Wir hier – das darf man wohl sagen – vertreten die starken Gruppen im Reich. Und vom Starken muss der Schwache lernen. So wird das Deutsche Reich von uns lernen und dann werden die Länder Europas, nein, der ganzen Welt vom Deutschen Reich lernen." Er räusperte sich erneut. „Das ausgehende 19. Jahrhundert wird die Welt vor neue Aufgaben stellen. Die technische Entwicklung hat sich in den letzten Jahrzehnten rasant beschleunigt. Es war ein Engländer, der die Rechenmaschine fertiggestellt hat. Aber es sind deutsche Fabriken, die als einzige in der Lage sind, diese Maschinen in Serie herzustellen." Bei diesem Satz nickte er dem Mann von Siemens & Halske freundlich zu. „Habe ich recht, Herr Doktor V.?"

Der Doktor streckte die Hand zum Weinglas aus. Langsam stand er auf und hob sein Weinglas an. „Dem deutschen Forschergeist!"

Alle anderen Gäste taten es ihm gleich.

„Ah, ein guter, deutscher Wein" Seine Lippen verzogen sich zu der Andeutung eines Lächelns. „Kein welscher Traubensaft." Er nahm wieder Platz. „Werter Herr von S., ich danke Euch für die Einladung." Er nickte dem Gastgeber kurz zu.

Dieser wartete einen Moment, bis alle anderen wieder bequem Platz genommen hatten. „Würdet Ihr für uns ein paar Worte über den Stand der technischen Entwicklung verlieren?"

Doktor V. nickte zustimmend. „Meine Herren! Es ist richtig, dass es die deutschen Maschinen sind, die dank der Rechenmaschine, mit der Rechenmaschine und für die Rechenmaschine bauen. Kein Land der Welt produziert mehr Dampfkraftwagen, mehr Zeppeline, mehr fahrende Festungen oder Eisenbahnwaggons als wir. Es sind deutsche

Kohle und deutsches Eisen, die zu deutschem Stahl werden. Es sind deutsche Arbeiter, die in deutschen Fabriken jene Apparaturen bauen, die uns über alle anderen Länder der Welt erheben – nicht nur, was unsere Produktionszahlen anbetrifft, sondern auch in Bezug auf Ausstattung, Sicherheit und – ich sage es gerne – Preisgestaltung.

Der deutsche Ingenieur, die deutsche Hochschule, das neue deutsche Patentwesen – sie alle tragen dazu bei, dass das Deutsche Reich auf dem Weltmarkt und in der Forschung führend ist. Die Kraft des Dampfes zu binden, sie einzusetzen, um die menschliche Muskelkraft zu verstärken, ist nur ein Teil der vor uns liegenden großen Aufgaben. Wir müssen neue Anwendungen finden, neue Gebiete des Geistes betreten, um jene große Umwälzung in der Krafterzeugung auf immer mehr und mehr Gebiete zu übertragen.

Doch wir dürfen nicht glauben, dass die Herrschaft über die Kraft des Dampfes alleine das Endergebnis alles wissenschaftlichen Strebens sein sollte. Wir verfolgen noch Entwicklungen auf anderen Gebieten. Schon Heraklit sagte: »Der Krieg ist der Vater aller Dinge.«"

Doktor V. hob sein Glas in Richtung seines Gastgebers, der diese anbiedernde Geste zwar erwiderte, doch dessen Soldatengeist von jener Art kriecherischen Gehorsams, den Wissenschaftler immer Militärs entgegenzubringen scheinen, eher angewidert war.

„Und Heraklit hatte Recht", fuhr Doktor V. fort. „Deutscher Erfindergeist hat die Kraft des Dampfes gebunden, seine Energie in die Knie gezwungen und für unsere Maschinen nutzbar gemacht. Im Verlauf der nächsten drei Jahre werden wir in der Lage sein, neben den fahrenden Festungen andere Kriegsgeräte so weit zu entwickeln, dass dem praktischen Einsatz nichts mehr im Wege steht.

Fahrende Festungen mit Geschütztürmen von bisher nicht gekannter Präzision und Durchschlagskraft, riesige Kanonen, mit denen wir aus hunderten Kilometer Entfernung die Großstädte Europas bedrohen können. Sichtgeräte für die Helme unserer Soldaten, die ihnen bei Nacht eine Sicht wie beim hellsten Tag bescheren. Alles, was wir in unseren kühnsten Träumen erdenken können, wird von deutschem Forschergeist umgesetzt werden.

Meine Herren – ein Trinkspruch!"

Er gab dem jungen Mädchen einen herrischen Wink. Dieses begann sofort, an jeden der anwesenden Herren einen kleinen Kognakschwenker auszuteilen.

Doktor V. hob sein Glas hoch. „Auf den Kaiser!"

Die anwesenden Herren stimmten in den Trinkspruch ein und leerten in einem Zuge die Gläser. Das junge Mädchen sammelte die Gläser ein und verschwand, um sofort Nachschub zu holen.

*

„Sehr ... interessant." Das Konvolut lag wieder auf den Knien. „Woher haben wir das?"

„Lesen Sie einfach weiter. Vieles wird sich enträtseln, wenn Sie den Bericht durchgelesen haben."

„Nun gut." Er murmelte noch etwas, das aber unverständlich blieb, und hob die Papiere wieder auf. Sein Gegenüber trank einem inzwischen abgekühlten Kaffee und steckte sich in aller Ruhe einen Claro-Zigarillo an.

*

„Werter Freiherr zu Z., vielleicht ist es jetzt am besten, mit Ihrem Bericht fortzufahren. Herr Doktor V. hat uns einiges über das erzählt, was unsere Industrie liefern kann. Können Sie uns darüber aufklären, wie unsere Marine mit diesen Entwicklungen umzugehen wünscht?"

General Karl von S. überließ dem Jüngeren das erste Wort. Jeder im Raum wusste, dass General von S. selbst in der Lage gewesen wäre, über die maritimen Pläne des Deutschen Reiches zu sprechen. Der alte Konflikt zwischen den verschiedenen Waffengattungen sollte jedoch nicht an dieser Stelle wieder aufbrechen. Es gab wichtigere Dinge als die Unstimmigkeiten zwischen Heer und Marine, wenn es um die Zukunft der deutschen Sache ging.

„Meine Herren", wandte sich Freiherr von Z. an die Anwesenden. „Stört es Sie, wenn ich vor meinem Vortrag die Gelegenheit nutze, um Ihnen eine der Errungenschaften der Marine zu kredenzen – eine Zigarre mit Tabak aus unseren überseeischen Besitzungen?" Er schaute Beifall heischend in die Runde, aus der niemand etwas gegen dieses Angebot einzuwenden hatte. Freiherr von Z. läutete die bereitliegende silberne Glocke. Sofort erschien wie durch Zauberei ein schwarzer Boy in einer Phantasieuniform in der Tür zum Vorraum. Auf einem formschönen Tablett trug er ein Kästchen aus Tropenholz.

„Westindische Zedrele, das beste Holz für einen Humidor", erklärte Freiherr von Z. nicht ohne Stolz. „Bedienen Sie sich, meine Herren."

Der schwarze Boy ging die Reihen ab, öffnete für jeden der Herren den Deckel des Humidors. Einer nach dem anderen nahm eine Zigarre. Der Boy erbot sich, diese abzuschneiden, doch bis auf General von S. nahmen die Herren den Zigarrenabschneider aus Silber lieber selbst in die Hände und schnitten ihre Zigarrenspitzen ab, bevor sie diese mit einem brennenden Kienspan entzündeten, den ihnen der Boy am Feuer des Kamins entzündet hatte.

Es dauerte einige Momente, während denen sich die Herren dem köstlichen Rauchwerk hingaben. Einige wussten, wie man an den Zigarren zu ziehen hatte, während andere so taten, aber eigentlich nur am Paffen waren.

„Meine Herren, wie Sie wissen, gibt es drei deutsche Kolonien in Afrika – Deutsch-Südwestafrika, Deutsch-Ostafrika, Deutsch-Westafrika. Diese Gebiete, so reich an Rohstoffen sie auch sind, sind auf lange Sicht nur überlebensfähig, wenn es uns gelingt, die räumliche Trennung zwischen ihnen zu überwinden. Belgiens Besitz in Afrika, der Kongo, würde eine Landbrücke zwischen unseren westlichen und östlichen Kolonien bilden. Da Belgien schon jetzt nicht mehr ist als ein geduldeter Kleinstaat, bedarf es nur ein wenig militärischen Drucks, bis seine überseeischen Besitzungen wie ein reifer Apfel in unseren Schoß fallen.

Im englischen Südafrika und Rhodesien gibt es durch die unstete Politik des Britischen Empires gegenüber den Schwarzen eine breite, deutschenfreundliche Minderheit, die einen Angriff auf diese Gebiete vom Landesinneren aus unterstützen würde. Unsere Flotte, bis dahin verstärkt durch die bestellten stählernen Leviathane, wird die britische Flotte vom Meer wischen und die Landbrücke zwischen unseren Kolonien gen Süden sichern.

Im pazifischen Raum sollten wir uns – aus strategischen wie wirtschaftlichen Gründen – in den Bereichen der Salomonen, Marianen und Marshallinseln Gebiete sichern. Dazu kommen unsere Interessen im asiatischen Raum, die aber stark vom Verhalten unserer russischen Freunde abhängig sind. Eine starke russische Flotte würde die Kräfte der asiatischen Staaten binden, so dass wir aus der Ostküste Chinas jene Gebiete herausschneiden könnten, die für einen lukrativen Überseehandel und wegen ihrer reichen Bodenschätze von Interesse für das Reich sind.

Neben der Eroberung von Gebieten steht die wirtschaftliche Zerrüttung unserer Gegner im Vordergrund. Neben der Hafenblockade an der Atlantikküste ist es die Versenkung von Kriegs- wie Handelsschiffen, welche das Kriegsgeschehen entscheiden wird. Seit der Entwicklung des Torpedos vor 15 Jahren und der Einführung erster Prototypen der Unterseeboote ist die Entwicklung der deutschen Militärtechnik nicht stehen geblieben."

Er nickte kurz Doktor V. zu, bevor er weitersprach.

„In zwei oder drei Jahren verfügen wir über eine Flotte von dampfgetriebenen Unterseebooten, die dank ihrer elektrischen Batterien mehrere Stunden unter der Wasseroberfläche bleiben können – meine Herren, und dies, ohne dass verräterische Schnorchel die Wasseroberfläche durchbrechen, um eine Dampfmaschine mit Sauerstoff zu versorgen!

Neuartige Torpedos werden die Seitenwände von gepanzerten Schiffen durchschlagen und verbesserte Kanonen werden die Dock- und Hafenanlagen der Britischen Inseln und Hollands in Schutt und Asche legen, bevor dort ein ernsthafter Widerstand organisiert werden kann.

Meine Herren – die deutsche Flotte steht bereit, um unseren deutschen Festlanddegen zu unterstützen, wenn er die Feinde des Deutschen Reiches durchschneiden wird wie ein heißes Messer die Butter. Ich danke Ihnen!" Er verbeugte sich und nahm wieder Platz.

Die Herren blieben einige Minuten in ihre Gedanken versunken sitzen und zogen an ihren Zigarren, bevor General von S. wieder das Wort ergriff.

„Meine Herren! Den Ausführungen unseres Freundes von der Marine habe ich noch einiges hinzuzufügen, was die Festlandpläne des Reiches betrifft.

Im Westen lauern nur noch die Niederlande darauf, endlich einen Grund zu finden, um an der Seite Großbritanniens einen Krieg gegen uns führen zu können. Doch wie Sie den Ausführungen der Marine entnehmen können, wurde an diese Problemstellung schon gedacht. Entweder gelingt es, die geduldete Marionettenregierung Hollands von jedem Hilfsersuchen an Großbritannien abzubringen, wenn ihr Land endlich dem Deutschen Reich einverleibt wird. Oder wir lösen das Problem militärisch. Wir machen uns darüber wenig Sorgen.

Ebenso wenig Sorgen machen wir uns um die iberische Halbinsel. Das ehemalige Portugal und Spanien haben genug eigene Probleme mit ihren afrikanischen Nachbarn, so dass ein Krieg mit dem Reich für sie nicht zu gewinnen ist. Sie werden Frieden halten, bis das Reich eine Notwendigkeit sieht, sie zu erobern. Ähnliches gilt für die Schweiz, deren Neutralität uns wirtschaftlich und diplomatisch gut zu Gesichte steht.

Anders als im Westen und Süden sieht es im Osten und Norden aus. Österreich-Ungarn, unser alter Verbündeter und Freund, hat den Anschluss an die technische Entwicklung verloren. Die Habsburger-Monarchie steht auf tönernen Füßen; die Mobilisierung der Armee im Kriegsfalle würde so lange dauern, dass ein Eingreifen der Habsburger erst Wochen nach einer Kriegserklärung erfolgen könnte. Zum Glück sind weder Russland, noch die Heilige Pforte besser organisiert, so dass im Osten der Kriegseintritt Österreich-Ungarns zeitgleich mit der Mobilisierung der Armeen unserer östlichen Nachbarn erfolgen würde. Weiterhin versuchen wir, den schwachen Zaren in seiner deutschfreundlichen Haltung zu stärken. Die verwandtschaftlichen wie kulturellen Bindungen an das Reich sollten genügen, um diesen Bund zu festigen. Darüber hinaus haben Russland und wir gemeinsame Interessen im pazifischen Raum. Der alte Mann am Bosporus muss das erste Ziel Österreich-Ungarns sein, wobei wir darauf hoffen, dass eine Einigung mit Russland über Gebietszugewinne möglich ist.

Damit wäre es dem Deutschen Reich möglich, sich mit seinen Armeen auf einen Angriff nach Norden hin zu konzentrieren. Thule muss fallen oder zumindest soweit zerschlagen werden, dass unsere nördlichen Nachbarn keine Bedrohung mehr für uns darstellen.

Unser Ziel ist eine Eingliederung Dänemarks in das Deutsche Reich und die Einsetzung von uns wohlgesonnenen nationalen Regierungen in Schweden und Norwegen. Finnland soll geteilt werden in ein unabhängiges, nach Mitteleuropa orientiertes Fürstentum unter der Führung eines deutschen Adelsgeschlechts und einen östlichen Teil als Provinz des Russischen Reiches. Grönland und Island dürfen gerne weiter als Rumpf-Thule existieren, wenn sie nicht von selbst den Anschluss an einen ihrer starken Nachbarn suchen.

Meine Herren! In zehn Jahren wird die Landkarte Europas von einem Deutschen Reich bestimmt sein, das vom Atlantik bis zum Ural reicht. Umgeben von Ländern, die mit uns verbündet oder uns unterworfen sind, wird es uns dann endlich gelungen sein, jene Rolle einzunehmen, die uns von alters her zusteht – die des Führers der europäischen Nationen, als großer Bruder jener Rassen, die nicht in der Lage sind, eine eigene Nation zu bilden. Meine Herren – wir gehen wundervollen Zeiten entgegen!"

*

„Oh mein Gott! Wer hat denn diesen Stil verbrochen?"

Franz legte seine Zeitung nieder, in der er gerade den Sportteil studiert hatte. „Noch einmal: Alle Angaben in der Erzählung – Eigennamen, Landesbezeichnungen, technische Entwicklungen – scheinen absolut wahrheitsgetreu zu sein. Über den Stil ... kann man sich streiten. Aber auf jeden Fall ist das unterhaltsamer als die klassischen Geheimdienstberichte. »Ein neuer Stil für ein neues Zeitalter« oder so."

Georg lachte. „Der Groschenroman des Dampfzeitalters ist also der Geheimdienstbericht?"

Der jüngere Mann seufzte. „Vielleicht ist auch der Geheimdienstbericht der Groschenroman des Dampfzeitalters." Er lächelte ein wenig verzagt. „Wie auch immer, ich muss Sie wohl nicht daran erinnern, dass wir keinen Geheimdienst haben. Ein »Dienst« würde bedeuten, dass wir eine Zentrale haben, fest angestellte Mitarbeiter und ein klares Ziel."

„Ein gemeinsames, klares Ziel sollten wir aber haben", betonte Georg bestimmt.

„Ja, ein klares Ziel haben wir."

Beide Männer versanken kurz in ihren Gedanken.

Georg schlug mit dem Handrücken auf den Papierberg. „Geht das in dem Stil weiter?"

„Wo sind sie denn schon?"

„Gerade durfte der General von S. vom Leder ziehen.

„Naja, dann haben sie noch eine Menge vor sich. Ach ja, wundern Sie sich nicht – da kommt gleich eine erzählerische Kunstpause. Nicht wundern, ich habe es auch nicht verstanden."

Georg seufzte und versank erneut in dem Papierstapel. Sein Gegenüber nahm erneut die Zeitung auf.

*

„Meine Herren! Es freut mich, dass Sie sich wieder hier eingefunden haben."

Die Herren hatten sich vom Balkon wieder in den Salon begeben. Frau Q., eine ältere Matrone, welche dem General seit Jahrzehnten als Küchenmamsell diente, hatte soeben den letzten Teller mit Kuchen abgetragen und die Krümel mit einer Bewegung ihres Lappens in die hohle Hand gewischt, um sie nun alle miteinander zu beseitigen.

Auf einen Wink des Generals hin begab sich der Leutnant zur See zu den Flügeln der Balkontür, um diese zu schließen.

„Meine Herren, das Wort hat nun unser Reichstagsmitglied Dr. Paul M."

Ein dicker Herr mit dem klassischen Beiwerk des Vertreters der politischen Klasse – Weste, Taschenuhr, weißes Hemd, mit diversem Blech geschmückte Brust, beeindruckender Schmiss auf der Stirn – warf sich in Pose. Er konnte jene Angewohnheiten, die auch seine meist langweiligen Reichstagsreden auszeichneten, selbst vor diesem Gremium nicht ablegen.

„Meine Herren. Ich danke Ihnen für die Einladung. Zuerst soll ich Ihnen Grüße von Reichstagspräsidenten Max von Forckenberg überbringen. Er bedauert zutiefst, nicht selbst zu diesem Treffen erscheinen zu können. Doch meint er, dass es nicht gut wäre, wenn seine Abwesenheit vom Reichstag die Sozialisten zu Fragen anstacheln würde."

General von S. beugte sich zu Ferdinand zu Z. herüber und zischelte ihm ein „Der spricht wohl immer wie ein Politiker ..." zu.

Dr. M. ließ sich davon nicht unterbrechen. „Das Deutsche Reich mit seinen fast 400 Abgeordneten und den weiteren Abgeordneten aus den Reichslanden steht leider nicht geschlossen hinter der deutschen Sache.

Die Sozialistische Arbeiterpartei unter Juden wie Eduard Bernstein, die Linksliberalen, die unsichere Nationalliberale Partei, die Welfen und ihre Anhänger – sie alle stehen immer noch im Schatten von Aufrührern wie Robert Blum, welche die Monarchie zerschlagen wollten, um einen ungeregelten Parlamentarismus über das deutsche Volk hereinbrechen zu lassen. Robert Blum hat seine Strafe erhalten – andere, die ihm folgen, leben unbestraft weiter unter uns, sie dürfen sogar Sitze im Reichstag einnehmen!"

Ferdinand zu Z. lehnte sich nun selbst zum General von S. hinüber. „Mich wundert an dieser Stelle immer, dass er keinen Schaum vor dem Mund hat."

„Wenn er Schaum vor dem Mund hätte", wisperte General von S. zurück, „so wäre mir wohler, wäre dann doch bewiesen, dass er ein Lebewesen ist und nicht eine vom Reichstag mechanisch aufgezogene Sprechmaschine!"

Ferdinand zu Z. musste affektiert in die Hand husten, um einen Lachanfall zu unterdrücken. Ungestört setzte Dr. M seine Brandrede gegen Abtrünnige, Sozialisten, Aufständische und Gegner der Monarchie fort. Erst gegen Schluss der Rede gelang es ihm, wieder die Aufmerksamkeit seiner Zuhörer zu erringen.

„Meine Herren!", sprach er diese mit lauter Stimme an, so dass einige aus ihrem von seinem Politikergesäusel erzeugten Halbschlaf erwachten. „Deutschland hat einen Reichstag, es braucht ihn auch. Das Deutsche Reich braucht erfahrene Männer, die an einem Ort lernen, mit einer Zunge zu sprechen und sich einzig um Bestand, ja ich will sagen Hege und Pflege des Reiches zu kümmern."

General von S. beugte sich wieder zu Ferdinand zu Z. „Kerl war wohl früher Gärtner …"

„… oder Blume", zischelte dieser zurück.

„Das Deutsche Reich wird seine gehobene Stellung unter den Reichen Europas, nein der Welt nur verteidigen können, wenn die Demokratie im Geist der griechischen Antike wie einst Pallas Athene über ihre Stadt die schützende Hand über uns halten wird.

Das Deutsche Reich braucht eine Vertretung der Bevölkerung, die nie eine Volksvertretung sein darf. Erwachsene, reife Männer, die nicht auf die Unterstützung des Staates oder Betreuung angewiesen sind, Männer von einer gesicherten Sittlichkeit, die nichts als die Interessen des Reiches im Auge haben!"

Wieder war es an General von S., sich wispernd zu seinem Nachbarn zu beugen. „Das sagt der Mann, der eine Affäre mit einer Tanzpuppe aus einem der billigsten Schuppen im Berliner Westen hat!"

„Das Deutsche Reich – Heil dir im Siegerkranz!" beendete das Reichstagsmitglied seine Ansprache. Die anwesenden Herren klopften mit den Handflächen auf die vor ihnen stehenden Beistelltische oder die Lehnen ihrer Sessel. Weniger war es die begeisternde Kraft die Rede, welche sie gefesselt gehalten hatte, mehr die Freude darüber, dass die Elegien von Dr. M. jetzt zu ihrem Ende gefunden hatten."

*

„Jetzt weiß ich, was sie meinen." Der ältere Herr lehnte sich seufzend zurück.

„Mit dem Thema Reichstag durch?"

„Durch und durch. Jetzt könnte ich was Süßes gebrauchen."

„Es gibt hier einen hervorragenden gedeckten Apfelkuchen."

„Lekach?"

„Äh … Honigkuchen?" Der jüngere Mann vertiefte sich kurz in die Speisekarte. „Nein, aber Pernik."

„Gewürzkuchen. Das ziemliche Gegenteil." Georg lachte ob des Fehlers des jüngeren Franz. „Ich nehme den Apfelkuchen mit viel Sahne – ihr auch?"

„Oh, gerne. Und ich werde den Ober bitten, mir eine andere Zeitung zu bringen. Mal was Englisches – man muss ja Neues lernen, wo man kann."

Beide bestellten und genossen frischen Kaffee und Kuchen, bevor Georg sich wieder der Lektüre zuwandte. Sein Gegenüber wiederum versank in der Titelseite der „Times".

*

„Meine Herren! Wir würden dann zum nächsten Redner fortschreiten, wenn es Ihnen genehm ist." Er warf einen Blick zu L., der gerade dabei war, sich seine Pfeife mit einem Fidibus in Brand zu stecken.

Dieser nahm seinen Blick auf und erkannte, was ihm der General mitteilen wollte. „Meine Herren", sagte er zwischen den ersten Zügen, um seine Pfeife in Gang zu setzen, „gerne werde ich dem Mann der Kirche den Vortritt lassen!"

Der Blick des Generals schweifte weiter zu Bischof Josef S. „Eure bischöfliche Gnaden, ihr habt den weiten Weg aus H. hierher angetreten, um die Rolle der Kirche im Deutschen Reich zu beleuchten. Würdet ihr uns den Gefallen tun ..."

Bischof Josef faltete seine fetten Finger vor seinem prallen Leib, so dass der Blick der Anwesenden unweigerlich auf Bischofsring und umgehängtes Kreuz auf dem massigen Bauch fallen musste.

„Meine Herren! Meine Pflichten in der Dioecesis Hildesiensis erlaubten es mir, meine Schäfchen für ein paar Tage in den Händen anderer Seelsorger zu lassen und mich zu ihrem Treffen zu begeben."

General von S. zischelte Ferdinand zu Z. ins Ohr: „Nicht zu vergessen die arme Weberin, die jetzt ohne seine nächtlichen Besuche auskommen muss."

„Die Katholische Kirche in der Welt und insbesondere im Deutschen Reich sieht mit Besorgnis das Anwachsen von anarchistischen Kreisen Bakunin'scher Prägung, das Aufkommen von spiritistischen Gruppierungen, die in Hexerei und Magie einen eigenen Weg suchen, das Wiedererstarken der Gnosis und die kirchenfeindlichen Kräfte, sowie das immer arrogantere Auftreten von jüdischen Rabbinern, die auch in den europäischen Ländern an Macht gewinnen.

Meine Herren, ich darf Ihnen mitteilen, dass ich nicht nur für die Katholische Kirche spreche, sondern aus diversen Gesprächen mit Brüdern der evangelischen, lutherischen und protestantischen Kirchen weiß, dass wir in dieser Ablehnung der unchristlichen Umtriebe einiger verwirrter Geister einig sind.

Die Katholische Kirche sieht eine bedrohliche Zukunft, in der die Katholische Kirche nicht mehr das religiöse Fundament der Gesellschaft bieten wird. Anarchie wird walten; Gewalt, Ehebruch und Diebstahl werden an der Tagesordnung sein. Wenn sich Berlin nicht Schritt für Schritt in ein Babel übelsten Ausmaßes verwandeln soll, dann müssen die ersten Schritte so bald als möglich vorgenommen worden."

General von S. murmelte ein „Hört! Hört!" in sich hinein, das nur der neben ihm sitzende Leutnant zur See vernehmen konnte.

„Wenn der Teufel auch sein Haupt in einigen Hauptstädten Europas wieder heben mag, wenn okkulte Zauberkünstler wieder ihre wirren Ideen verbreiten, um tumbe Menschen auf den falschen Pfad zu bringen, wenn heidnische Religionen in den überseeischen Besitzungen der europäischen Mächte wieder an Macht zu gewinnen scheinen, so ist das für den Heiligen Stuhl ein Zeichen dafür, dass es an der Zeit ist, ein Bündnis mit einer weltlichen Macht zu schließen.

So wie es im Mittelalter – vor den Ereignissen, die zu den Religionskriegen, der Verödung weiter Landstriche Mittel- und Norddeutschlands führten – einst war, so ist nur ein Bündnis zwischen Kirche und Reich in der Lage, diese Gefahren aufzuhalten. Das Heilige Römische Reich ist 1806 erloschen; nun ist es an Ihnen, meine Herren, die Verbindung zwischen Kirche und Reich wieder zu beleben. Ein König aus dem Hause Hohenzollern, an Spitze eines wirklichen Deutschen Reiches, das die deutschsprachigen Besitzungen Österreich-Ungarns als Kernland mit umfasst – das ist die Vision, welche die Kirche Ihnen mit auf den Weg geben kann und will!"

Er stand auf. Alle Anwesenden taten es ihm nach einem Moment des Nachdenkens gleich. Nicht alle schienen mit den Gepflogenheiten der Katholischen Kirche vertraut zu sein, wie General von S. still feststellte.

Bischof Josef hob segnend die Hand. Dann begann er mit salbungsvoller Stimme seinen Text aufzusagen:

> „Frommer Glaube wird gewähren,
> was der Sinn hier nicht erkennt.
> Darum lasst uns tief verehren
> ein so großes Sakrament.
> Dieser Bund wird ewig währen
> und der alte hat ein End'
> unser Glaube soll uns lehren,
> was das Auge nicht erkennt."

Er nahm schnaufend wieder Platz. Alle anderen taten es ihm nach einem Augenblick der gespielten oder echten Besinnung gleich.

„Eure bischöfliche Gnaden", begann der General, „wir danken euch für diese ebenso klaren wie eindringlichen Worte. Wir werden sie in unseren Herzen bewegen und ich bin sicher" – dabei warf er einen Blick in die Runde – „dass Sie hier im Raum eine Gruppe von tief christlichen Männern vor sich haben, die alles tun werden, um ein heidnisches Deutschland zu verhindern!"

Mehrere der Herren nickten oder gaben zustimmende Geräusche von sich.

„Meine Herren, bevor wir nun zum letzten Beitrag kommen, würde ich vorschlagen, dass wir im Vorraum eine kleine Erfrischung zu uns nehmen. Ich hoffe, das findet Ihre Zustimmung?"

Nicht auf das Votum der anderen wartend, bewegte sich der Bischof schon bei dem Wort „Erfrischung" auf die Tür zum Vorraum zu. Die anderen folgten in gebührenden Abstand.

*

Aufseufzend legte Georg die Papiere zur Seite. „Jüdische Rabbiner? Das ist doch hoffentlich nicht wahr."

„Doch, leider." Franz hatte den Seufzer wahrgenommen und die Zeitung weggelegt. Ihm war offensichtlich sofort klar, an welcher heiklen Stelle des Textes sich sein Gegenüber gerade befand. „Schmutz, antisemitische Parolen der übelsten Färbung."

„Aber aus dem Mund eines Bischofs …"

„Bei einem privaten Treffen darf ein Bischof so etwas im Deutschen Reich schon länger äußern. Ex cathedra wird die Kirche das nicht tun. Noch nicht."

„Dass diese Schlange wieder im Reich den Kopf hebt …"

„… war zu erwarten", beendete Franz den Satz.

Georg fischte aus seiner Tasche ein silbernes Etui heraus, ließ es aufschnappen und bot seinem Gegenüber eine Zigarette an. „Orient", sagte er, die Tabaksorte erklärend.

„Danke." Franz nahm sich eine Zigarette, griff die auf dem Tisch liegenden Streichhölzer und gab erst seinem Gegenüber Feuer, bevor er seine Zigarette entzündete. Einige Atemzüge vergingen, in denen keiner der beiden das Wort ergriff. Der Blick Georgs fiel auf das Päckchen Streichhölzer, auf dessen einer Seite eine schöne Lithographie des Pulverturms zu sehen war, auf der anderen ein Werbetext in Deutsch und Tschechisch.

Nach einer Weile ergriff er wieder das Wort. „Ihr bürgt für den Wahrheitsgehalt dieses Textes?"

„Meine ... Quelle ... ist sehr zuverlässig."

„Zuverlässig genug, um den Ärger zu verantworten, den wir kriegen, wenn das hier hanebüchener Unsinn ist?" Er deutete dabei mit dem Zeigefinger auf den Papierberg. „Wobei ich nicht einmal weiß, ob »Ärger« als Begriff ausreichend ist ... "

„Wir bekommen mehr Ärger, wenn es wahr ist und wir nichts dagegen tun." Nachdenklich zog er einige Male an seiner Zigarette. „Doch, das erscheint mir alles wahr. Der Schreibstil ist ... gewöhnungsbedürftig, aber meine Quelle hat wohl Spaß an solchen Dingen."

„Den Eindruck habe ich auch." Georg musterte den Papierstapel. „Fast durch. Na dann will ich mal."

Mit der Zigarette im Mundwinkel, an der er immer wieder nachdenklich zog, machte er sich an den letzten Teil der Papiere.

*

Die Küchenmamsell räumte die letzten Teller fort, auf denen sich die Herren einige der belegten Brote und Fleischstückchen mit in den Salon genommen hatten. Es war nun Zeit für einen Digestif, und so verteilte sie kleine Gläser mit kaltem Korn an die Herren. Diese nahmen sie nach dem opulenten Essen nur zu gerne entgegen.

Der General hob sein Glas zum Gruße. „Meine Herren! Die stählerne Front – ich will nicht sagen, die Front aus Dampf –, die wir hier schließen, nimmt Konturen an. Es freut mich zu sagen, dass offensichtlich alle national gesinnten gesellschaftlichen Gruppen des Reiches bereit sind, an einem Strang zu ziehen. So bitte ich nun als letztes Erbfürst L. aus dem Hause Reuß ältere Linie um seinen Beitrag zu unserer kleinen Runde.

Doch vorher, meine Herren", er hob sein Glas, „ein Prost auf das Deutsche Reich!"

Die Herren erhoben ihre Gläser und gossen sie mit einer ruckartigen Bewegung in ihre durstigen Kehlen.

Der Erbfürst L. war ein jüngerer Aristokrat, dem die Pocken einige Narben ins Gesicht gegraben hatten. So war er kein schöner Mann mehr; sein aristokratisches Getue und eine leicht näselnde Stimme taten ihren Teil dazu, ihn unangenehm wirken zu lassen.

„Meine Herren!", begann er. „Das deutsche Kaiserreich ist in seinem Kern immer noch Deutsch – ganz im Gegensatz zu Österreich-Ungarn, das sich mit einer Überfremdung durch Magyaren, Tschechen und andere Volksgruppen konfrontiert sieht. Diese

Entwicklung aufzuhalten war und ist Ziel nicht nur des Hauses Hohenzollern, sondern aller, die um die Zukunft des Deutschtums besorgt sind. Nur eine starke Allianz aus den deutschen Landen kann den drohenden Gefahren des neunzehnten Jahrhunderts ein festes, ehernes Bollwerk darbieten.

Natürlich sind unser Fürstenhaus oder andere Fürstentümer wie Greiz mit den Herren von Schwarzburg-Sondershausen nicht jene, von denen ein fremder Diplomat Impulse für die Politik des Deutschen Reiches erwarten würde. Obwohl der Frankfurter Fürstentag vor wenigen Jahren nicht zu der Einigung geführt hat, die einige der Herren gerne gesehen hätten …" An dieser Stelle gab es etwas Gegrummel im Raum, weil dieser Fürstentag nur durch das Fernbleiben des Königs von Preußen gescheitert war, der damals eine kleindeutsche Lösung bevorzugt hatte. Erbfürst L. nahm seinen Faden aber unbeeindruckt näselnd wieder auf. *„… die einige der Herren gerne gesehen hätten … so kam es doch zu einem immer enger werdenden Verbund der deutschen Adelshäuser untereinander. In den vergangenen zehn Jahren gelang es uns, über den Tellerrand jahrhundertelanger kleinlicher Streitigkeiten ein Ziel im Auge zu behalten: Die Einheit aller Deutschen in einem Reiche.*

Und meine Herren, ich sage es ihnen ehrlich: Uns ist es gleich, ob der Kaiser ein Hohenzoller oder ein Vertreter des Hauses Reuß jüngere Linie ist. Aber ein Deutscher muss er sein, der alle Deutschen vertritt!"

„So sei es!", rief der schon leicht angetrunkene General S. an dieser Stelle.

Lächelnd überspielte Erbfürst L. diesen Einwand. *„Deutscher Erfindergeist, deutsches Ingenieurswissen, deutsches Soldatentum, deutsche Religion, deutsche Ordnung und deutsche Sorgfalt – das sind jene Tugenden, an denen der deutsche Adel seit Jahrhunderten festhält. Gemeinsam und nur gemeinsam können wir unser Ziel erreichen."*

In das nun folgende, gewollte dramatische Schweigen hinein war das betont genäselte *„Hört! Hört!"* des Generals wohl vernehmlich. Erbfürst L. wurde unter seinen Pockennarben rot, doch der General konnte diesen peinlichen Fauxpas überspielen, indem er sein *„Hört! Hört!"* vernehmlich lauter und ohne Näseln wiederholte. Dankbar nahm der Erbfürst L. den nun erst leise, dann lauter werdenden Applaus der Anwesenden entgegen und lehnte sich wieder bequem in seinem Sessel zurück.

*

„Ein Korn wäre vielleicht eine gute Idee auf diesen Stuss hin."
„Aha, ihr seid also fast fertig. Aber, ich warne euch: Es ist kein Stuss. Und ich würde keinen Korn empfehlen, sondern eher einen Cognac. Das passt besser, oder?"
„Ihr habt recht." Er bedeutete dem Kellner zu kommen und bestellte zwei Cognac. Als diese geleert waren, seufzte er innig. „Noch ein Blatt, ein paar Absätze. Das schaffe ich!"
Er lehnte sich entspannt zurück und nahm sein Studium wieder auf.

*

Die Herren hatten bis auf den General den Raum verlassen. Sie waren von ihm verabschiedet worden, aber in Hinblick auf sein Alter hatte er um Verständnis gebeten, das er sie nicht hinausbegleiten würde. Sein Adjutant, den er aus dem Vorraum hatte rufen lassen, stand dafür zur Verfügung. Was die anderen Herren nicht wussten war, dass sein Adjutant F. die ganze Zeit hinter einer Paneele verborgen den Gesprächen gelauscht hat.
„F., was meint ihr zu der ganzen Bagage?" Die Geste seiner altersfleckigen Hand umfasste jene Sessel, auf denen bis vor wenigen Minuten seine Besucher gesessen hatten.
„Sie meinen es ernst."
„Das ist gut so", erwiderte der General. „Wir brauchen ein Deutschland, das es endlich wieder ernst meint."

*

„Großartig!" Der ältere Herr schlug sich auf die Schenkel. „Das Ende ist großartig. Kein Groschenroman hätte mich mehr beeindrucken können. Jetzt fehlt nur noch die junge Dame in Not oder ein Mann mit einem weiten Umhang, unter dem ein Degen versteckt ist."
„Noch einmal – ihr unterschätzt die Quelle!"
„Pah, Quelle – dieser F. stand doch die ganze Zeit hinter der Paneele und hat die Geschichte mitgehört. Der wird alles niedergeschrieben und an uns gespielt haben. Ich vermute mal, dass er eine junge Geliebte hat, die zu Schmonzetten neigt. Die wird ihm den Stil in die Feder diktiert haben. Und das junge Glück möchte mit unseren Penunzen in die Vereinigten Staaten ausreisen, wo sie ohne Standesunterschiede glücklich zusammen leben können. Mein Gott, dagegen

ist das, was ich an jedem Zeitschriftenladen in Prag kaufen kann, hohe Literatur!"

Der jüngere Mann lehnte sich entspannt zurück und betrachtete sein Gegenüber aus verengten Augen. „Noch einmal, Ihr unterschätzt die Quelle."

Georg war von der ruhigen Beherrschtheit seines Gegenübers mehr als überrascht. „Habe ich etwa Unrecht? Dieses Konvolut weist doch auf einen Schreiber hin, der sich von seiner Perle dazu hat überreden lassen, eine gemeinsame Zukunft im Ausland zu suchen und dafür Geld braucht – unser Geld. Wenn wir die Geschichte verkaufen wollen, ist er über alle Berge und für uns nicht mehr zu finden."

„Falsch."

„Wie bitte?"

„Falsch. Natürlich habt ihr damit Recht, dass unser Zuhörer die ganze Zeit gelauscht hat und seine Aufzeichnungen daheim ein wenig … hm … bearbeitet hat. Aber die Fakten stimmen alle."

„Das habe ich nie bezweifelt."

„Seht ihr. Aber in allem anderen liegt ihr daneben. Natürlich wird unser junger, hübscher Adjutant ausreisen, aber in Richtung einer Hazienda in Südamerika. Und dort wird er nicht mit seiner Verlobten hinreisen, sondern mit einem schneidigen Gardeoffizier, mit dem er seit Jahren eine verbotene Beziehung pflegt."

„Uranismus?", fragte der ältere Herr verblüfft.

„Nun ja, ich finde das Wort »homosexuell« passender."

„Wie auch immer. Aber wenn unser Gewährmann mit unseren Schekeln verschwunden ist – wer bürgt dann für die Geschichte?"

„Die anderen Zeugen."

„Welche anderen Zeugen?"

Franz lehnte sich zurück und setzte ein triumphierendes Lächeln auf. „Seht ihr – wir haben natürlich nicht nur die Geschichte gekauft, sondern auch Zeugen für die Ereignisse. Wenn ihr zustimmt, die Bezahlung dieser Geschichte zu übernehmen, dann treten morgen Boten an die Regierungen in Washington, London und Istanbul heran."

„Boten?"

„Für unsere türkischen »Freunde« haben wir einen dunkelhäutigen Diener, der es leid ist, als »Boy« seinen weißen Herren zu dienen. Er kann zwar nicht alle Einzelheiten des Berichts bezeugen, aber er ist in der Lage, einige wichtige Teile zu beeiden."

„Ich bin überrascht."

Franz begann an den Fingern seine Boten abzuzählen. Nach dem kleinen Finger der rechten Hand streckte er nun den Ringfinger aus und wies mit der linken Hand darauf. „Nummer zwei: Eine freundliche ältere Dame, die als Küchenmamsell jahrelang treue Dienste geleistet hat, wird zur selben Stunde in London vorsprechen."

„Und sie ist ..."

„... keine Lesbierin. Ihr älterer Bruder wurde 1848 in Wien erschossen – am selben Tag wie Robert Blum und für dieselbe Sache streitend."

„Eine Politische ..."

„Ja."

„Und sie hat es die ganzen Jahre in diesem Haushalt ausgehalten?"

„Ich glaube, dass sie tief in ihrem Busen einen Racheplan gehegt hat, der nun zur Vollendung kommt."

„Ich bin noch mehr überrascht. Aber ..."

„Ich weiß. Numero drei." Jetzt war der Mittelfinger dran. Washington, derselbe Tag. E., unser junges Mädchen, hat ihre Stellung in diesem hohen Hause nur erhalten, weil dort keiner weiß, dass sie die Mutter eines unehelichen Kindes ist, das seit Jahren bei einer Tante aufwächst, weil sie mit dieser Schande keine anständige Arbeit finden würde. Nun sind sie und das Kind in den Vereinigten Staaten – einer neuen Welt, die solchen Dingen ein wenig aufgeschlossener gegenübersteht. Vielleicht gibt sie sich als junge Witwe mit einem kleinen Vermögen aus, so dass sie alle Chancen hat, noch einmal einen Mann für das Leben zu finden."

„Aha!" Georg war offensichtlich beeindruckt. „Und ihr vermutet zu recht, dass jeder der Drei einen Teil der Geschichte bezeugen kann, deren Gesamtrahmen durch diese »Schmonzette« belegt wird?"

„Richtig."

„Hm." Stumm versank er in Nachdenken. Franz wusste gut genug, dass er nicht weiter in seinen Geldgeber dringen durfte. Er hatte alle Fakten präsentiert, die Geschichte so gut es ging zusammengefasst und eine gekürzte Abschrift der „Schmonzette", wie sein Gegenüber sie nannte, vorgelegt. Die Fakten waren da, jetzt kam es nur noch darauf an, dass der andere zustimmte.

„Ich glaube, euer Plan könnte Erfolg haben."

Erleichtert atmete Franz aus. „Das hoffe ich auch."

„Also - ich bin einverstanden." Er holte tief Luft. „Wir zahlen die ganze Aktion. Ich kann nur hoffen, dass wir trotz des Stils Erfolg haben werden."

„Nun, auf jeden Fall haben wir unseren Teil dazu beigetragen, dass das kommende Jahrhundert nicht nur das Jahrhundert des Stahl, des Dampfes und der Deutschen ist."

„Welch schreckliche Vorstellung! Eine Welt, in der deutsche Zeppeline den Himmel kontrollieren, deutsche Kriegsmaschinen das Land erobern und deutsche Ingenieure überall auf der Welt Straßen und Brücken bauen."

„Wenn das alles wäre …"

„Ja, wenn ich mir diese Runde von Piefkes anschaue, die das Deutsche Reich mitbestimmen will. Ein Panoptikum der Absonderlichkeiten."

„Naja, das bezeichnet doch die erste Garde des Deutschen Reiches ganz gut, oder?"

Beide lachten.

„Wann erhalte ich mein Geld?"

„In einer Stunde. Ich muss auf die Bank, das Geld holen, und dann kann ich sofort zahlen."

„In Gold?"

„Wenn ihr wollt, gerne in Goldmark."

„Naja, noch ist es eine stabile Währung … ich muss sie nur schnell investieren."

Wieder lachten beide.

„Gut. Was wollt ihr in der Stunde tun – warten?"

„Eigentlich wollte ich noch auf den Friedhof, aber eine Stunde reicht mir dafür nicht. Nein, ich werde hier sitzen, ein wenig vor mich hin sinnieren, noch ein Stück von dem hervorragenden Kuchen essen, einen köstlichen Kaffee trinken und eurer Widerkehr harren."

Sie erhoben sich und schüttelten sich die Hände. Georg wirkte, als wäre er auf einmal zehn Jahre jünger. „Ihr wisst, dass ihr unserer Sache einen großen Dienst erwiesen habt?"

„Ich danke euch."

„Ihr braucht mir nicht zu danken. Ich habe es – trotz des Geldes – gerne getan."

„Trotzdem danke ich euch – im Namen unserer ungeborenen Kinder und Enkel."

Franz wurde fast ein wenig rot.

„Also: Nächstes Jahr in Jerusalem!"

„Nächstes Jahr in Jerusalem."

Anke Brandt

Salbeiduft

Der Wagenzug bildete auf dem Platz ein riesiges Karree, wobei eine Seite ausschließlich von mächtigen Dampfmaschinen eingenommen wurde. Carl Hagenbeck bestand darauf, dass Mensch und Tier während der gesamten Zeit mit Licht, Wärme und auch warmem Wasser versorgt wurden, da er bei einer Schau in Bremen im letzten Winter etliche Verluste zu verzeichnen hatte. Die Exoten konnten ihm nur dienlich sein, wenn sie unter Umständen lebten, unter denen sie in ihrer Heimat aufgewachsen waren. Besonders die Rentiere, seine neueste Errungenschaft aus Lappland, brauchten besondere Pflege, bis sie sich an das deutsche Klima gewöhnten. Den Lärm der Dampfmaschinen nahm er dabei für sich, seine Angestellten, die Exoten und die Tiere in Kauf.

Momentan zogen die Inuit, welche Hagenbeck zusammen mit den Rentieren erworben hatte, die deutschen Zuschauer wie Magnete an. Früher, als er reine Tierschauen veranstaltete, hatte er ein gutes Einkommen. Doch dann hörte er von Völkerschauen und den Freakshows und deren unglaubliche Beliebtheit beim Volk, sodass er damit begann, neben exotischen Tieren die Menschen fremder Völker gleich mit für seine Schau zu verpflichten. Eines musste man Hagenbeck lassen, er behandelte Mensch und Tier immer gut. So gehörten zu seinem Wagenzug stets die mobilen Dampfgeneratoren, die ein Schweizer Ingenieur für ihn gebaut hatte. Und den Betreiber dieser Maschinen lieferte der Schweizer gleich mit: den buckligen Jack.

In Berlin nun hatte Jack wenig zu tun, denn die Temperaturen lagen im Juni weit über 20 Grad Celsius. Lediglich für Licht und warmes Wasser musste der Bucklige sorgen, doch dafür waren die Dampfkessel schnell geheizt. Abends gehörte er zu den besonderen Attraktionen der Schau.

*

„Komm her, meine Kleine, komm", lockte der Bucklige das Mädchen. Sie hüpfte auf ihren Händen zu ihm. Bimba liebte Jack, der immer zu einem Scherz aufgelegt war und sich niemals daran störte, dass sie keine Beine hatte. Im Gegenteil, er ermunterte sie sogar, dass sie ein normales Leben führen und sich nicht jeden Abend dem Gelächter der gaffenden Leute preisgeben sollte. Doch Bimba wusste es besser. Mit ihren gerade mal acht Jahren hatte sie eines gelernt: Für sie würde es niemals so etwas wie Normalität geben. Das beste Beispiel dafür war ja der bucklige Jack, der, solange sie ihn nun kannte, ein Bestandteil der Schau war. Und daran sah das kleine Mädchen mit der schokoladenbraunen Haut und dem dunklen Kraushaar genauso viel Unnormalität wie in ihrem eigenen Leben. Außer, dass Jack unterdessen ein alter Mann war. Wie alt, vermochte das Mädchen nicht zu sagen, doch sie hatte vor einigen Tagen einige graue Haare zwischen den vollen Locken ihres Freundes entdeckt.

„Und? Wirst du heute Abend wieder auf die Bühne gehen und dich auslachen lassen?", fragte Jack.

„Was soll ich denn tun? So ein Abend geht vorüber. Und hier ist jetzt mein Zuhause." Traurig senkte Bimba den Blick. „Und außerdem hat der Meister gesagt, dass die meisten Leute wegen mir in die Schau kommen. Wenn ich nicht wäre …"

„Ach papperlapapp", hielt Jack dagegen. „Die Schau gab es schon vor dir und es wird sie auch nach dir geben. Lass dir nicht zu viel einreden. Wenn die Leute das Interesse an dir verlieren, dann stehst du vor dem Nichts." Der Bucklige wusste genau, wovon er sprach. Einst war er die Attraktion von Hagenbecks Tierschau. Doch dann musste Carl Hagenbeck ja unbedingt mit den Exoten beginnen. Die Tiere reichten nicht mehr aus, er sammelte die Menschen aus den Ländern gleich mit ein. Und plötzlich verloren die Zuschauer das Interesse an Jack. Bucklige gab es in jeder Stadt und mit ein bisschen Übung würden sie auch kleine Kunststücke vollführen können. Doch zu Jacks Glück verschwanden während so einer Reise die meisten der Freaks und Exoten. Über Nacht verschwanden sie und tauchten nie wieder auf. Ein Rätsel, welches es zu lösen galt …

Der Bucklige blieb. Er betreute die mobilen Dampfmaschinen der Tierschau. Darin war er wirklich gut. Er konnte sie nicht einfach nur anheizen und bedienen, sondern er hatte gelernt, sie auch instand zu halten und selbst kleinere Reparaturen vorzunehmen. Das sparte Hagenbeck viel Geld, eine Menge Zeit und er wusste die Dienste des Buckligen sehr zu schätzen.

„Aber Meister Carl hat gesagt …", setzte Bimba wieder an.

„Mädchen, du darfst nicht alles glauben. Und jetzt komm, zeig mir deinen Kopfstand, ja?"

Bimba grinste ihn breit an und stellte sich auf den Kopf. Das Gesicht des Buckligen verdüsterte sich, denn er sah eine Eleganz und Sicherheit bei dem Kind, die nicht zu übertreffen war. Das hieß, dass nach ihrem Auftritt ganz sicher wieder Buhrufe zu hören waren, wenn er selbst sich dem Publikum stellte. NEIN! Das durfte nicht sein! Sein Gesicht verdüsterte sich und nahm einen heimtückischen Ausdruck an.

*

Otto von Bismarck hatte sich wieder einmal, wie so oft in den letzten Jahren, aus den Amtsgeschäften zurückgezogen, um seine sich mehrenden Krankheiten in den Griff zu bekommen. Sein Lebensstil, den er derzeit führte, war dafür nicht gerade förderlich, denn Bismarck steckte in einer tiefen Krise. Zum einen war er leidenschaftlicher Politiker und liebte seine Machtposition, zum anderen aber sah er seine Berufung als große Last an. Und diese versuchte er, mit den Freuden des Lebens entgegenzutreten. Diese Freuden bestanden für Bismarck aus übermäßigem Genuss von Essen und Trinken. Dass er damit seinen Zustand immer weiter verschlimmerte, wollte er nicht wahrhaben und seine Krankheiten setzten ihm immer mehr zu. Deshalb suchte er nach Ablenkung. Als er von Hagenbecks Völkerschau in Berlin hörte, war der Fürst nicht zu bremsen …

*

Der bucklige Jack grübelte. Seit vielen Wochen suchte er nach einer Lösung für sein Problem. Der Geruch war nicht unentdeckt geblieben. Doch bisher war noch kein Verdacht auf Jack gefallen. Aber das konnte sich bald ändern, denn er hatte zufällig mitbekommen, wie sich zwei Tierpfleger bei Hagenbeck darüber beschwert hatten. Selbst den empfindlichen Nasen einiger Tiere hatte der süßliche Gestank missfallen. Also musste eine Lösung her.
Jack hatte es schon mit einer Verdoppelung der Filter am Abzug des Dampfkessels versucht. Doch das brachte kaum eine Besserung. Die herkömmlichen Filter, die ihm zur Verfügung standen und ebenfalls eine Erfindung des Schweizer Ingenieurs waren, hielten nur Rauchpartikel zurück, Ascherste, die sich darin sammelten, um sich nicht als ewiger Staubfilm über das ganze Lager zu legen. Jack versuchte es mit anderen Filtern, wechselte das Material, was aber

teilweise damit endete, dass es der großen Hitze der Dampfmaschine nichts entgegenzusetzen hatte.

Er überlegte, ob er es mit zusätzlichem Brennmaterial probieren sollte, etwas, welches beim Verbrennen andere Gerüche freisetzte als Holz und Kohlen. Dazu besuchte er an einem freien Vormittag einen Apotheker und bat diesen um Rat.

„Nun, mein Herr, das ist ein schwieriges Problem, welches man kaum zu lösen vermag", antwortete der Apotheker gerade.

„Aber es muss doch etwas geben", widersprach Jack.

„Aber warum verbrennen Sie die toten Tiere und vergraben sie nicht?"

„Das liegt doch auf der Hand. Wenn wir mit der Schau unterwegs sind, schlagen wir unser Lager inmitten großer Städte auf, da können wir doch nicht …"

Der Apotheker, ein distinguierter, älterer Mann mit Halbglatze und einem Augenzwicker, winkte ab. „Verstehe", meinte er nur. „Also, dann probieren Sie Salbei. Sie können es direkt mit verbrennen oder aber hinterher." Damit stand er auf und ging zu einer der vielen Schubladen, welche die Wände der Apotheke fast vollständig bedeckten. Er zog eine der unteren Laden auf und nahm ein Säckchen heraus.

„Getrocknete Salbeiblätter, leicht brennbar und nur wenige Blätter genügen, um die Luft zu reinigen. Übrigens auch hervorragend geeignet als Aufguss bei Halsbeschwerden." Damit reichte er dem Buckligen das Säckchen und hielt gleichzeitig die andere Hand auf. Jack bezahlte die Ware und verschwand.

*

Die Schlange an der Kasse von Hagenbecks Völkerschau wurde im Lauf des Nachmittags immer länger. Mindestens 80 Menschen warteten geduldig darauf, eine der begehrten Eintrittskarten für die Schau zu erwerben, und bis zum Abend würde sich die Anzahl noch um ein Vielfaches erhöhen. Auch wenn die Fläche groß war, so konnte doch meist nicht allen Menschen der Eintritt gewährt werden, zu groß war die Nachfrage, seit Freaks die bisherigen Tier- und Völkerschauen bereicherten.

Gegen halb sechs Uhr Nachmittags war Martin Gerlach an der Reihe. Als er dem Kassierer sein Geld hinschob und nach der Eintrittskarte greifen wollte, schaute der Mann in dem kleinen Kassiererwagen auf. Seine Augen wurden groß und rund.

„Einen Augenblick bitte", sagte er freudig erregt und schloss das kleine Fenster. Dann kam er zur Tür herausgestürmt und nahm Martin beiseite.

„Junger Mann, bitte begleiten Sie mich" sprach er Martin an. „Das … das ist unglaublich", murmelte er dann noch. Martin Gerlach verstand die Situation nicht, war aber zu überfordert, um nicht zu gehorchen. Obwohl er den Kassierer um beinahe zwei Köpfe überragte. Die Narben in seinem Gesicht trugen auch nicht gerade dazu bei, ihn harmlos aussehen zu lassen, doch der Kassierer kannte diesen Typ Mensch ganz genau. Was sie an Körpergröße zu viel hatten, fehlte ihnen meist im Kopf und so waren diese übergroßen Menschen allzu oft naiv, wenn nicht gar dümmlich veranlagt. Und Martins Gesichtsausdruck ließ sich den Kassierer seiner Sache sehr sicher sein. So brachte er seine Entdeckung direkt zu Carl Hagenbeck, der sich des Neuzugangs sofort annahm.

Nachdem geklärt war, dass Martin Gerlach allein lebte, keine näheren Verwandten in der Stadt hatte und seinen Lebensunterhalt damit verdiente, dass er Müll sammelte, war sein Eintritt in Hagenbecks Völkerschau schnell beschlossene Sache.

Martin Gerlach hatte endlich ein Zuhause gefunden, in dem er ein Dach über dem Kopf und geregelte Mahlzeiten bekam. Hagenbeck verwies ihn an den buckligen Jack, damit er die Neuerwerbung einwies. Als die Beiden Hagenbecks Wohnwagen verließen, huschte ein breites Grinsen über das Gesicht des Direktors. Mit Martin hatte er die Überraschung für seine Sonderschau anlässlich des Besuches von Fürst von Bismarck parat, der für den nächsten Abend angekündigt war.

*

Wie es ihm aufgetragen worden war, führte der Bucklige den Neuankömmling durch das Lager. Er zeigte ihm die Unterkünfte für Mensch und Tier und unterwies ihn in die für ihn anfallenden Arbeiten. Am Ende des Rundgangs zeigte Jack dem Riesen sein Nachtlager, ein Zelt, welches er sich mit mehreren anderen Bediensteten und Akteuren der Schau teilen musste. Doch das machte Martin nichts aus, im Gegenteil, er freute sich sehr, als er sein eigenes Bett zugewiesen bekam. Bett war vielleicht nicht der richtige Ausdruck, es handelte sich um Strohsäcke und zwei Decken. Doch diese gehörten Martin des Nachts ganz allein.

„Und? Was kannst du so?", fragte Jack, nachdem er Martin nun alles vorgeführt hatte.

„Was … was soll ich schon können?", erwiderte der Riese.

„Na, irgend etwas, womit du die Leute beeindrucken kannst. Nur auf die Bühne gehen und dämlich dreinschauen wird auf Dauer nicht genügen", antwortete ihm der Bucklige. „Du musst dir etwas ausdenken, was du ihnen zeigen kannst. Kleine Kunststücke oder so etwas."

Martin blickte Jack ratlos an.

„Ach was, mach dir keine Sorgen, Meister Hagenbeck wird schon herausfinden, wozu du fähig bist", tröstete Jack. Sein Gesicht nahm einen verschlagenen Ausdruck an. „Fürs Erste wird es genügen, wenn dich die Zuschauer begaffen können."

„Dann … dann muss ich …", stotterte Martin.

„Natürlich. Oder denkst du, der Meister hat dich hier aufgenommen, weil er so ein großes Herz hat? Du sollst Zuschauer anlocken, zahlende Zuschauer. Aber mach dir nichts draus, von dem Kuchen, der dabei zusammenkommt, gibt Hagenbeck jedem ein paar Krümel ab." Jack kicherte, als er wieder in das verdutzte Gesicht des Hünen blickte. Er konnte mit seinen Worten offensichtlich nicht viel anfangen, leckte sich aber die Lippen und brummte ein „Hmm".

„Und nun komm, du kannst mir beim Heizen helfen. Vor der Schau benötigen wir warmes Wasser." Damit drehte sich Jack um und ging voran in Richtung der Dampfkessel.

*

Die Schau am Abend wurde ein voller Erfolg. Menschen und Tiere wurden vom Publikum bestaunt, die Eskimos spielten eine Szene aus ihrem Leben in Lappland nach, wofür sie eigens aus Pappmaschee ein Iglu nachgebaut hatten, welches an der Vorderseite offen war, die Rentiere scheuten noch ein wenig, aber alles lief gut. Als die kleine Bimba auf die Bühne hüpfte, war es bereits dunkel. Jack hatte die Dampfgeneratoren tüchtig eingeheizt, sodass die Strahler die Bühne erhellten und Bimba von allen Zuschauern gesehen werden konnte. Wie immer eroberte sie die Herzen der Zuschauer im Sturm. Aber wie immer gab es auch einige feuchte Augen, besonders bei den weiblichen Besuchern, die ihr Mitleid mit dem Mädchen ohne Beine nicht im Zaum halten konnten.

Den Abschluss der Schau machte wie in jeder anderen Schau auch der bucklige Jack. Er erheiterte die Zuschauer mit kleinen Zaubertricks und Kunststückchen, die aber allesamt so unspektakulär waren, dass die meisten Besucher sich schon während seiner Aufführung für den Rückweg vorbereiteten. Die Aufmerksamkeit der Menschen war aufgebraucht, Jacks Laune tendierte zum Nullpunkt. Am Ende der Schau war er nur noch wütend. Und um seine Wut in den Griff zu bekommen, gab es nur eines, was er tun konnte ...

*

Ruhe breitete sich über Hagenbecks Wagenlager aus. Nach und nach erloschen die Lichter und im großen Gemeinschaftszelt sagte man sich Gute Nacht. Der bucklige Jack schlich noch umher und pfiff leise vor sich hin.

Im großen Zelt spitzte jemand die Ohren und verließ im Dunkeln die Schlafstatt. Am Eingang des Zeltes sah die Person Jack und folgte ihm freudig. Als die Beiden Jacks Wagen erreichten, der unmittelbar bei den Dampfmaschinen stand, atmete nur noch Jack. Die andere Person hing schlaff über seiner Schulter. Im Wagen angekommen, wetzte der Bucklige das große Messer und begann, die Person zu zerlegen. Die Stücke durften nicht wesentlich größer als Holzscheite sein, sonst wären die Rückstände in der Asche zu groß. Jedes Stück wickelte er in eigens dafür vorgesehene Lumpen und stapelte sie sorgfältig in seinen eingebauten Schrank. Am Morgen, wenn alle noch schliefen, würde Jack die Kessel anheizen ...

*

Otto von Bismarck erreichte Hagenbecks Tierschau am späten Nachmittag des folgenden Tages. In seinem Gefolge befanden sich zwei Minister und mehrere Diener. Bismarck war zwar privat unterwegs, nutzte solche Fahrten aber immer, um politische Geschäfte abzuwickeln oder anzukurbeln. Nirgends ließ es sich ungestörter reden als in einer Droschke.

Vor dem Kassiererhäuschen standen wieder Hunderte Menschen und hofften, eine der begehrten Eintrittskarten für die Schau zu erwerben. Die Berliner hatten Wind davon bekommen, dass der Reichskanzler höchstpersönlich die Schau besuchen wollte und deshalb diese Vorstellung mit einer neuen Attraktion bereichert werden sollte.

Für die Droschke des Fürsten war extra eine Zufahrt geschaffen worden. So konnte Bismarck ungehindert bis vor den Wagen von Carl Hagenbeck vorfahren. Dieser begrüßte seinen Ehrengast, bewirtete ihn mit dem besten Essen, welches er in Berlin bekommen konnte, und zeigte Bismarck anschließend die Tiere und Exoten der Schau. Nur Martin Gerlach, die Überraschung des Abends, hielt er noch geheim. Der Riese hatte Anweisung erhalten, sich bis zum Einbruch der Dunkelheit versteckt zu halten. Und obwohl er so auffallend groß war, gelang es ihm tatsächlich, den ganzen Tag über unsichtbar zu bleiben.

*

Die Sonne neigte sich allmählich dem westlichen Horizont entgegen. Der bucklige Jack war in bester Laune und bereitete die Dampfkessel vor. Vor der Schau mussten diese auf vollen Touren laufen, damit für warmes Wasser und vor allem ausreichend Licht gesorgt war.

Bismarck hatte es sich in der Ehrenloge gemütlich gemacht und wartete bei einem bereitgestellten Buffet auf den Beginn der Show. Beim Essen und Trinken wurde ihm nicht langweilig und er konnte eine Menge davon verzehren. Als Carl Hagenbeck endlich die Bühne betrat und die Schau eröffnete, war der Fürst zum Platzen satt.

Die Schau konnte beginnen …

*

Jack schwitzte bei der schweren Arbeit. Die Gliedmaßen abzutrennen, war noch einigermaßen leicht vonstatten gegangen, aber bei dem mächtigen Rumpf hatte er einige Mühen. Die Klinge des Messers war zu kurz, sodass er den Leib immer wieder drehen musste. Die alten Kohlesäcke, auf denen er den Körper gelegt hatte, waren unterdessen vollgesogen vom Blut des Toten genau wie Jacks Kleidung. Doch er arbeitete verbissen weiter, und als die Rentiere angekündigt wurden, mobilisierte er noch einmal alle seine Kräfte. Stück für Stück zerteilte er den Körper, bis nur noch der Kopf übrig war. Dann öffnete er die Luke des Heizkessels und warf die einzelnen Stücke nacheinander hinein. Zwischendurch griff er immer wieder in das Säckchen, welches er von dem Apotheker erhalten hatte, und streute Salbeiblätter ins Feuer. Die Flammen loderten, der Bucklige grinste zufrieden. Als er alle Stücke im Feuer hatte, einschließlich der blutdurchtränkten Kohlesäcke, verschloss er die Luke sorgfältig. Dann begab er sich umgehend an die Waschrinne und säuberte seinen Körper. Frische Kleidung lag bereit, und als er das aufgeregte Rufen der Tierpfleger hörte, saß der bucklige Jack in seinem Wagen und tat, als sei nichts geschehen.

*

„Wo ist Martin? Wo steckt dieser Bastard? Schafft ihn sofort herbei!", wetterte Carl Hagenbeck. „Und wenn ihr Bimba findet, dann bringt sie gleich mit, nicht dass wir noch eine Pause einlegen müssen, weil das gnädige Fräulein zu spät kommt." Hagenbeck wusste, dass dies Bimba gegenüber ungerecht war, sie kam noch niemals zu spät, auf sie konnte er sich immer verlassen. Doch er war wütend, zornig. In seiner Wut bemerkte er den schleichenden Geruch nicht, der sich allmählich über dem Platz ausbreitete.

Fürst Bismarck erging es da schlechter. Aufgrund seiner Völlerei den ganzen Nachmittag und Abend über, war ihm sowieso schon schlecht, der Gestank nun ließ das Fass im wahrsten Sinn des Wortes überlaufen. Otto von Bismarck erbrach sich in der Ehrenloge und besudelte dabei etliche Bedienstete und Zuschauer, die unterhalb standen. Als er wieder Luft bekam, brüllte er seine Wut über diese Schmach in der Öffentlichkeit lautstark hinaus und verließ die Schau. Nur Minuten später donnerte seine Droschke in rasantem Tempo vom Platz ... nur um Augenblicke später zurückzukehren.

„Hagenbeck", schrie Bismarck, als er ausstieg.

Der Direktor der Schau kam herbeigeeilt und verbeugte sich vor dem Fürsten. Dabei murmelte er unentwegt Worte der Entschuldigung, obwohl er nicht wusste, wofür er sich entschuldigen sollte. Schließlich hatte sich der Reichskanzler ganz allein überfressen.

„Hagenbeck, ick habe mir zwar die Seele aus dem Leib jekotzt, aber mein Jehirn funktioniert noch. Sie haben mir heute Nachmittag eine Überraschung versprochen, und die will ick mir auf keenen Fall entjehen lassen. Und deshalb wird mit der Schau weiterjemacht, klar?"

Carl Hagenbeck verbeugte sich wieder und stammelte: „Aber gewiss doch ... einen Augenblick nur ... bitte nehmen Sie doch wieder Platz." Einige Bedienstete waren schon davongeeilt, um die Ehrenloge schnellstmöglich zu säubern.

Hagenbeck war nervös wie nie zuvor in seinem Leben. Wieder schrie er nach Martin und Bimba, doch niemand wusste, wo die beiden waren. Nur der bucklige Jack kam herbeigeschlendert, so, als hätte er von dem ganzen Drama noch nichts mitbekommen.

„Jack, hast du den Riesen und die Kleine gesehen?", fragte Hagenbeck ihn.

Der Bucklige zuckte mit den Schultern. „Heute Nachmittag, ja. Danach nicht mehr."

„Verdammt!", fluchte der Direktor. Dann überlegte er kurz. „Du wirst das Publikum bei Laune halten!" Hagenbeck deutete mit dem Zeigefinger auf Jack. „Los, los, beeil dich. Zieh deine besten Sachen an und zeig dem Kanzler, was du drauf hast."

Ein zufriedenes Lächeln huschte über Jacks Gesicht. Er eilte davon und bereitete sich auf seinen großen Auftritt vor. Er, der bucklige Jack, würde als DIE Attraktion von Hagenbecks Tierschau in die Annalen des Reichskanzlers Otto von Bismarck eingehen.

Jack, der eigentlich Jürgen Schließer hieß und aus Zürich stammte, träumte von Kindesbeinen an von Ruhm und Ehre. Seine angeborene Missbildung hatte ihn sein Leben lang den Grausamkeiten anderer Kinder und später Erwachsener ausgesetzt, er wurde immer verbitterter und sann seit vielen Jahren auf Rache. Nur … in seinem Wahn suchte er sich stets die falschen Opfer aus. Opfer, die seinem Ruhm im Wege standen, denn seine Rache bestand in erster Linie darin, all den normalen Menschen zu beweisen, dass er trotz seiner Missbildung etwas ganz Besonderes war … Die Gefühle und Gedanken des Buckligen waren zu verworren, als dass ein anderer Mensch sie hätte nachvollziehen können.

Der süßliche Gestank waberte immer noch über dem Platz, als Carl Hagenbeck dem Fürst von Bismarck die Attraktion des Abends ankündigte, wegen der der Reichskanzler die Schau überhaupt besuchte.

Der Bucklige stolzierte auf die Bühne und lieferte die Show seines Lebens. Er wirkte an diesem Abend besonders glücklich, geradezu befreit und präsentierte sich besonders ausgiebig. Doch außer dem Reichskanzler und dem Berliner Publikum nahm das kaum einer von den Mitgliedern der Schau wahr, denn sie alle durchsuchten jeden Winkel des großen Lagers. Irgendwo mussten Martin und Bimba sein. Oder sollten auch sie, wie so viele zuvor, die Schau verlassen haben? Hagenbeck glaubte es nicht, denn wo sollten der Riese und das beinlose Mädchen denn hin?

Jeder Wagen, jedes Zelt und auch die Unterkünfte der Tiere wurden durchsucht. Nichts wurde ausgelassen. Doch von den zwei Vermissten fehlte jede Spur. Carl Hagenbeck war am Verzweifeln. Es war immer das Gleiche. Kaum hatte er Neuzugänge bei den Freaks zu verzeichnen, waren sie auch schon wieder verschwunden. Und die Zeit dazwischen wurde immer kürzer. Lediglich der bucklige Jack blieb …

Hagenbeck kam ein Verdacht.
Sollte vielleicht …?

Nein, das konnte und wollte er nicht glauben.
Nicht Jack!
Aber warum war der einzige Missgebildete, der nicht verschwand?
Tosender Beifall brandete auf und erfüllte lautstark den Platz. Wie es aussah, konnte Jack das Publikum an diesem Abend vollends begeistern.
Der Zweifel nagte weiterhin am Direktor. Er schlug den Weg zu den Dampfmaschinen und damit zu Jacks Unterkunft ein. Mit jedem Schritt wurde der süßliche Geruch intensiver.
Hagenbeck inspizierte die Dampfmaschinen, konnte jedoch nichts Auffälliges feststellen. Die Generatoren brummten, die Temperaturanzeige hielt sich im normalen Bereich und dennoch schrillten in Hagenbeck sämtliche Alarmglocken. Er betrat die Unterkunft des Buckligen. Auch hier gab es nichts Auffälliges zu sehen. Nur der Geruch änderte sich. Es roch ... frisch, nach irgendeiner Pflanze, die ihm vage bekannt vorkam, doch er kam nicht drauf, was es sein könnte. Aus einer inneren Eingebung heraus öffnete Hagenbeck eine Schranktür. Der metallische Geruch nach Blut schlug ihm entgegen, die eingetrockneten braunen Flecken bestätigten ihn. Hagenbeck wurde bleich, unterbrach die Inspizierung des Wohnwagens aber nicht. Als er die Holzkiste neben dem Bett öffnete, musste er sich allerdings abwenden. Saurer Speichel sammelte sich in seinem Mund, er schluckte. Die Kiste war voll von Ascheresten, in denen sich verkohlte Knochen sammelten. Hagenbeck musste keinen zweiten Blick riskieren, um zu wissen, dass es sich um menschliche Knochen handelte. Und er wusste in diesem Augenblick ganz genau, um wessen Knochen es sich dabei handelte ...

*

Der bucklige Jack sonnte sich im Applaus des Publikums. Das zufriedene Lächeln des Reichskanzlers war Balsam für seine kranke Seele. Nach einer letzten Verbeugung verließ er die Bühne, blieb aber noch in der Nähe, falls die Zuschauer eine Zugabe von ihm verlangten.
Hagenbeck betrat die Bühne und verabschiedete sich vom Berliner Publikum und besonders bei Bismarck, der ihm die Ehre seines Besuches erwiesen hatte. Die Menschenmassen begannen sich aufzulösen, der Fürst rollte in seiner Droschke diesmal endgültig davon.

Hagenbeck ging zu Jack und legte freundschaftlich seinen Arm um den Buckligen.

„Na, Jack, das war ein voller Erfolg heute Abend, was?", fragte er gönnerhaft. „Du der Star der Schau, das muss dir doch gefallen haben."

„Naja, Herr Direktor, mir blieb ja auch nichts weiter übrig, nachdem die beiden anderen einfach abgehauen sind."

„Abgehauen? Soso, woher weißt du das, mein lieber Jack?", wollte Hagenbeck ahnungslos tuend wissen.

„Aber Herr Direktor, es ist doch immer das Gleiche. Sie kommen, treten in der Schau auf und verschwinden wieder, wenn sie ein bisschen was verdient oder sich mal satt gegessen haben. Elendes Pack, welches Sie nur ausnutzt. Ich weiß, dass ich Ihnen zu Dank verpflichtet bin."

Hagenbeck und Jack erreichten die Unterkunft des Buckligen. An der Tür blieben sie stehen.

„Jack, mein Lieber, lass uns auf den gelungenen Abend noch ein Glas gemeinsam leeren", schlug Hagenbeck vor. Dabei zog er eine Flasche aus seiner Jackentasche.

Jack suchte nach einer Ausrede. „Normalerweise gern, Herr Direktor, aber ich … ich bin … äh … müde. Der Tag war lang und morgen früh muss ich die Kessel beizeiten heizen …"

„Ja, Jack, das wollte ich dich schon immer mal fragen. Womit genau heizt du die Kessel eigentlich an?" Hagenbeck klang noch immer unverfälscht, doch der Ausdruck in seinen Augen änderte sich. Er konnte seine Wut, seinen Ekel kaum noch im Zaum halten.

Nun wurde der Bucklige misstrauisch.

In diesem Augenblick riss Hagenbeck die Tür zu Jacks Wohnwagen auf und zeigte auf die Kiste. Aus dem Dunkel traten mehrere Bedienstete, Messer in den Händen.

Der bucklige Jack erbleichte und begann am ganzen Körper zu zittern.

Worte hatte er keine, er wusste in diesem Moment, dass es aus war.

Die Männer mit den Messern traten auf ihn zu, einer nahm ein Seil und fesselte den Buckligen. Jack leistete keinen Widerstand.

Der mit dem Seil fragte den Direktor: „Was sollen wir mit ihm tun?

Carl Hagenbecks Blick wanderte zum Heizkessel …

*

In dieser Nacht im Juni des Jahres 1875 mussten die Menschen und Tiere von Hagenbecks Tierschau zum letzten Mal den süßlichen Gestank ertragen, der in den letzten Jahren zu einem steten und unwillkommenen Begleiter geworden war.

Barbara Nitribitt

Im neuen Jahr wird alles anders

Es war fast Mitternacht, als ich, den Hut tief ins Gesicht gezogen und die Hände noch tiefer in den Manteltaschen vergraben, mich durch den Schnee kämpfte, der mit aller Macht mein vorankommen verhindern wollte. Aus dunklen Wolkenmassen, die nur wenige Zentimeter über den Dächern Alt-Frankfurts hingen, wirbelte der Schnee in dicken Flocken herunter und versperrte die Sicht. Gleichzeitig bedeckte er das Strassenpflaster bereits zentimeterhoch. Nur wenige Menschen waren auf der Straße und die Dampfautomobile zischten und ratterten und sorgten mit ihrem Dampf für eine zusätzliche schwere Sicht. Ich bog in eine Gasse ab, ohne genau hinzusehen in welche, um schneller voranzukommen. Hier blies der Wind nicht so schlimm und der Schnee lag nicht so hoch. Irgendwie roch es nach frischer Wäsche und als ich aufsah, konnte ich den Dampf einer Wäscherei aus einem der Kellerfenster entweichen sehen. Es roch nach Seife und Stärke.

Wenn ich nicht zufällig die Hand gesehen hätte die aus dem Schneehaufen ragte, wäre manches sicher anders für mich verlaufen. Die manikürte Frauenhand lag neben einer der überquellenden Mülltonnen, zwischen Papier, Essensresten, Schrott und anderem Müll, der sich unter dem schmutzigen Schnee angesammelt hatte. Eine vom Wind aufgebauschte Schneewehe bedeckte die Frau. Sie mußte tot sein, denn wer sonst würde sich freiwillig in eine dreckige Gasse legen. Ich war sehr erschrocken. Als ich mich nach vorn beugte, sah ich rot lackierte Fingernägel, die Finger zu einer hohlen Faust geballt, der kleine Finger affektiert gespreizt. Ich wagte nicht, die Hand anzufassen, richtete mich auf und überlegte. Die schwere Pistole in meiner linken Manteltasche polterte dumpf gegen eine Mülltonne. Erschrocken blickte ich mich um. Die Gasse blieb still und leer, während auf der Straße ein paar schnelle Schritte zu hören waren. Kräftige Männerschuhe und die klackernden Pumps einer Frau, gedämpft durch den weichen Schnee. Welche Frau ging mitten im Winter mit solchen Schuhen auf die Straße? Außer den Kellerfenstern, aus denen der Dampf der Wäscherei entwich, gab es nur wenige Fenster, die in die Gasse wiesen. Die beiden im Erdgeschoss waren mit Brettern vernagelt, in der zweiten Etage brannte Licht, das sich schwer durch die zugezogenen Gardinen kämpfte. Erleichtert stellte ich mich hinter die Tonnen, um noch schwerer gesehen zu werden. Obwohl ich davon ausging, dass um diese Zeit sich niemand die Mühe macht, in eine dunkle Gasse zu blicken, in der nur wenig Licht von den Gaslaternen der Straße hereinfällt. Für einen Moment lehnte ich mich gegen die raue Ziegelwand und schloss die Augen. Mir gingen sehr viele Gedanken durch den Kopf, bis ich mich zu einer Handlung hinreissen ließ. Ich langte nach meiner Pistole und legte sie in die Hand der toten Frau. Eben noch wusste ich nicht, wie ich den Mord an Stumpen-Karle vertuschen konnte und hier lag die Lösung. Im wahrsten Sinn des Wortes. Sollte mich die Polizei jetzt aufgreifen, ich hätte keinen Beweis meiner Schuld bei mir. Und das Problem der toten Frau und des toten Stumpen-Karl war eines, um das sich die Polizei kümmern müsste. Mir war es egal. Ich ging weiter, etwas vorsichtiger als vorher und trat aus der Gasse heraus. Mit schnellen Schritten eilte ich nach hause.

*

Zu hause saß ich im Dunkeln. Der Kohleofen bollerte und brachte Wärme in mein Zimmer und rötliches Glühen des Ofenlochs ein wenig Licht. Ich sah aus dem Fenster hinab auf die Straße. Autoreifen hinterließen Spuren, die schnell vom heftigen Wind verweht und neuem Schnee verdeckt wurden. Einladend schimmerte aus den Fenstern gegenüber, hinter nicht ganz zugezogenen Gardinen, warmes Licht. Die Kneipentür zu Schlemihls Gasthaus, wie es sich hochtrabend nannte, wurde geöffnet, gelbes Licht aus Gaslaternen fiel auf die Straße und eine vermummte Gestalt trat hinaus. Am Humpeln konnte ich meinen alten Saufkumpan Fritz erkennen. Ich hatte mir vorgenommen, hier sitzen zu bleiben und nichts weiter zu tun. Der Streit mit Stumpen-Karl ging mir nicht aus dem Kopf. Stumpen-Karl war ein elender Halunke, der mit allem handelte, was er in die Finger bekam. Seinen Namen hatte er von den Zigarrenstumpen, die er immer zwischen den Zähnen hielt und seine Aussprache mit seinem Frankfurter Dialekt noch undeutlicher machte. Ich lernte ihn vor gut einem Jahr kennen, und hassen. Damals etwa um die gleiche Zeit, die Zeit als freie Stadt war vorbei, vier Jahre nach der 1866 durch preussische Truppen durchgeführte Einnahme Frankfurts, war ich wütend und verzweifelt genauso durch die leeren Straßen gelaufen.

*

Es war später nachmittag, gegen sechs Uhr, als ich an meinem Arbeitsplatz meine Habseligkeiten einsammelte, das Bernsteinarmband für Wilhelmine, ein paar Leckereien, die sie mochte und ein kleines Fläschchen mit Rotwein. Ich wollte Wilhelmine zu unserem Hochzeitstag ein passendes Geschenk mitbringen. Auf diesen Abend, unseren ersten Hochzeitstag in der kleinen, gemütlichen Wohnung, hatte ich mich seit langem gefreut. Wilhelmine war eine zierliche, braunhaarige Frau, die eine Anstellung in einer Näherei in der Nähe unserer Wohnung hatte.

*

Wir hatten uns zufällig auf der alten Brücke beim Brickegickel getroffen. Oder besser, sie fiel mir in die Arme. Denn als sie hinauf zum Brickegickel sah, verlor sie das Gleichgewicht und fiel hintenüber. Zum Glück stand ich dort und konnte sie auffangen. Als ich in ihre rehbraunen Augen sah, dachte ich mir, mein Glück sei vollkommen. Ich lud sie ein, in einem Café in der Nähe zu einem Kaffee und einem Stück Frankfurter Kranz. Ein langes halbes Jahr habe ich alles getan, was getan werden muss, um ein schönes und kluges Mädchen zu erobern. Denn klug war Wilhelmine jedenfalls. Sie brachte mich dazu, Blumensträuße, Pralinen, etc. zu kaufen und ihr in Anwandlung von Verliebtheit zu schenken. Bis zu ersten zaghaften Zärtlichkeiten in meiner kleinen Wohnung dauerte es recht lange. Weil meine Eltern im Kampf gegen die Preussen fielen und Wilhelmines Eltern draussen in Seckbach wohnten, stand uns niemand entgegen. Allerdings ging die Beziehung schnell in eine feste Bindung über, nur zwei Monate später, am Sonntag den einunddreissigsten Dezember, heirateten wir. Es war für uns nur ein Neuanfang. Das Ende des Jahres sorgte aber auch für Schlagzeilen in der Frankfurter Presse, denn Marineminister und General der Infantrie Albrecht Graf von Roon starb. Zwei Ereignisse, die mir im Gedächtnis blieben.

An die folgenden Wochen und Monate konnte ich mich trotz allem, da alles so bitterböse endete, noch immer mit einem Lächeln erinnern. Es war die glücklichste Zeit meines Lebens.

Wilhelmine hatte ihre Lehrzeit bei einer Schneiderin beendet und wie es der Zufall wollte, ganz in meiner Nähe eine eigene Schneiderei eröffnet. In einem kleinen Souterrain-Laden, gerade mal gross genug für den Laden und zwei klitzekleine Zimmerchen, wovon sie eines als Umkleidekabine nutzte, hatte sie gewohnt und gearbeitet. Die Kundinnen kamen hauptsächlich, um an ihrer Kleidung Ausbesserungen vornehmen zu lassen. Trotzdem blieb Zeit, eigene Kleider zu schneidern und diese, sobald sie fertig waren in das Schafenster zu stellen. Dort blieben sie allerdings nie lange, denn in Frankfurt sprach es sich herum, dass sie wunderbare Kleider entwarf und diese angenhem zu tragen waren. Dabei lernte sie auch Friedrich Karl, Graf von Roon kennen, einen entfernten Verwandten des Eingangs erwähnten Graf Albrecht. Wir verdienten beide recht gut, konnten etwas Geld zurück legen und träumten von einem kleinen Häuschen im Grünen und ja, auch von Kindern. Frankfurt erschien uns mit den Dampfautomobilen und anderen technischen Errungenschaften nicht sicher genug. Wo sollten die Kinder denn spielen?

Ich war so glücklich, dass kein Platz für Mißtrauen blieb, als sie immer öfter von Graf von Roon sprach. Er war schließlich ein Kunde, der bei ihr Kleider in Auftrag gab und großzügig bezahlte. Heute, da ich in meinem Sessel sitze und meine Erinnerungen an das Vergangene Revue passieren lasse, will mir nicht in den verwirrten Kopf, dass ich mich so habe zum Narren halten lassen.

Ich hatte also am heutigen Silvesterabend müde, aber voller Vorfreude auf das festliche Zusammensein mit meiner geliebten Ehefrau, das Kaufhaus verlassen. War die paar Straßenzüge entlanggelaufen und die Treppe zu unserer hübschen Wohnung hinaufgeeilt. Mein Geschenk, die Leckereien und den Wein hatte ich in unsere kleine Küche gebracht. Das Bernsteingeschmeide in der Hand ging ich in unsere gute Stube. Der kleine Flur, aber auch die Gute Stube lag im Dunkeln. Verblüfft blieb ich stehen. Wilhelmine hätte doch bereits hier sein sollen und das Essen vorbereiten. Ich entzündete das Licht. Der Ofen war kalt, das heißt, Wilhelmine war noch nicht da. Konsterniert entdeckte ich einen Briefbogen auf dem Tisch. Ich nahm das Blatt in die Hand und begann zu lesen, noch in Hut und Mantel.

„Lieber Rudolph,
Friedrich Karl kam heute in meine Näherei. Er hat sagte zu mir, er werde alle seine Weibergeschichten aufgeben, wenn ich nur mit ihm komme. Und, was soll ich sagen, ich liebe ihn, seit er das erste Mal meinen kleinen Laden betrat. Er ist so charmant, liebenswürdig und freundlich. Er flehte mich an, mit ihm zu kommen. Ich konnte mich lange nicht dazu entschließen. Wir sind doch verheiratet und du warst der erste Mann, dem ich mein Herz schenkte. Jetzt ist aber Friedrich da. Er ist ein großer, weltmännischer Adliger, ein wertvoller

Mensch. Bitte versteh' mich und verzeih' mir, wenn Du kannst! Ich bin Dir sehr dankbar für die Zeit unserer Ehe! Herzlichst Deine Wilhelmine."

Wie gelähmt muss ich dort gestanden haben. Minutenlang. Erst als die alte Wanduhr zur vollen Stunde acht Uhr schlug, erwachte ich wie aus einer Trance. Seltsame Erinnerungen an eine Seance vor fünf Jahren schlugen sich in meinen Gedanken nieder und eine Warnung.

„Du wirst verlieren, was Dir am liebsten ist. An der Wasserkante wirst Du Deine Liebe wiederfinden und für immer verlieren."

*

Ich hoffte, nur in einem schlimmen Traum gefangen zu sein, aber der Briefbogen mit der schwungvollen Handschrift meiner geliebten Wilhelmine, zu meinen Füssen, er musste mir wohl aus der Hand gefallen sein, sprach eine andere Sprache.

Mit einem wilden Schrei hob ich den Briefbogen auf, rannte durch das Zimmer und wusste nicht, was ich machen sollte. Da fiel mir ein, dass ich jetzt einfach zur alten Brücke, zum Brickegickel gehe, den Platz, wo wir uns das erste Mal getroffen hatten. In mir tobte eine Wut, die ein Ventil suchte. Ich fühlte mich wie eine Dampfmaschine, die kurz vor der Explosion steht. Ich bringe den Kerl um, war eine meiner ersten Gedanken. Ich warf den Brief auf den Tisch und eilte zur Tür. Wie ein Fliehender stürzte ich aus der dunklen, nicht mehr gemütlichen Wohnung. Dann machte ich mich auf den Weg, um die alte Brücke aufzusuchen. Vielleicht würde ich dann ruhiger werden. Seltsamerweise führten mich meine Schritte zuerst zu Wilhelmines kleinem Laden. Dort sah ich, wie ein paar Männer den Laden ausräumten. Sie verpackten alles in Kisten und Kästen und wuchteten diese auf einen bereitstehenden Dampfwagen. Aus ihrem Gespräch entnahm ich, dass sie alles zur Uferpromenade schaffen, wo Wilhelmine auf sie warten würde. Ich lief durch mir unbekannte Gassen und immer weiter, bis ich in einen Bereich gelangte, der mir vage bekannt vorkam. Ich jagte fast zum Mainufer, wo ich Wilhelmine zu treffen hoffte und diesen Friedrich Karl zu Haste nicht gesehen meine blanke Faust in sein markantes, überheblich lächelndes Gesicht zu schlagen. Ich sah den Widerling bereits vor mir, wie er da steht, möglicherweise sogar den Arm um meine Wilhelmine gelegt. Ich war kurz davor, ihn zu töten, doch hatte ich keine Waffe, das war auch gut so. In meiner überhasteten Art habe ich sicherlich den festlich gekleideten und froh gestimmten Menschen die auf der Straße unterwegs waren, die Stimmung verdorben. Doch das focht mich nicht an. Ich wollte nur eines, meine Frau. Mehr als einmal stürzte ich auf dem glatten Schnee. Hier im Viertel des Flusshafens konnte es sehr gut sein, dass manch unbedarfter Besucher das Letzte, was er sah, eine blitzende Klinge war, bevor es dunkel um ihn wurde. Wahrscheinlich spürten sie die tastenden Finger gar nicht mehr, die nach Brieftasche, Uhren, Ausweisen und sonstigen Wertgegenständen suchten. So etwas kam hier vor, genau wie im Rotlichtviertel um den neuen Bahnhof. Es schien der Lauf der Welt zu sein. Ich erreichte den Kai, suchte lange herum und fand das Flussboot unter Dampf vor und den Kraftwagen davor. Die Männer, die eben noch den Laden ausräumten, verbrachten die Kisten in den Laderaum der Marie vom Main, wie das Dampfschiff hieß. Ich stürzte an den Männern vorbei, über die wackelnde Planke auf Deck. Laut schrie ich den Namen meiner Frau, bis sie, am Arm von diesem adligen Lackaffen, an Deck erschien.

„Ich will, dass Du wieder zu mir zurückkommst, Wilhelmine. Du kannst nicht einfach gehen. Wir sind miteinander verheiratet."

„Rudolph bitte, ..." Sie konnte nicht zu Ende sprechen, den der Graf unterbrach sie sehr bestimmt.

„Minchen, meine Liebe, echauffiere dich bitte nicht so. Die Scheidung wird sehr schnell gehen und dann wird für Dich ein neues Leben beginnen. Für Deinen ... Mann ... wird gesorgt werden."

Ich spürte, wie der Zorn in mir hochstieg, und für einen sekundenbruchteil blendete mich das Gefühl, wie ich ihn ... ich bremste mich ein wenig, würgte den Zorn für einen kurzen Augenblick hinunter. „Mischen Sie sich nicht ein, Sie Lackaffe!" schrie ich ihn an. „Wilhelmine, was habe ich getan, dass Du mich verlässt? War ich nicht immer gut zu Dir?"

In diesem Moment hörte ich ein hässliches Lachen hinter mir. Eine schwere, schwielige Hand legte sich auf meine Schulter.

„Mein Herr, ich bin der Kapitän dieses Schiffes. Und als solcher bitte ich Sie, es sofort zu verlassen."

„Wenn ich aber nicht will, nicht ohne meine Frau." Ich drehte mich um und sah dem alten Mann in sein faltiges, wettergegerbtes Gesicht. Ich erkannte ihn sofort. Ich hatte vor einigen Jahren schon einmal das „Vergnügen" gehabt. Ein Stumpen Zigarre hing in seinem Mundwinkel, während seine rechte Hand einen Revolver hielt und mich damit bedrohte. Mir war in diesem Moment alles egal. Ich stürzte mich auf den Mann, dessen Hand mit der Waffe hochruckte. In dem Gerangel mit ihm löste sich ein Schuss. Hinter mir ertönte ein

erstickter Schrei. Ich drehte mich um und sah meine Frau in den Armen des Grafen. Ein roter Fleck breitete sich auf ihrer Bluse aus. Der nächste Schrei, den ich hörte, war meiner. Ich riss dem Grafen meine Frau aus den Armen. Es tat mir so leid, dass sich aus des Kapitäns Waffe ein Schuss gelöst hatte. Als ich in die starren rehbraunen Augen meiner Frau blickte, überkam mich ein Grauen und eine große Wut. Ich schlug dem Grafen meine Faust in sein Gesicht, dass die Nase knackte und Blut aus ihr herausspritzte.

„Ohne Sie," schrie ich ihn an, „Ohne Sie wäre das alles nicht passiert. Wilhelmine würde noch leben." Da fiel ein Schatten auf mich. Der Kapitän stand hinter mir, die Waffe nutzlos in der Hand haltend. Ich sprang auf, kaum bei Sinnen und stürzte mich auf den Mann. Seine Waffe rang ich ihm aus der Hand und dann zielte ich auf den Mann, der von seinen Matrosen Stumpen-Karl gerufen wurde. Ein, zwei Schuss lösten sich. Der Zigarrenstumpen fiel ihm aus dem Mund, er presste seine Hände auf den Bauch und schrie gotterbärmlich. Dann lief ich los, um den Händen der anstürmenden Matrosen zu entgehen. Irgendwann steckte ich die Waffe in meine Manteltasche und lief durch den eingesetzten heftigen Schneefall.

*

Ich seufzte und stand auf. Ich ging in das Schlafzimmer. Rasch holte ich den alten Koffer, mit dem ich vor Jahren hier eingezogen war, hervor und packte meine Sachen. Ich riss die Schranktür auf und warf wahllos einige Kleidungsstücke in den Koffer. Meine Angst überzeugte mich, dass die Polizei nur wenige Stunden benötigen würde, um mich aufzusuchen und in Haft zu nehmen. So traf ich eine Entscheidung, die mein ganzes Leben verändern wird. Auf jeden Fall würde mir genug Zeit bleiben, um einen Zug zu erreichen. Prag würde um diese Jahreszeit sicher gut genug sein und am schnellsten zu erreichen. Dort hat die preussische Polizei keinen Zugriff. Es ist sicherlich Weise, Frankfurt mit einer anderen, sicheren Stadt zu vertauschen. Es stellte sich jedoch heraus, das ich mich erheblich getäuscht hatte, denn als ich aus der Haustür trat, wartet die Polizei bereits auf mich.

Erik Schreiber

Mit einem Lächeln

Das dampfbetriebene Automobil ruckelte über das Kopfsteinpflaster Gottwaldovo Nabr. Der Fahrer blinzelte durch die arbeitenden Scheibenwischer hindurch, die verzweifelt versuchten der Wassermassen Herr zu werden und parkte auf einen Parkplatz direkt am Ufer der Moldau. Er verharrte kurz und musterte kurz das Nationaltheater, bevor sein Blick auf das Eckgebäude gegenüber fiel. Er schaltete den Motor und die Scheinwerfer aus, die Scheibenwischer stellten ihre Arbeit ein. Der Wagen schnaufte und zischte, weil der Regen den Wagen langsam abkühlte, stieg Frantiek Marik aus. Sorgfältig verschloss er den Wagen und ging, am Nationaltheater vorbei zum Eckhaus an der Ostrovni Straße. Frantiek kannte sich in Prag aus. Er war hier geboren und ging hier zur Schule. Für ihn war es eher die harte Schule des Lebens war und weniger eine Schule, die ihm Wissen beibringen sollte. Als Waisenkind, aus dem Heim weggelaufen, lebte er auf der Straße, bis ihn eines Tages ein Mann auflas und mitnahm.

Wie die meisten Häuser in der Prager Neustadt war es mehrstöckig, hatte großzügige Fenster, und sehr viel Gemäuerschmuck. Angefangen von Blumenranken bis hin zu phantastischen Tieren. Das Gebäude, dass er gerade musterte, verzichtete auf zu üppigen Schmuck. Lediglich Blätterranken schoben sich an der Mauer zwischen den Fenstern empor und bildeten über den Fenstern, die direkt unter dem Dach lagen, einen Blätterbaldachin.

Es gab viele Gründe, warum man in Prag einen neutralen Treffpunkt für Agenten aller Geheimdienste aufgebaut hatte. Der einfachste und einleuchtendste Grund war, hier konnte man Gespräche führen, ohne dass die Verhandlungspartner befürchten müssten, in einen Hinterhalt zu geraten. Die Magier der freien Stadt sorgten nicht nur dafür, dass die Stadt abgeschirmt war, sondern auch, dass Magie nur eingeschränkt zur Verfügung stand.

Frantiek Marik sah sich auf dem Parkplatz um. Nur wenige Dampfkraftwagen standen flussabwärts. In der Nähe stand lediglich eines der modernen Fahrzeuge, die drohten, die Kutschen in Prag *vollständig abzulösen. Die neueste Attraktion waren sogenannte Taksi.* Marik griff sich seine Reisetasche, schlug den Kragen hoch, hielt nach Kutschen und Dampfkraftwagen Ausschau, bevor er über die Straße lief. Er eilte durch den kalten Regen dem Eingang an der Ecke Ostrovni und Gottwaldovo Nabr. entgegen. Geschützt unter dem Vorsprung des Eingangs versuchte er die Tür zu öffnen, doch sie gab nicht nach. Er griff nach dem schweren Klopfer und ließ ihn mehrmals gegen das Holz fallen. Schließlich erschien ein junger Bursche, vielleicht sechzehn Jahre alt und öffnete die Tür, die leise nach außen schwang. Marik lächelte ihn an und blickte in eine hell erleuchtete Lobby. Auf dem Parkettboden lag ein mit Blättermustern verzierter Läufer, der vor einem Kamin endete, in dem ein munteres Feuer flackerte und für einladende Wärme sorgte. Er wanderte langsam an einer Theke entlang, während der Junge eilfertig die Tür hinter ihm schloss, das kalte regnerische Wetter draußen ließ. Hinter der Theke stand ein weiterer junger Mann, aber älter als der Türöffner. Er mochte etwa zwanzig Jahre alt sein. Erwartungsvoll sah ihn dieser entgegen. Der Mann trug eine rote Jacke, wie ein Concierge, obwohl dies kein Hotel war. Das Gesicht war glatt rasiert, bis auf einen kleinen spitzen Kinnbart. Blaue Augen unter hellen Augenbrauen, eine unauffällige Nase, sorgten dafür, dass man sein Gesicht in der Menge schnell wieder vergas. Sein braunes Haar war sauber gescheitelt.

„Wie kann ich Ihnen behilflich sein?" Freundlich lächelte er den Unbekannten an.

„Ich benötige eine Unterkunft. Für mehrere Nächte, aber ich kann noch nicht sagen für wie lange." Obwohl er nicht lange durch den Regen gelaufen war, spürte er, wie sich langsam das Wasser aus dem Haar den Weg in seinen Kragen fand.

„Wir sind kein Hotel, mein Herr. Möglicherweise hat man sie falsch informiert. Das Haus Merkur liegt etwas weiter die Straße hinunter."

„Mir wurde gesagt, ich soll nach einem Herrn Alfons Svabinsk s fragen." Alfons Svabinsk s war bei der Máchovo Sicherheit angestellt. Davor arbeitete er für den tschechischen Geheimdienst. Aus dieser Zeit kannte Franti ek ihn. Sie wurden, obwohl in unterschiedlichen Abteilungen tätig, gute Freunde. Der junge Mann hinter der Rezeption wurde vorsichtig, sein Blick wacher und kritischer. Franti ek bemerkte, wie sich die Person straffte, die Schultern zurückgezogen wurden. Nur soviel, um anzudeuten, dass sich der Concierge nun vorsichtiger verhielt.

„Ich werde den Empfangsleiter benachrichtigen lassen." Eine kleine Handbewegung und der Junge, der sich noch nicht wegbewegt hatte, verschwand durch eine der vielen Türen in der Lobby. „Sie sind bewaffnet?"

„Ja."

Der Concierge musterte sein Gegenüber gründlich.

„Sie kamen hierher, weil sie bedroht werden?"

„Nein, niemand verfolgt mich und ich werde auch nicht bedroht."

„Waren Sie schon einmal Gast unseres Hauses?"

„Nein," antwortete Marik, dem der Regen nun langsam in den Hemdkragen lief und ihn frösteln ließ. Ein sehr unangenehmes Gefühl. Dennoch wollte er sich nicht mit der Hand das Wasser wegwischen. Er war sich sicher, durch unbekannte Beobachtungslöcher genauestens überprüft zu werden. Eine unbedachte Bewegung konnte einen plötzlichen Tod nach sich ziehen.

„Die Regeln besagen, dass Sie Ihre Waffen abgeben. Ausnahmslos alle. Sie dürfen hier im Haus keinen Streit beginnen und alle Zwistigkeiten, die außerhalb des Gebäudes ausgetragen werden, haben hier drin keine Gültigkeit."

„Legen Sie bitte ihre Waffen auf die Theke." Er deutete auf eine flache Holzschale.

Franti ek öffnete langsam den Mantel und die darunter befindliche Jacke. Vorsichtig, mit nur zwei Fingern, griff er nach seiner klobigen Pistole und legte sie in die Holzschale. Der Mann schrieb die Marke und die Registriernummer in eine große Kladde. Schließlich sicherte er die Waffe und entfernte die Patronen. „Sind das alle Waffen?"

„Ich trage noch ein Messer bei mir," antwortete Marik wahrheitsgemäß. Er nahm das schwere Messer, mit den Sägezähnen auf der Oberseite der geraden Klinge, und legte es neben die Pistole.

„Und nun benötige ich noch Ihren Namen. Den echten Namen und keine Tarnungen." Unmissverständlich war die Anweisung. Es schwang kein drohender Unterton mit, doch Marik war sich sicher, würde er lügen, würde er sehr schnell draußen im Regen stehen. Marik nannte seinen Namen.

„Gibt es sonst noch etwas, was wir in unserem Haus über Sie wissen sollten?"

„Nein. Über mich gibt es nicht viel zu erzählen."

In diesem Moment erklang hinter ihm eine Stimme. Franti ek Marik zuckte unmerklich zusammen. Der sichere Treffpunkt hatte ihn unaufmerksam werden lassen. In einer anderen Lage wäre er jetzt ein toter Agent.

„Ich bin der Empfangsleiter des Hauses. Mein Name ist Ludvik Jenerálov."

Draußen donnerte es und der Regen fiel lautstark aus dem Himmel. Der heftige Wind drückte ihn gegen die schwere Holztüre und es hörte sich an, als trommeln tausend kleine Hände gegen die Tür. Marik war froh, dass er hier Unterschlupf fand. Der Mann, der nun hinter ihm stand war etwa Anfang fünfzig, hatte einen kleine Wohlstandsbauch, eine runde Nickelbrille im Gesicht, und trug einen feinen Nadelstreifenanzug. Sehr extravagant, dachte Marik bei sich. Dennoch setzte er ein freundliches Gesicht auf.

„Es freut mich, Sie kennenzulernen. Mein Name ist ..."

„... Frantiek Marik, Agent der freien Stadt Prag und suchen einen mehrfachen Mörder. Einen Agenten der Preußen, der zurzeit in Prag beauftragt ist. Doch selbst wenn er in diesem Haus anwesend sein sollte, gilt der Mann ist unantastbar."

„Ja," antwortete Marik. „Die Regeln des Hauses sind bekannt und werden von mir natürlich respektiert."

„Nun, folgen Sie mir bitte in mein Büro." Sie nahmen eine Tür auf der linken Seite, knapp hinter der Theke des Eingangsbereiches und befanden sich im Büro des Empfangsleiters. Frantiek Marik nahm vor dem Schreibtisch Platz. Jenerálov nahm dahinter Platz, schob eine Schachtel in seine Griffweite. „Zigarette?" Er wartete die Antwort gar nicht ab, sondern zog einen Ordner hervor in dem er zu lesen begann. Nur ab und zu warf er einen Blick auf Marik. Dieser hatte sich in den Sessel zurechtgesetzt und schlug die Beine übereinander. Geduldig wartete er darauf, dass sich der Mann äußern würde.

„Sie wurden von Vladimir Belonoch ausgebildet?"

Frantiek Marik musste seine Gefühle verbergen. Vladimir war der Leiter der Abteilung gewesen und zuständig für die Spionageabwehr. Das erfuhr Frantiek jedoch erst später. Er sah den Empfangsleiter direkt an. Er wusste nicht was in der Akte stand, aber er war sicher, dass dort eine Menge über ihn vermerkt war. So sah er keinen Sinn darin, zu lügen.

„Als ich acht Jahre alt war, fand er mich auf der Straße und freundete sich mit mir an. Ein paar Wochen später brachte er mich in ein Internat. Fast wie ein Gefängnis. Doch er benahm sich wie ein Vater zu mir, den ich nie hatte. Er war da, wenn ich ihn brauchte. Er holte mich an den Wochenenden ab um die Zeit mit mir zu verbringen. Natürlich ging es nicht jedes Wochenende, aber es war eine sehr schöne Zeit und er war immer bestrebt, mir meine Neugier nicht auszutreiben, sondern er unterstützte sie. Er machte mich zu einer Art persönlichen Agenten, einem Leibwächter, ja fast zu einem Sohn. Ich wollte ihm immer gefallen, alles zu seiner Zufriedenheit erledigen."

„Dennoch brachten Sie ihn um." Das war keine Frage, das war ein feststehender Fakt.

„Ja." Marik antwortete sofort. Für eine weitergehende Erklärung nahm er sich etwas Zeit. Währenddessen goss sich der Mann hinter dem Schreibtisch etwas Wasser aus einer Glaskaraffe in ein bereitstehendes Glas und nahm einen langen Schluck.

„Das stimmt. Es stellte sich heraus, dass er als Leiter der Gegenspionage selbst für Österreich-Ungarn spionierte. Letztlich benutzte er mich nur für seine eigenen schmutzigen Geschäfte. Als ich die Wahrheit herausfand, brachte ich ihn um."

„Was wollen Sie hier? Sie leben doch in Prag, was ist hier sicherer als eines ihrer ureigensten Verstecke?"

„Ich suche einen Mann."

Der Empfangsleiter zog eine Augenbraue hoch. „Verstehe ich das richtig?"

„Ich weiß nicht, was Sie richtig verstehen oder was nicht."

„Für bestimmte, sagen wir Vorlieben, fehlt uns das Verständnis."

„Dann verstehen Sie mich falsch. Ich suche einen Hohenzollernnachfahre. Ferdinand Fürst zu Hohenzollern-Hechingen. Ist er hier?"

„Und wenn er unser Gast ist, dürfen Sie ihn dennoch nicht behelligen." Jenerálov sah ihn durchdringend an. Der drohende Blick wirkte durch die Nickelbrille noch gefährlicher.

„Ich versichere Ihnen, er hat von mir nichts zu befürchten. Es wird in Ihrem Haus keinen Eklat geben."

„In diesem Fall seien Sie in unserem Haus willkommen. Ich werde Ihnen ein Zimmer geben lassen." Mit diesen Worten erhob sich Jenerálov, und geleitete Marik zur Tür. Marik begab sich zur Theke, hinter der der junge Mann anscheinend immer noch auf ihn wartete. Er schrieb sich in das Gästebuch ein und entrichtete die Gebühr für die Reservierung für zwei Nächte im voraus. Während er nach seiner Tasche griff, die er dort stehen gelassen hatte, klopfte es erneut an der Tür. Der Türöffner von vorhin eilte hinzu und öffnete. Vor der Tür stand eine Frau unter einem Regenschirm, den Mantel zusammengedrückt und durchnässt.

„Milana!" entfuhr es Marik. Er hatte die Frau trotz des ungünstigen Lichts durch die Gaslampen sofort erkannt.

„Frantiek!" Die Stimme klang wenig erfreut. „Was willst Du hier. Verfolgst Du mich etwa?"

„Von verfolgen kann keine Rede sein, ich war vor Dir hier. Ansonsten suche ich den gleichen Mann. Ferdinand Fürst zu Hohenzollern-Hechingen. Abers aus einem anderen Grund."

Marik wandte sich an Jenerálov. „Frau Masaryk und ich benötigen einen Raum, wir müssen uns ungestört unterhalten. Hätten Sie etwas für uns?"

Statt Jenerálov antwortete der junge Mann hinter der Theke, dessen Namen Marik immer noch nicht kannte. „Der kleine Salon ist frei." Er wies den Gang hinunter. „Die zweite Tür rechts neben der Treppe."

Die beiden sahen einander an, dann lief Milana ungeduldig an Franti ek vorbei. Er folgte und setzte sich zu ihr an den Tisch, den sie bereits belegte. Der Tisch stand dicht vor dem Feuer des Kamins. Anscheinend war sie bereits länger und zu Fuß unterwegs und suchte etwas Wärme. Ein diskreter Blick bestätigte seinen Eindruck.

„Bist Du in Ordnung?" fragte er.

„Natürlich nicht. Welch blöde Frage von Dir. Mein Vater wird ermordet und der Mörder rettet sich hierher."

„Ich möchte erfahren, ob Du verletzt bist."

„Nein, ich bin in Ordnung."

Es entstand eine lange, Schweigeminute. Keiner von beiden schien etwas zu sagen zu haben, sie sahen sich lange und tief in die Augen. Es schien, als ob sie unhörbar miteinander ein Frage- und Antwortspiel durchführten.

„Ich hasse den Kerl genauso wie Du. Wenngleich aus anderen Gründen. Ich würde es mir aber nicht verzeihen, wenn Dir etwas geschehen würde."

„Darüber musst Du Dir keine Gedanken machen. Wir sind nicht verheiratet, dass Du den Beschützer herauskehren musst und außerdem bin ich eine vollwertige Agentin. So schwer Dir diese Einsicht fällt."

„Und wenn der Hohenzollernspross hier ist und ich ihn nicht umbringen kann, werde ich Wahnsinnig. Er hat meinen Vater umgebracht. Ich will nichts als Rache. Ist er im Haus?"

„Man sagte mir, er sei Gast des Hauses."

„Das ist meine Chance und sein Verderben."

„Wir könnten ihn draußen erwarten. Hier im Haus ist er Tabu für uns. Ich will mich an die Regeln halten und sie nicht brechen müssen. Wenn es Dir recht ist, könnten wir ihn erledigen, wenn er aus dem Haus geht."

„Er soll sterben, am Besten sofort."

„Dann lnimm meinen Vorschlag an."

„Nein." Milana schüttelte den Kopf. „Ich hatte ihn in München schon so gut wie sicher. Dann habe ich ihn verloren, weil eine dieser Straßenbahnen mir die Sicht nahm. In Wien, drei Wochen später, schoss ich ihn ins Bein und in Linz letzte Woche lockte er mich in eine Falle. Zwei seiner Männer überfielen mich in meinem Hotel. Sie liegen wohl immer noch da. Das Zimmer ist bis morgen bezahlt."

„Ist Dir ..."

„Nein, ich bin in Ordnung. Das sagte ich bereits."

„Aber ..."

„Bitte, lass mich fertig erzählen. Ich hatte seine Spur verloren, doch plötzlich tauchte sie hier in Prag auf. Es war so, als ob er wollte, dass ich ihn hier finde. Er hat etwas vor."

„Wie kommst Du denn darauf?"

„Warum sollte er seine Tarnung aufgeben, nachdem er so gut wie verschwunden war? Er hat etwas vor. Ich wiederhole mich. Ich denke, er hat von seinen toten Kumpanen erfahren und will, dass ich ihn hier aufspüre. Er war schon oft in Prag und kennt sich gut aus. Ich wette, er geht von meinen Gedanken aus, hofft, dass ich draußen auf ihn warte. Dann lässt er die Falle zuschnappen und er und seine Kumpane werden mich erledigen. Auf welche Weise auch immer. Er will vom Gejagten zum Jäger werden. Wenn ich draußen auf ihn warte, werde ich zur Zielscheibe. Jetzt bist Du hier und wirst ebenfalls zur Zielscheibe. Warum hast Du Dich nicht rausgehalten?"

„Nun, das kann er immer noch," sagte eine Stimme. Der Empfangsleiter stand in der Tür. Er blickte durch die Nickelbrille auf die beiden Agenten. „Sie müssen nun das Haus verlassen."

Franti ek Marik war sicher, es gab hier geheime Möglichkeiten, die in diesem Raum geführten Gespräche abzuhören. Noch während sich Marik überlegte, was er unternehmen könnte. Da erschien der junge Mann, der bisslang als Concierge hinter der Theke stand. Obwohl die beiden Männer nicht so aussahen, hatten sie bestimmt Waffen dabei, um der Ausladung aus dem Haus Nachdruck verleihen zu können.

„Sie haben uns sicherlich abgehört und vernommen, dass Ferdinand Fürst zu Hohenzollern-Hechingen draußen auf uns wartet, um uns umzubringen."

Jenerálov war von dieser Aussage nicht überzeugt. „Das ist eine Überlegung, die sie ausgedacht haben, aber von nichts und niemanden mit Fakten untermauert wird. Es gibt keine Beweise. Vielleicht ist die von mir abgehörte Überlegung nur deshalb gemacht worden, damit ich Sie im Haus behalte."

„Ferdinand Fürst zu Hohenzollern-Hechingen arbeitet nicht nur für die Preußen. Nach unseren Informationen befindet sich Bismarck mit einem Sonderzug hierher. Vielleicht will er den Weg für Bismarck ebnen. Oder den eisernen Kanzler umbringen und die Tat den Pragern in die Schuhe schieben. Ein Krieg wird dann unvermeidlich."

„Für wen der Mann arbeitet, ist für mich nicht von belang. Jeder der hier Schutz sucht, aus welchem Grund auch immer, genießt Immunität."

„Aber er ist ein sehr gefährlicher, hinterhältiger und ehrloser Gegner. Er arbeitet mit allen Tricks."

„Nun, für die Charaktereigenschaften des Mannes bin ich nicht zuständig. Aber mir obliegt es, das Refugium, das sichere Haus als solches, zu erhalten und nicht zu korrumpieren. Verlassen sie das Haus, üben sie ihre Rache nicht hier und nicht in der Nähe aus."

Milana Masaryk fiel Marik ins Wort, bevor er auch nur einen Ton sagen konnte. „Gut, ich werde Ihrer Anweisung Folge leisten. Doch der Fürst soll seine Männer zurückrufen. Ich will nicht, dass Marik etwas geschieht."

„Ich werde ihren Wunsch übermitteln. Janos," damit deutete er auf den Concierge, „wird solange hier bleiben."

*

Etwa eine halbe Stunde später erschien der Empfangsleiter wieder. Es schien so, als hätte er schlechte Nachrichten. Doch er sagte etwas anderes. „Ferdinand Fürst zu Hohenzollern-Hechingen hat das Haus verlassen. Er akzeptiert, dass das Haus eine neutrale Haltung einnimmt. Er hat nur um eines gebeten. 24 Stunden Vorsprung. Für sie bedeutet dies, sie werden bis auf weiteres Gäste unseres Hauses bleiben."

„Aber ..."

„Nein!" Jenerálovs Stimme verlor seine Liebenswürdigkeit und wurde schneidend. „Janos begleite die beiden bitte in die Sicherheitssuite." Er deutete auf den Gang. „Dort entlang bitte."

Die Prager Agenten schritten den Gang entlang, begaben sich nach einigen Metern in die Sicherheitssuite. Hinter ihnen schloss sich die Tür. Schnell war klar, warum die Räumlichkeiten so hießen. Marik und Masaryk erkannten, dass die Zimmer keine Fenster besaßen und die Tür nicht von innen zu öffnen war. Nur das pendeln und ticken einer Wanduhr unterbrach die Stille. Sie zeigte 9 Uhr 13. Abends.

„Ich gehe davon aus, dass die Zeit läuft." Milana sah sich um. Der Raum enthielt eine Couch, ein paar Sessel, zwei kleine Tischchen, zwei Stehlampen, eine Wanduhr und eine eher geschmacklose Tapete mit großem Rosenmuster. Sie blickte in das linke Zimmer und meinte „Ich nehme dieses Zimmer und werde jetzt ein Bad nehmen. Was Du machst, ist mir egal. Wir haben ja Zeit."

Franti ek sah sich ebenfalls um und steuerte zielstrebig auf das Telefon zu, dass an der Wand neben der Tür hing. Er hob ab und wurde sofort empfangen. „Besteht die Möglichkeit etwas zu Essen und Trinken zu bekommen? Es muss keine große Sache werden." sagte Franti ek in die Sprechmuschel. Er lauschte kurz der Antwort und legte auf. Wenig später klopfte es an der Tür, die sich darauf öffnete. Der Junge von der Tür trug ein Tablett herein und stellte es auf eines der Tischchen, während in der Tür Janos mit der Waffe in der Hand stand. Kurz darauf verschwand der Junge, die Tür schloss sich und die beiden waren allein.

*

Am Abend öffnete sich die Tür, nachdem sie den ganzen Tag zum Nichtstun verurteilt waren. Janos stand dort und hatte ihre Waffen dabei. Ihm war klar, die beiden Agenten aus Prag würden ihm nichts tun, jetzt da die 24-Stunden-Frist verstrichen war. Marik und Masaryk standen schon bereit und wollten nur noch das Refugium verlassen. Franti ek Marik warf einen Blick auf die Waffe, bevor er sie einsteckte. Die Pistole in das Halfter, das Messer in die dafür vorgesehene Scheide. Auch Milana Masaryk erhielt ihre Pistole zurück. Ohne sich weiter um die Angestellten zu kümmern, verließen die beiden das Haus. Ziel war der abgestellte Wagen. Im gleichen Moment wurde auf die beiden geschossen. Eine Kugel schlug nur knapp neben ihnen in die Holztür, die sich gerade geschlossen hatte. Marik warf sich auf seine Begleiterin, Ungestüm stürzten die beiden auf das nasse Kopfsteinpflaster. Gewandt zog Marik seine Pistole und wollte das Feuer erwidern, doch er wusste nicht, wo der Schütze in Stellung gegangen war. Erst als erneut das Feuer eröffnet wurde, konnte er erkennen, woher der Todesgruß kam. Auf der gegenüberliegenden Seite wurde aus einem Fenster der dritten Etage geschossen. Marik gab zwei Schüsse ab, um den Schützen in Deckung zu zwingen, riss Masaryk hoch und eilte mit ihr hinter den Wagen in Sicherheit. Zwei weitere Kugeln landeten in seinem Wagen. Er öffnete die Beifahrertür, um in den Wagen zu kriechen und die Dampfmaschine in Gang zu setzen.

„Beeil Dich etwas, dort oben sehe ich einen Zeppelin der Prager Polizei, der direkt auf uns zuhält," hörte er hinter sich seine Begleiterin sagen, die in den Nachthimmel blickte.

„Aber, wer wird denn weglaufen?" Die Stimme, die hinter ihnen ertönte, troff vor Sarkasmus. „Oh, bevor ich es vergesse, würden Sie bitte die Waffen wegwerfen? Ich wäre sonst genötigt, sie von hinten zu erschießen. Das möchte ich aber vermeiden." Ferdinand Fürst zu Hohenzollern-Hechingen stand hinter ihnen. „Sehen Sie, der Schütze sollte sie nicht erschießen, sondern nur hierher jagen und ihre Aufmerksamkeit ein wenig ablenken. Ich möchte in Ihre Augen sehen, wenn Sie sterben."

„Wollen sie vorher noch reden, oder gar wie in den Schundheften beschrieben, erklären, welch schwere Kindheit sie hatten und uns die Pläne erklären, warum sie als Mehrfachagent arbeiten?" Die Agentin hatte sich gefangen und richtete sich auf. Im gleichen Augenblick flog Mariks Pistole auf das regennasse Pflaster der Straße. Er erhob sich, die Hände vom Körper weggestreckt. Masaryk wühlte in ihrer Handtasche, als ob sie etwas suchte. Schließlich kam ihre Hand mit einem Taschentuch zum Vorschein.

„Aber nicht doch. Ich will lediglich, dass Sie mir, ihrem Tod, ins Auge blicken." Während er das sagte zielte er sorgfältig, während sich die Agentin heftig in ihr Taschentuch schneuzte.

„Entschuldigen Sie, aber was sein muss, muss sein." Dann steckte sie das Taschentuch in ihre Handtasche zurück.

„Nur keine Umstände, meine Liebe." Ferdinand Fürst zu Hohenzollern-Hechingen lächelte freundlich, sofern man das im Licht der spärlich aufgestellten Straßengaslampen beurteilen konnte. Es war aber auch seine letzte Handlung. Man hörte nur einen dumpfen Knall. Zu dem Loch in der Handtasche von Milana Masaryk gesellte sich ein zweites Loch in der Stirn des verräterischen Agenten.

Bereits erschienen

Raumpatrouille Orion

Als im Jahr 1966 die Fernsehserie Raumpatrouille Orion erschien, wusste niemand, welchen Erfolg die Reihe einmal habenwürde. Als Straßenfeger begonnen, erlebte sie in der Literatur mehrere Anläufe. Begonnen mit den Taschenbüchern zur Serie, bis zum Heftroman mit 145 Abenteuern. Nach vielen Jahren erscheinen die sieben Fernsehfolgen nun in drei Hardcoverbüchern.

Raumpatrouille Orion 1
1. Angriff aus dem All
2. Planet außer Kurs

Raumpatrouille Orion 2
3. Die Hüter des Gesetzes
4. Deserteure

Raumpatrouille Orion 3
5. Kampf um die Sonne
6. Die Raumfalle
7. Invasion

Die Bücher sind gebunden und besitzen eine seitenzahl von 300 - 450 Seiten. Der Preis beträgt 15,95 Euro. Alle sieben Folgen wurden durch den Autor überarbeitet. Durch die gelungenen Titelbilder von Crossvalley-design.de wirken sie modern und zeitgemäß.

Saphir im Stahl

In Vorbereitung

Luuk de Winter

Mit der Trilogie um Luuk de Winter präsentiert der Verlag Saphir im Stahl drei historische Kriminalromane. Die Schauplätze bilden die Ronneburg, die Stadt Königsberg und die Stadt Weimar. Spannende und emotionale Romane aus der Vergangenheit, die durch die liebevolle Schilderung von Orten und Szenen, sowie durch den besonderen Charakter des Handlungsträgers, ein großes Lesevergnügen verschaffen.

Band 1: „Das Geheimnis der Ronneburg" 1820
Die Burg wurde vor dem Jahr 1231, ihrer ersten urkundlichen Erwähnung gebaut. Die letzten Umbauten fanden im 16ten Jahrhundert statt. Damit bildet die Burg eine der wenigen erhaltenen Höhenburgen und einen interessanten Schauplatz für den Roman.

Band 2: „Der Mannwolf von Königsberg" 1822
Königsberg ist die Geburtsstadt von E. T. A. Hoffmann und der evangelische Theologe Ludwig Augsut Kähler wirkte zu dieser Zeit in der Stadt..

Band 3: „Die Bestie von Weimar" 1825
Weimar ist die Stadt, in der am 11. August 1919 die brühmte Weimarer Verfassung ins Leben gerufen wurde. Im Jahr 1825 wurde Heinrich Heine getauft und damit Christ.
Drei ungewöhnliche Orte, verbunden durch die Geschichten um Luuk de Winter. Historie und Krimi treffen sich in faszinerenden Erzählungen.

Saphir im Stahl